Jean-Pierre Perrin, longtemps grand reporter à *Libération*, est aujourd'hui journaliste indépendant et écrivain. On lui doit plusieurs récits de guerre et de voyage sur le Proche-Orient, l'Iran et l'Afghanistan, récompensés entre autres par le Grand prix des lectrices de *Elle* et le prix Joseph Kessel. *Une guerre sans fin* et *Le tournoi des ombres* marquent son retour à la fiction.

Jean-Pierre Perrin

Le paradis des perdantes

Collection fondée
par François Guérif

Rivages/noir

Retrouvez l'ensemble des parutions
des Éditions Payot & Rivages sur

payot-rivages.fr

Collection dirigée par Jeanne Guyon
et Valentin Baillehache

Cette histoire s'inspire de faits réels.
Cependant toute ressemblance avec des personnes
existant ou ayant existé serait purement fortuite.

Journaliste et historien franco-libanais, Samir Kassir avait entrepris d'écrire une trilogie policière sur Beyrouth. Nous ne la lirons jamais. Courageux défenseur de la démocratie dans le monde arabe, l'une de ses plumes les plus brillantes, les plus libres et l'un des acteurs du « Printemps du Liban », il a été tué le 2 juin 2005, à 10 h 40, dans l'explosion de son Alfa Romeo. Avec lui, disparaît une grande mémoire de Beyrouth, dont il avait raconté l'histoire. À l'heure de son assassinat, nous aurions dû prendre tranquillement un petit déjeuner sur la terrasse d'un café près de chez lui. Le destin m'a fait, au tout dernier moment, repousser notre rendez-vous, ce qui a eu pour conséquence de précipiter le sien. Ce roman lui est dédié.

Et la menace de ce qu'on nomme Enfer est peu de chose ou rien pour moi, cher camarade. Je confesse t'avoir contraint à me suivre et te contraindre encore, sans rien savoir de notre destinée, si nous serons victorieux ou totalement écrasés et vaincus.

Walt WHITMAN
Roulements de tambour

PREMIÈRE PARTIE

1

J'avais rendez-vous avec une goutte de pluie.

Ça tombait mal. Peu après avoir fixé l'heure et l'endroit de la rencontre, le taouz s'était levé au bout de l'horizon et avait déferlé sur la ville de Manama et sur tout l'archipel.

Le taouz ne se montre que l'hiver. C'est un vent dur, vicieux, mauvais, qui rague, racle, lacère. Surgi des déserts de Jordanie, il traverse les vastes plateaux arides du Nedjd saoudien, où il se gonfle de colère et de sable, avant de se jeter à l'assaut des rivages du golfe Persique, fermant les aéroports, coulant les boutres, s'infiltrant jusqu'au cœur des maisons, faisant le désespoir des petites bonnes asiatiques contraintes de trimer de longues journées pour chasser la poussière tantôt brune, tantôt grise, et fine, aussi fine que la suie, qu'il dépose partout, même dans les tiroirs les mieux fermés.

Depuis hier soir, le taouz soufflait, semant ses maléfices à travers l'archipel des Deux-Mers, obscurcissant le ciel habituellement couleur de papier calque, tordant avec rage les dernières palmeraies, faisant cligner les yeux désespérément vides de la chamelle blanche de l'émir. Sous ses gifles, ses coups de poing, ses coups de griffes quand il s'armait de sable, la mer, apathique et muette, s'était rebellée et des vaguelettes de colère jaune couraient le long de la grève déserte où je déambulais.

C'était là que j'avais donné rendez-vous à ma goutte de pluie.

Je l'imaginais minuscule et tremblante, transie sous les rafales froides, ballottée, bousculée à gauche, précipitée à droite, poussée violemment, projetée puis retenue au gré des fantaisies du vent qui allait s'amuser à la malmener le long de cette côte fadasse et plate où de maigres marées vomissaient tout ce qu'elles ramassaient.

Au téléphone, sa voix m'avait plu. C'est pour cela que je l'avais surnommée la goutte de pluie, une jolie expression que j'avais en mémoire de la jeune poète afghane Nadia Andjouman pour désigner les filles contraintes à la soumission, au voile, à l'uniformité et à l'anonymat.

« C'est le pas vert des gouttes de pluie qui arrive du chemin maintenant, ici. Ni sourire au recueil de leurs lèvres. Ni larme pointant du lit tari de leurs yeux. Dieu ! Je ne sais si leur cri lourd peut atteindre les nuages. Ni même le ciel ? C'est le pas vert des gouttes de pluie », écrivait-elle peu avant de mourir, battue à mort par son mari qui n'aimait pas la liberté de sa plume.

Habituellement, les Occidentaux vivant dans le Golfe usaient d'une expression beaucoup plus triviale, presque méprisante : le sac à charbon. C'est vrai que cette formule parlait davantage. Surtout en la voyant avancer à ma rencontre, le vent engouffré sous les tissus de son *abaya* noire. On était en janvier. Il faisait presque glacial. Donc, pas d'odeur violente à craindre. Avec l'été, les sacs à charbon dégagent des remugles puissants. Normal, pas d'aération. La sueur qui fermente, l'épaisse étoffe qui la retient et s'en imprègne, et les quelques décilitres de parfum bon marché qui inondent généralement le tout donnent un mélange subtil qui se renifle de loin.

De toute façon, question odeur, j'étais paré. J'avais déjà commencé la journée au whisky. Pas de faute de goût à craindre puisque j'empestais la gnôle.

Sur cette sorte de digue qui longeait la mer, il n'y avait âme qui vive. Ce n'était ni l'heure – les muezzins venaient d'appeler à la prière de midi – ni la saison. Le soir, en revanche, dès que la chaleur faisait ses premiers tours de piste, stationnaient toujours face à la mer des voitures espacées de quelques centaines de mètres les unes des autres. À l'intérieur, des couples, strictement séparés par le levier de vitesse. Ou des potes qui venaient tuer le temps en écoutant la radio et picoler en douce.

Aujourd'hui, pas un chat. Les trombes de poussière poussaient les gens chez eux dès la sortie du boulot. Personne ne souhaitait traîner là. D'un banc de sable abandonné par la marée, les mouettes lançaient des plaintes aigres. Le taouz soufflait toujours aussi fort, arrêtant les rumeurs de la voie express, collée à la côte.

Une goutte de pluie et un policier. Ou un sac à charbon et un flic. Qu'importe l'expression ! On allait faire un drôle de duo sur cette corniche déserte. Elle, dans ses voiles, que le vent gonflait comme le foc d'un boutre. Moi, en costard, la cravate bataillant au gré des rafales. Pour un rendez-vous discret, c'était réussi. Je me demandais pourquoi je l'avais fixé ici.

De l'autre côté de la voie express, il y avait une armée d'immeubles, surtout des banques d'investissement au coude à coude pour rafler l'argent du pétrole, et des palaces cinq étoiles minimum.

La goutte de pluie était un peu en retard. Je lui avais donné rendez-vous en milieu de journée pour qu'il n'y ait pas d'équivoque possible. Même si les mœurs s'étaient relâchées ces dernières années dans l'émirat des Deux-Mers, un homme et une femme ensemble, de surcroît un chrétien et une musulmane, cela ferait jaser.

J'étais arrivé à midi pile comme convenu et depuis dix minutes j'arpentais le bord de mer. Les mouettes continuaient de grincer. Des voitures longues comme de petits pétroliers filaient le long de l'autoroute côtière. Les vagues trépignaient en s'approchant du rivage. Vert sombre, maquillées d'un peu de courroux jaune, elles me rappelaient la mer du Nord, des souvenirs d'Ostende, une chanson de Léo Ferré…

Des pancartes, plantées tous les deux cents mètres sur le sol caillouteux, interdisaient la baignade. Comme si quelqu'un pouvait y songer. La ligne du rivage n'était qu'un dégueuloir constitué de boîtes de Pepsi-Cola, broyées par la marée. Heineken ne venait pas loin derrière. En troisième position, des bouteilles en plastique d'eau minérale. Puis, un gros peloton avec Foster's, la bière australienne, Coca-Cola, Club Soda et des marques moins connues. Des bidons et des plaques de tôle rouillées complétaient le tableau. Devant moi, à quelques centaines de mètres, une chaloupe fracassée gisait, couchée sur le côté.

Au loin, j'aperçus la goutte de pluie qui se hâtait. Elle ressemblait vraiment à… un sac à charbon.

L'abaya, ce voile long et épais, noir et opaque, qui ressemble à une housse ouverte sur le devant, recouvre les femmes du Golfe de la tête aux pieds. Les étrangers le confondent souvent avec le tchador iranien.

Je plaquai comme je pus sur mon crâne quelques mèches qui avaient attrapé la danse de Saint-Guy, remis en place ma cravate qui cherchait à se tirer en utilisant le gras de mon ventre comme piste d'envol et continuai d'avancer en baissant le regard pour éviter d'avoir les yeux griffés par le vent.

Quand je relevai la tête, elle n'était plus qu'à une vingtaine de mètres. Le taouz, qui pénétrait sous son voile, la rendait tout à fait difforme. Évidemment, elle se débattait pour faire tenir en place l'abaya tant bien que mal. Pour y arriver, elle aurait bien eu besoin de quelques bras de plus comme les déesses hindoues. Ces belles dames, elles en avaient six, huit ou douze, ce qui aurait pu les aider à tenir des ribambelles de capes mais elles préféraient danser quasiment à poil. Au contraire, les femmes du Golfe, du moins celles qui étaient contraintes de s'envelopper de voiles, volontiers volages dès que le vent soufflait, n'en avaient que deux ; avec l'abaya à tenir, les lourds cabas à porter et les gosses à soulever, il leur en aurait pourtant fallu au moins une dizaine. Le monde était bigrement mal foutu.

On était maintenant face à face. Elle, toujours à remettre de l'ordre dans ses étoffes, moi, à penser que le bout de museau que laissait voir l'abaya n'était pas vilain.

La fille avait du chien. Grands yeux, nez fin et aquilin, bouche un peu lourde qui donnait une touche de sensualité à un visage d'ange et un teint de pêche qui se serait compromise avec une noix de coco. Toute cette grâce était posée sur environ un mètre soixante-cinq et une vingtaine d'années. Le voile noir ne révélait rien de son corps mais le pire n'était pas forcément à craindre. Sous sa housse noire, elle portait un jean. Aux pieds, des sandales et de grosses chaussettes grises. Je savais simplement qu'elle s'appelait Eschrat.

Mon regard lui déplut. Elle rejeta un pan de l'abaya sur son nez, me tourna le dos et se remit à marcher. Je la suivis, la rattrapai, la dépassai sur la droite tout en maintenant une distance d'environ deux mètres. Le vent me renvoya mes paroles : « Question d'habitude ! Je dévisage toujours les gens avec qui j'ai affaire. Si ça ne vous plaît pas, prenez un flic d'ici. »

Elle mit quelques secondes avant de me répondre. Sa voix un peu rauque contrastait avec son anglais chic. Son accent était léger. Elle avait échappé aux universités américaines mais pas à une très bonne *public school* anglaise.

« Les policiers de mon pays sont mieux élevés. Leurs yeux ne nous déshabillent pas. Les vôtres sont des rayons X. Et nos policiers ne donnent pas de rendez-vous aux jeunes filles sur une plage déserte.

– Vos flics, vous les connaissez vraiment mal. Et puis, je m'attendais à ce que vous veniez avec une nounou, une dame de compagnie ou à la rigueur une amie. Pourquoi êtes-vous venue seule ? Vous connaissez sûrement ce hadith du Prophète qui dit que lorsqu'un homme se retrouve seul avec une femme, cela ne fait pas deux personnes mais trois…

– … car le Diable aussi est là. Je ne pensais pas qu'un policier comme vous s'intéressait à l'islam.

– Je ne m'y intéresse pas beaucoup. Dans les religions, je retiens surtout ce qui me semble cocasse. En fait, le Prophète se trompe : quand un homme et une femme sont seuls, ils ne sont ni deux, ni trois, mais quatre. Parce qu'en plus du Diable, il y a toujours un voisin qui mate.

– C'est assez vrai, dit-elle en réprimant le sourire qui avait percé malgré mon affreux blasphème. C'est peut-être aussi pour cela qu'il y a un proverbe arabe qui conseille de “choisir ses voisins…

– … avant de choisir sa maison”. »

Elle avait l'air un peu moins crispé. On continua à marcher en devisant sur le bord du remblai qui dominait légèrement la mer vert et jaune. Un coup de vent nous balança à la figure des odeurs de goudron et d'égouts. J'eus envie d'un nouveau scotch.

« On parle sérieusement maintenant ? Nom et âge de votre sœur ? Et qu'est-ce qu'elle fait dans la vie ? »

Elle parut s'arracher difficilement d'un rêve. Elle hésita trois secondes, puis répondit en me regardant, pour la première fois, directement dans les yeux. Dans les siens, les larmes montaient.

« Elle s'appelle Yasmina. Elle a seize ans. Elle suit des cours au British Council. Elle ne sait pas encore ce qu'elle fera plus tard. Ou plutôt elle le sait mais ce n'est pas possible pour une fille d'ici…

– La dernière fois que vous l'avez vue, c'était quand ?

– Jeudi après-midi. Elle est partie faire quelques achats en ville. Elle n'avait pas cours. Notre chauffeur l'a déposée au centre-ville, près de la grande entrée du souk.

– Vos parents, ils en pensent quoi de son absence ?

– Pas grand-chose. Ma mère pleure et mon père crie. Mais ils ne font rien pour la retrouver. Ils sont totalement dépassés. Comme mon père craint le scandale, il ne veut même pas en parler à la police. S'il savait que je me suis adressée à vous, il me frapperait et m'enfermerait un bon moment à la maison.

– Mais, à son insu, vous avez quand même appelé les commissariats, les hôpitaux…

– J'ai téléphoné dans toute l'île.

– Elle a un copain, votre petite sœur ? »

Elle ignora la question. Je la répétai sans qu'elle daigne davantage y répondre, faisant mine de n'avoir rien entendu. Cela ne me plaisait pas mais, si je voulais arriver à l'essentiel, il me fallait jouer au flic méchant et la provoquer. J'endossai la panoplie du policier libidineux et salace, amateur de chair fraîche, ce qui pouvait l'amener par réaction à tout me dire. Je repris :

« Un mec, un type, un flirt, un petit ami, un amant ou un type qui la baise à l'occasion ? »

Elle s'arrêta et tourna brutalement la tête sans se préoccuper de l'abaya qui glissait le long de son cou. Ses grands yeux crachaient du venin et de petites rides de colère partaient de la base du nez pour remonter vers le front.

« Ma sœur est une musulmane sincère. Gardez vos insultes pour les Occidentales, monsieur Grenadier. Vos paroles sont blessantes. Ce n'est pas seulement ma sœur et moi que vous outragez, c'est toute notre famille qui…

– Chut. Vous allez faire rire les mouettes. Écoutez-moi plutôt deux minutes : votre petite frangine a disparu depuis quatre jours, ce qui est assez inquiétant dans un archipel gros comme une poignée de confettis, où les filles n'imaginent pas ce qu'est une fugue. Vous avez fait appel à un flic étranger pour la retrouver parce que vous n'avez pas confiance dans vos propres policiers et je ne peux pas vous donner tort. Vous savez qu'un type comme moi, aussi pourri que vous pensez que je suis, saura se taire. Pas de risque que l'affaire s'ébruite. Pas de risque de scandale si jamais il y a matière à scandale. Donc, une fois la fugueuse retrouvée, le pucelage raccommodé s'il y a lieu, on pourra lui trouver un mari. Ça, c'est le bon côté de la médaille. Le revers, c'est que je veux tout savoir. C'est la condition que je pose avant de m'occuper de votre sœurette. Et quand je dis tout, c'est tout, y compris la marque et la couleur de ses petites culottes. »

Elle cria presque :

« Vous êtes abject. Ce n'est pas ce genre de… détails qui vont vous aider à la retrouver.

– Qu'est-ce que vous en savez ? On ne va pas seulement au British Council pour se familiariser avec la langue de Shakespeare. Allez voir le jardinier pakistanais de ma part : il vous dira ce qu'il trouve sur les pelouses derrière les bâtiments et ce qui s'y passe, une fois la nuit tombée. Vous voulez que je vous dise combien il ramasse de capotes par an ? »

Elle ne répondit pas et se remit à marcher.

Au loin, on apercevait le pont qui relie Manama, la capitale de l'émirat des Deux-Mers, à l'île de Mouharaq, où se trouve l'aéroport international. Quand le vent faiblissait, si l'on redressait la tête, on distinguait au loin des bulbes de mosquées et de gros réservoirs. Couchés sur la grève, les *dhows*, des boutres aux coques très arrondies, ressemblaient à des baleines échouées. Avec les dômes des mosquées, ces coques donnaient à l'archipel, plat comme une tôle à tarte, ses seules rondeurs.

À cause de la tempête, peu de bateaux étaient en mer. Un seul boutre longeait lentement le rivage. La goutte de pluie attendit que le bruit rauque du moteur s'éloignât avant de me répondre.

« Vous êtes comme tous les Occidentaux. Vous n'êtes heureux que lorsque vous enfoncez les femmes dans la boue. Sous prétexte de liberté sexuelle, vous aimez le vice, la dépravation et tout ce qui les salit. Comme je suis heureuse de ne pas être une femme de votre pays.

– Le vice ? La dépravation ? Vous êtes sûre que vous connaissez le sens de ces mots ?

– Peut-être pas mais… mais je sais que vous n'êtes pas le personnage que vous feignez d'être. Vous voulez tout simplement me choquer. Est-ce parce que je fais partie de la communauté méprisée ? »

Elle avait touché juste. Si j'étais allé aussi loin dans la provocation, c'était sans doute parce qu'elle appartenait à la communauté maudite, celle des chiites, qui contestait toute légitimité au prince que je servais et faisait de l'émirat des Deux-Mers, petit archipel de six cent vingt mille âmes, un pays qui vivait sous la menace quasi permanente d'une guerre civile.

Eschrat était chiite comme toute sa famille. En tant que flic au service du futur émir, le prince héritier Mahmoud, on m'avait consenti une liberté d'action totale sur tout le territoire de l'archipel et j'avais donc parfaitement le droit d'enquêter sur qui bon me semblait au prétexte que cela concernait les affaires du prince. Il me suffisait de brandir ma carte et de gueuler « Sécurité de l'État » pour que l'on me permette à peu près tout.

Depuis vingt ans, l'émirat vivait en permanence sur le fil du rasoir à cause de l'hostilité que se manifestaient les deux communautés musulmanes, la chiite et la sunnite. C'est là que la politique se mêlait à la religion. La « maison chiite » représentait à peu près soixante-dix pour cent de la population mais tout le pouvoir et presque toutes les richesses étaient concentrés entre les mains de la « maison sunnite ». L'émir, ses chambellans, ses officiers, ses soldats, ses flics, ses cuisiniers – du moins ceux qui n'étaient pas importés d'Europe –, ses sbires, ses ministres, à quelques potiches près, étaient sunnites. La plèbe, à l'inverse, était chiite. En plus, le pouvoir se méfiait d'elle. Il l'empêchait de s'engager dans l'armée et la police. Dans les administrations, on lui préférait souvent la main-d'œuvre indienne ou pakistanaise, moins exigeante sur les rémunérations et les conditions de travail, et bien sûr moins remuante. Car il y avait une troisième communauté dans l'émirat des Deux-Mers, constituée d'une grosse minorité d'émigrés, en grande majorité asiatiques, qui n'avaient que le droit de s'exténuer et de se taire.

Tout cela créait des tensions, parfois des émeutes terriblement violentes au cours desquelles la troupe tirait sans le moindre scrupule. Il arrivait que les chiites répliquent par des tentatives d'assassinat qui visaient l'émir et ses gens.

Eschrat et sa famille faisaient partie de la bourgeoisie chiite qui avait fait allégeance au régime sunnite, ne serait-ce que pour survivre économiquement. Mais le pouvoir doutait quand même, et probablement à juste titre, de la fidélité de ces ralliés par intérêt. Si le vent tournait, ils iraient vite rejoindre les rangs de l'opposition.

Moi j'étais du côté des tyrans. Je l'étais ouvertement, au vu et au su de tous. Pas comme les distinguées diplomaties occidentales qui jouaient aux vertueuses par-devant et qui, par-derrière, toléraient tout aux petites pétromonarchies du golfe Persique. Derricks et gros contrats obligent, Washington, Londres et Paris préféraient lécher le cul des despotes du coin plutôt que de le leur botter. Les leçons de morale que les démocraties distribuaient au reste du monde se noyaient dans le premier baril de brut. Et puis, si un jour les autres, les ennemis de l'Occident, gagnaient, cela changerait quoi ? Ici, ce n'était pas une démocratie que rêvait d'installer l'opposition mais une république islamique pure et dure, avec des ayatollahs barbus et des fanatiques étriqués pour remplacer les émirs gras et parfumés. Pour toutes ces raisons, les bonnes et les mauvaises, je n'avais pas vraiment d'état d'âme.

Néanmoins, Eschrat avait préféré s'adresser à un flic étranger au service de l'oppresseur. Elle avait raison. Les policiers de l'émirat ne valaient pas grand-chose.

« Vous allez vraiment rechercher ma sœur ? » demanda-t-elle, un peu adoucie. Cette fois, je fis un effort pour ne pas la dévisager.

« Évidemment. Je pense même la retrouver assez rapidement.

– Vous me promettez que vous la chercherez comme si c'était une Occidentale ?

– Promis.

– Qu'est-ce que vous voulez savoir sur elle ?

– Tout. D'abord, si elle se mêle de politique.

– Non. Elle ne s'intéresse qu'à ses études. Elle veut parler anglais le mieux possible, réussir le *Proficiency* et poursuivre, comme moi, une formation à l'étranger. Elle s'intéresse aussi beaucoup au cinéma et au théâtre. Elle voudrait être actrice. Elle aimerait d'abord pouvoir jouer dans une troupe amateur mais mon père le lui a interdit. »

Nous parlâmes encore un long moment. Elle me donna ensuite la photo de Yasmina. C'était une très jolie gamine, aussi fine que sa sœur, avec les mêmes grands yeux sombres, la même bouche charnue, les mêmes pommettes taillées haut, le même front intelligent ; seul le nez était différent, retroussé au lieu d'être aquilin. Était-ce à cause de l'absence de foulard, qui permettait de découvrir une longue chevelure noire tombant plus bas que ses épaules mais elle semblait plus malicieuse que sa frangine. Et, malgré son jeune âge, elle paraissait tout aussi sensuelle.

« Vous n'avez aucune idée de l'endroit où votre sœur a pu aller ?

– Vraiment aucune, non.

– Elle n'a pas de téléphone portable ?

– Si, bien sûr, mais il sonne occupé sans arrêt. On dirait qu'il ne marche plus. Et le répondeur ne fonctionne pas non plus. C'est ce qui m'inquiète le plus car ma sœur passe sa vie au téléphone. C'est une vraie maniaque.

– Elle a un passeport ?

– Oui, mais elle ne l'a pas pris. Il est toujours dans le tiroir de son bureau.

– Vous savez si elle est partie avec une valise ou un grand sac ?

– Je ne crois pas. Juste le sac à main qu'elle prend habituellement quand elle sort.

– Vous m'avez dit qu'elle était allée faire des courses au souk. Elle était habillée comment ?

– Je ne l'ai pas vue sortir.

– Mais le lendemain ou le surlendemain, quand elle n'est pas revenue, vous êtes allée regarder s'il manquait des affaires dans ses placards. Vous savez donc comment elle était vêtue le jour où elle est partie. »

Elle s'arrêta de marcher et resserra son abaya, avant de plaquer ses mains contre son visage. Elle faisait mine de réfléchir, sans parvenir vraiment à dissimuler la gêne que ma question lui causait. Je repris plus doucement : « La petite sœur, elle était fringuée comment ? »

Entre la question et la réponse, quelques longues secondes s'écoulèrent. Un tourbillon de poussière en profita pour traverser la voie express. De l'autre côté, se dressait l'hôtel Sheraton, dont l'immense S majuscule, peint en noir sur la façade blanche, faisait penser à un gros serpent ou à un immense dollar.

« Je crois qu'elle portait une minijupe en cuir noir, très courte, celle que papa ne veut pas qu'elle porte hors de la maison. Peut-être aussi un chemisier blanc. Et puis un manteau long et son abaya pour cacher la minijupe.

– Une trousse de maquillage ?

– Oui. C'est curieux car ma sœur n'aime pas beaucoup se maquiller. C'est à peu près la seule chose que papa lui permet de faire.

– Elle a emporté du linge de rechange ?

– Je ne crois pas.

– Les chaussures ?

– Celles que l'on porte avec ce genre de jupe. Talons très fins et bouts affreusement pointus… la mode d'aujourd'hui.

– Et sous la jupe et le chemisier ? »

Elle tourna la tête et regarda la mer.

« Allez, ne faites pas encore la pudique. Vous croyez que je ne sais pas comment les filles d'ici parlent des garçons quand elles sont ensemble et les confidences qu'elles se font ? Si je vous pose cette question, c'est parce que je crois qu'elle est partie rejoindre un amoureux. D'ailleurs, vous pensez la même chose que moi, sinon vous seriez encore beaucoup plus inquiète pour Yasmina.

– Il n'y a pas d'amoureux. Je le saurais s'il y en avait un. Ma sœur me dit tout. Et je suis beaucoup plus inquiète que vous ne voulez le croire. C'est comme si j'étais morte depuis qu'elle est partie. Si ce n'était pas le cas, je me serais sauvée dès vos premières insultes. »

Elle me plaisait, Eschrat. Il émanait d'elle un mélange d'innocente fierté et de sensualité naïve. Cela me changeait du milieu que je fréquentais. Grâce au vent, qui essayait d'emporter son abaya, j'avais pu découvrir la finesse de ses attaches et ce qu'elles promettaient. Après une accalmie, le taouz s'était remis à souffler et à nous jeter des pelletées de sable dans les yeux. Nous recommençâmes à avancer cassés en deux, un peu comme deux aveugles sans cannes.

« Il y a encore une chose dont nous n'avons pas parlé, dis-je.

– Laquelle ?

– Combien ça vous coûtera pour que je retrouve votre sœur. J'ai la réputation d'être un bon flic, efficace, persévérant et tout, mais pas celle d'être bon marché lorsque je travaille à mon compte. Et j'ai cru comprendre que c'est vous qui alliez me payer de votre poche puisque vos parents ne sont pas au courant de votre démarche.

– Je vous donnerai tout ce que je possède. Je veux dire tout l'argent que j'ai.

– Vous ne me demandez pas à combien risquent de s'élever les frasques de votre petite sœur ?

– J'ai quelques économies. J'espère que ça suffira.

– Et si ça ne suffisait pas, irez-vous jusqu'à me donner autre chose ? »

Elle ne comprit pas et se tourna vers moi pour me regarder.

« Autre chose ?

– Des choses comme celles que vous cachez sous votre abaya. »

Elle blêmit, serra son voile sur sa poitrine et baissa les yeux un instant. Lorsqu'elle les releva, ils étaient à nouveau pleins de colère et de larmes. Cependant, elle sut très vite se reprendre.

« Monsieur Grenadier, je crois que vous jouez encore au sale type, au policier pervers et corrompu.

J'en suis d'autant plus certaine que la personne du Palais à qui je me suis adressée a toute confiance en vous. Je pense que, si l'on gratte l'écorce des apparences, on découvre un vrai gentleman…, comme les Français savent encore l'être.

– Hum ! N'en soyez pas si sûre. »

2

Avant de commencer mon enquête, j'avais un cours à donner dans une caserne de la ville. Je repris ma vieille Chevrolet, une Caprice Classic blanche d'une dizaine d'années, que j'avais garée dans le parking du Sheraton, et me dirigeai vers un quartier plus ancien.

Manama était la drôle de capitale d'un drôle de pays. On ne savait pas vraiment où la ville commençait. Elle s'étalait dans toutes les directions, progressant aussi vers la mer grâce à d'immenses remblais sur lesquels on construisait des autoroutes et des hôtels qu'on se souciait peu de remplir. D'un bout à l'autre de la ville, on bâtissait n'importe quoi, n'importe comment et n'importe où. Les architectes ne cherchaient pas à faire beau mais à faire riche. Alors, ils imitaient. Ce qui faisait que l'on retrouvait presque tous les styles côte à côte, la villa hollywoodienne, le palais mauresque, la gentilhommière française aux jardins moghols, le cottage anglais avec un patio andalou. Entre les grappes d'habitations, de hautes tours bâties sans imagination s'adressaient à un ciel qui, été comme hiver, n'en avait pas non plus.

Je traversai le quartier d'Al-Fareh, où les bâtiments s'élevaient sur le bord du rivage telle une poussée d'acné sur une peau adolescente, et retrouvai des rues plus traditionnelles. La caserne des Forces de défense datait de l'époque de la présence britannique et ne payait pas de mine. Les bâtiments n'avaient qu'un étage ou deux et faisaient fatigués. Au poste de garde, on commençait à me connaître et je n'eus pas à présenter mes papiers. J'étais légèrement en retard et la trentaine de jeunes flics chargés de la protection rapprochée du prince héritier m'attendait déjà dans le gymnase.

Mes élèves étaient tous de grands gaillards, certains avec des moustaches bien noires et tranchantes comme des rapières, qui essayaient de copier le style et la démarche des flics américains, du moins ceux qui traversaient les feuilletons qu'ils avalaient tous les soirs, sitôt le boulot terminé. Ils étaient en civil, habillés à l'européenne mais me saluèrent militairement. La plupart parlaient très correctement anglais.

Cela faisait déjà plus de vingt ans que le petit émirat des Deux-Mers était en proie à des insurrections régulières de la population chiite. Cette rébellion, tantôt ouverte, tantôt larvée, finalement, je la bénissais. C'est à cause d'elle que j'avais pu retrouver une bonne place de flic après avoir sombré dans l'un des derniers scandales de l'époque Mitterrand, celui des écoutes téléphoniques illégales. Une fois la cellule antiterroriste de l'Élysée dissoute, je n'avais pas eu beaucoup de choix. Même les boîtes de sécurité hésitaient à m'employer, craignant de me voir un jour ou l'autre sommé à comparaître devant un tribunal. Il restait le golfe Persique et tous les petits émirs qui n'avaient pas confiance dans leurs propres polices et préféraient de loin les flics occidentaux pour assurer leur très chère protection.

Parce que la Grande-Bretagne était l'ancienne puissance coloniale du coin, les officiers anglais avaient raflé l'éventail du marché sécuritaire depuis longtemps. Heureusement, les roitelets du pétrole ne voulaient plus mettre tous leurs œufs d'or dans le même panier et commençaient à faire appel aux mercenaires français. Le capitaine Barril avait été le premier recruté pour assurer la protection rapprochée de l'émir du Qatar. Moi, je m'occupais de celle du prince héritier de la famille qui régnait en despote sur l'archipel voisin des Deux-Mers. On m'y payait bien et les convocations de la justice française n'arrivaient pas jusqu'ici. En plus, dans une région où l'argent de l'or noir faisait fructifier tous les trafics et toutes les combines, il y avait d'autres possibilités de mettre du beurre dans les épinards.

Pour les besoins de mon cours, on simulait l'inauguration du nouveau musée par le prince héritier. Il fallait donc organiser sa protection au fur et à mesure de son déplacement dans les salles. Mes élèves étaient un peu gauches mais pleins de bonne volonté. J'avais mobilisé aussi une quinzaine d'acteurs d'une troupe de théâtre amateur de Manama pour incarner la foule des invités à l'exposition. L'un d'eux jouait le rôle du prince. Parmi les figurants, se cachait un tueur que mes flics devaient repérer et neutraliser avant qu'il sorte son arme.

Je vis qu'ils avaient encore beaucoup à apprendre. Ils bondirent maladroitement sur un des comédiens, prenant pour un revolver le téléphone portable qu'il planquait sous sa veste. Ils en ceinturèrent un autre au moment où il sortait de grosses lunettes d'un étui. Mais ils laissèrent s'approcher à quelques mètres du prince un acteur trop bien sapé pour les Nike qu'il portait aux pieds. Je me mis à les engueuler : « Avant la tronche des gens, il faut regarder leurs pieds. Un visage, ça trompe, ça ment presque toujours. Pas les godasses. Des Nike avec un chouette costard, ça ne va pas ensemble. Ça signifie que le type aura besoin à un moment ou à un autre de courir. Ça veut dire aussi qu'il va peut-être flinguer avant de s'enfuir. Et méfiez-vous aussi de ceux qui portent leur chemise par-dessus leur pantalon : c'est peut-être pour planquer une arme ou une ceinture d'explosifs. »

Je leur appris ensuite à se placer de part et d'autre de la personnalité à protéger, à ne pas se gêner les uns les autres ni à se faire écran et, le plus difficile, à immobiliser rapidement un individu jugé menaçant sans le tuer pour autant.

À la fin de cette simulation, j'allai voir le responsable de la troupe de théâtre. Imad était un grand type mince, d'environ trente ans, aux cheveux mi-longs très noirs. Il était vêtu d'un jean et d'un imperméable gris, style Bogart. C'était un sunnite avec des idées bien à gauche, peut-être marxistes. Sans doute était-ce pour cela qu'il acceptait des acteurs chiites dans sa troupe. Je l'avais quand même convaincu de participer, lui et ses amis, à mes cours de formation. Fréquenter les flics ne l'empêcherait pas d'aller directement en taule s'il interprétait une pièce trop critique envers l'émir mais ce genre d'arrangement permettait de limiter les dégâts, de lui éviter d'être tabassé ou de moisir indéfiniment dans un cul-de-basse-fosse. Sans compter que participer à la sécurité du prince héritier Mahmoud, ça rapportait. J'étais un peu pote avec lui car on fréquentait le même bar. Je lui tendis mon paquet de Chesterfield.

« Tu connaîtrais pas une fille qui…

– Je ne fais pas l'indic. Je te l'ai déjà dit. C'est une des conditions que j'ai posées avant de…

– C'est pas un truc politique que je te demande. Je recherche une fille qui a disparu depuis plusieurs jours. Sa famille s'inquiète beaucoup.

– Ça fait partie de ton travail, ce genre d'enquête ?

– Pas vraiment.

– Alors ?

– Enquête privée. Dans l'intérêt de la famille.

– Tu parles !

– Ça m'arrive de rendre service, non ?

– Peut-être, je ne sais pas. Avec toi, on a du mal à savoir où et quand commence ton boulot et où et quand il finit. Quand on boit un coup ensemble au Londoner, je trinque avec qui ? Le flic ou le copain ? Avec le copain, j'imagine. Mais le flic n'est jamais loin, non ?

– C'est toi le comédien, celui qui voit ce qui se cache sous les masques.

– Je ne m'attendais pas à ce que tu me répondes franchement.

– Et si on parlait de la fille ? »

Je lui montrai sa photo mais il ne l'avait jamais vue. Je lui racontai ensuite ce que je savais de la disparue. « Tu crois que c'est possible une fugue amoureuse ? »

Il prit le temps de tirer longuement sur sa cigarette avant de répondre.

« Tout est possible, bien sûr. Mais cela dépend du milieu social. Pour la nana que tu cherches, je suis un peu sceptique.

– Pour quelle raison ?

– Tu m'as dit qu'elle venait d'une famille bourgeoise assez traditionnelle, suffisamment en tout cas pour que les filles se voient interdire de faire du théâtre. Mais ce qui est paradoxal, c'est que leur père accepte de les laisser étudier à l'étranger, où elles auront toute la liberté de faire ce qu'elles veulent, et ça, en général, elles ne s'en privent pas. On a donc un père qui exige que les apparences soient sauvegardées mais prêt à fermer les yeux sur ce que font ses filles quand elles sont loin de chez lui. La fille que tu recherches, si elle sait se montrer un peu discrète, elle peut très bien vivre son histoire sans être obligée de s'enfuir de la maison, ce qui aurait des conséquences désastreuses pour elle. J'imagine, et elle le sait aussi, que son père, lorsqu'il l'aura récupérée, la cloîtrera pendant des mois, probablement jusqu'à ce qu'il lui trouve un mari. J'aimerais me tromper mais je crains qu'il y ait autre chose derrière sa disparition. Quelque chose de grave a pu lui arriver. Elle se mêlait de politique ?

– Sa sœur m'a juré que non.

– Tu la crois ?

– Ouais. »

Imad fit un triste sourire, aspira une longue bouffée et dit un peu doctement :

« Quand un policier dit qu'il croit une fille, c'est qu'il en est amoureux.

– T'en as encore beaucoup des conneries comme celle-là ? »

Il ne répondit pas. On se serra la main et on se promit de se revoir bientôt au Londoner. Après, je filai au British Council. L'établissement était proche du vieux Manama, à quelques kilomètres de la caserne. Il se résumait à un bâtiment d'un seul étage, tout blanc, tout simple, ce qui reposait les yeux. Devant, le parking, dix fois trop vaste, n'avait jamais été goudronné. À cause des pluies de ces derniers jours, il s'était transformé en un lac de boue où l'on s'enfonçait jusqu'à la cheville.

Je n'eus pas à entrer dans l'immeuble. Le jardinier pakistanais s'occupait des palmiers nains du parking que le taouz malmenait. C'était un vieux Pashtoun du nom d'Homayoun. Grand et sec, il tirait en permanence sur sa longue barbe grise comme si elle était censée lui donner du lait. Il parlait un anglais rudimentaire mais compréhensible. Cela faisait au moins une vingtaine d'années qu'il émargeait au CID, le *Criminal Investigation Directorate*, les services criminels, de sécurité et de renseignements de l'émirat des Deux-Mers. Cela lui rapportait une trentaine de dollars par mois. Je l'avais recruté aussi pour mon propre service depuis qu'une des filles du prince héritier fréquentait l'établissement à ses moments perdus, ce qui lui permettait d'empocher une vingtaine de dollars supplémentaires. Il me serra la main pendant presque trois minutes en débitant des formules de politesse qui auraient rempli un sac postal. Je coupai court à ses salamalecs, sortis la photo de Yasmina et lui demandai : « Tu la connais ? »

Homayoun hocha la tête.

« Dis-moi tout ce que tu sais sur elle. »

Il me raconta peu de chose. Elle arrivait en cours à l'heure, déposée par le chauffeur de la famille, un Sri-Lankais, qui venait la reprendre ensuite. La voiture était une Toyota Corolla assez ordinaire. Homayoun ne se souvenait pas d'avoir jamais vu Yasmina échanger des tendresses avec un garçon. Elle arrivait vêtue d'une abaya de pure forme qu'elle portait très en arrière, laissant voir l'essentiel de son visage et presque toute sa chevelure. Comme la plupart des jeunes filles chiites de l'émirat, elle portait des jeans sous ses voiles.

« C'est toujours la même voiture qui l'amenait et venait la rechercher ?

– Dieu seul peut le savoir. Mais je crois que oui.

– Toujours, toujours ? »

Homayoun réfléchit en tirant avec force sur sa barbe grise, ce qui avait aussi pour effet d'allonger son visage et de le faire ressembler à un vieux sage de miniature persane.

« Il y a quelques jours, il m'a semblé la voir monter dans une autre voiture mais je n'en suis pas sûr.

– De quel type ?

– Je ne sais pas. Une belle voiture, très chère.

– Une Chevrolet comme la mienne ?

– Non, pas comme ça. Très différente, peut-être américaine, peut-être pas, mais très chère.

– Quelle couleur ?

– Rouge, très rouge.

– Avec combien de portes ?

– Deux seulement.

– Et qui la conduisait ?

– Je ne sais pas. Peut-être une femme. Mais je ne suis même pas sûr que ce soit bien elle qui soit montée dans cette voiture. »

Je le remerciai, lui donnai vingt dollars de bakchich en lui demandant de ne parler à personne de mon enquête et de m'appeler si jamais Yasmina réapparaissait ou s'il apprenait quelque chose.

Il était dix-sept heures. La nuit approchait déjà à toute allure et le ciel avait commencé à glisser du brun au noir. Les lumières se mirent à incendier l'île. Tous les immeubles flambaient, surtout les tours qui se mettaient à ressembler à des torchères. Ici, l'électricité ne coûtait rien.

Ce soir, à cause du taouz qui continuait à recouvrir la ville de sable, celle-ci brûlait moins bien. Elle entrait enfin en mystère, prise au piège d'un brouillard de poussière lourde, qui transformait les abayas en fantômes noirs et épiçait de gris les chevelures gominées des immigrés indiens et pakistanais.

C'était l'heure de commencer à boire, du moins à boire sérieusement. Je retournai au Sheraton. En y entrant on avait l'impression que l'édifice était taillé dans le marbre. On avait voulu faire vraiment très riche et c'était réussi. Les membres de la famille de l'émir se partageaient la propriété des palaces de l'archipel mais celui-là appartenait en personne au souverain. J'y allais parce que, depuis le bar du dernier étage, on pouvait voir la baie ruisseler de lumières et que Sounaïma y travaillait.

À part quelques hommes d'affaires européens qui parlaient fort et draguaient les serveuses sans trop y croire, il n'y avait personne dans la salle. En regardant mieux, après m'être assis, je vis dans un recoin éloigné du bar deux Saoudiens en *disdacha* blanche, la robe traditionnelle des hommes du Golfe. Habituellement, le personnel essayait de refouler ce genre de clients qui ne venaient que pour s'enivrer. Pourtant, ils payaient bien et laissaient de gros pourboires aux filles mais avaient trop souvent l'alcool mauvais. Ces deux-là, l'un et l'autre grands et gros, avaient dû forcer le passage.

Je m'installai sur un tabouret en face de Sounaïma. Elle me servit aussitôt un double Macallan.

« Pas trop fatiguée ?

– Ça va. À cause de la tempête, il n'y a presque pas de clients. Ce qui fait que je pourrai m'en aller plus tôt ce soir. Tu m'attends ? me demanda-t-elle dans un anglais où perçait un écho de sa langue natale.

– J'aime mieux pas qu'on nous voie sortir d'ici ensemble.

– Bon, pars le premier, juste un peu avant moi, et attends-moi dans ta voiture.

– Dans ce pays les parkings ont des yeux et des oreilles.

– Et alors ? T'es flic, non ? Et un flic comme toi peut tout se permettre. Pourquoi as-tu peur à ce point qu'on nous voie tous les deux ? Je ne suis pas assez bien pour toi ?

– Tu sais parfaitement que si ! »

Elle s'interrompit pour servir un jeune officier de marine américain qui venait d'entrer et de s'asseoir au bar. Il lui fit un grand sourire. Elle le lui rendit et ça m'agaça. Je tournai la tête et regardai les deux autres serveuses qui bavardaient dans un coin. Toutes les filles, d'origine asiatique, étaient grandes et belles.

Et toutes avaient la même tenue, une robe longue et moulante, qui montait jusqu'aux épaules tout en étant fendue très haut sur le côté gauche. La robe dénudait aussi une épaule, la droite comme celle de Bouddha. De l'autre épaule, partait une diagonale qui divisait le tissu en deux couleurs, rouge et noir. Dans le bar, on retrouvait cette dualité partout. Les fauteuils et les tabourets étaient de cuir rouge et le comptoir d'un noir laqué qui reflétait les lumières de la ville apportées par d'immenses baies vitrées. Sur celles-ci dansait le carnaval doré des illusions.

Après avoir séché mon verre, j'appelai avec mon portable le Criminal Investigation Directorate.

Le CID était dirigé par un vieil Écossais du nom de Ian Matthews qui s'occupait plus spécialement de sa branche politique mais avait aussi autorité sur tous les autres secteurs. Il faisait ce boulot depuis un bon moment, peut-être depuis l'indépendance de l'émirat en 1970. Avant de finir mercenaire, il avait servi dans les services spéciaux de l'armée britannique. Il s'était illustré au Kenya lors de la révolte des Mau-Mau. Il y avait gagné une réputation d'homme efficace, courageux mais sans scrupule.

Matthews était encore à son bureau. Il n'était pas spécialement heureux de m'entendre l'appeler sur sa ligne directe, réservée aux cas d'urgence. Il me donna quand même rendez-vous pour le lendemain, dès huit heures du matin. Moi non plus, je n'étais pas ravi de le voir et encore moins de me lever si tôt. Mais c'était le seul moyen de savoir si Yasmina était fichée ou pas. Si tel était le cas, je saurais tout ce qu'on pouvait apprendre sur elle.

Je commandai un autre verre à Sounaïma. Tout en buvant, je regardais les chevaux mauvais de la tempête razzier l'île et la nuit sans étoiles.

Depuis le dernier étage du Sheraton, cela faisait plaisir de voir les rafales violentes, que l'on croyait jaillies de la mer, cingler les avenues, faire tanguer les lourdes voitures et se précipiter du parking à l'hôtel toute une humanité trop riche, trop importante à ses propres yeux, trop fière de la fierté des riches, pour s'abaisser à se dépêcher et qui devait exceptionnellement ce soir courir, du moins hâter le pas, pour ne pas être cravachée par le vent.

Sounaïma fit le tour du bar pour se planter devant moi avec le verre que je lui avais commandé. Les lumières scintillaient aussi dans l'ambre doré de l'alcool. Elle rejeta ses longues tresses noires en arrière et me regarda dans les yeux, prenant la mesure de mon désir qui devait briller comme de faux diamants dans la nuit électrique. Elle semblait assez sûre d'elle pour commencer dès maintenant un jeu cruel, cruel pour nous deux, et qui allait se prolonger certainement une bonne partie de la nuit. Cette fois, elle s'adressa à moi en français et d'une voix presque dure :

« Je veux qu'on nous voie partir ensemble.

– Tu remets ça ?

– Je veux qu'on me voie sortir avec toi.

– Il n'en est pas question.

– Bon, je ne viendrai pas chez toi.

– Tant pis. Je peux quand même avoir mon verre ? »

Elle le posa sur le comptoir presque avec violence. Elle reprit l'anglais, langue qu'elle maîtrisait encore mieux que le français. « Tu peux boire tout ce que tu veux, j'irai te chercher la bouteille. Tu n'es qu'un alcoolique. Tu pues le whisky. En plus, tu commences à avoir un gros bide et à faire vieux. Pourtant, moi, je n'ai pas honte de me montrer avec toi et que tout le monde sache qu'on couche ensemble. »

Je n'avais rien à dire. Je trouvai simplement qu'elle parlait un peu trop fort, ce qui avait attiré l'attention de l'officier américain. Heureusement, une autre serveuse, la copie un peu moins grande de Sounaïma, se dépêcha de monter le volume de la musique. De sa voix de sucre d'orge, à la fois mutine et ingénue, Lisa Ekdahl chantait *Love for sale*.

Je finis mon verre, payai ce que j'avais bu et me préparai à sortir. Sounaïma me tournait le dos et je voyais son épaule nue capter un flot de lumière douce. Sa robe était fendue jusqu'à l'âme. J'attendis un instant qu'elle se retourne, ce qu'elle ne fit pas. C'est dans le vestibule grand comme le château de Windsor, devant la batterie d'ascenseurs, dont l'un venait d'arriver avec un miaulement doux de chaton, qu'elle me rattrapa. « Bon, je viendrai quand même. Je sors dans une heure et j'irai me changer. Passe me prendre chez moi. »

Je retrouvai la large avenue qui, d'un côté, menait à la mer, de l'autre à la ville. Laissant à ma droite l'hôtel Hilton qui faisait face au Sheraton et scintillait de tous les lampions rougeâtres qui couraient le long de sa façade, je marchai en direction du rivage. Il faisait très humide, encore un peu plus froid et le ciel était lourd de sable. Sur les boulevards, les rares voitures roulaient au ralenti.

Après avoir traversé la voie express, je retrouvai la grève. Près de l'endroit où Eschrat et moi nous étions rencontrés le matin, une pointe de terre se détachait du rivage pour se ficher dans la rade et dessiner une sorte de presqu'île. Toute cette partie de la ville avait été gagnée sur la mer et des piliers s'y enfonçaient. On aurait dit un bosquet de troncs d'arbres en béton, la plupart coupés à hauteur d'homme, prolongés par des tiges de métal tordues qui dessinaient de courtes branches. Une forêt en béton armé ; en tout cas, la seule de l'île. Ces troncs inachevés servaient à maintenir l'avancée de la terre sur l'eau. Le plus grand, qui se dressait face à la mer comme pour la repousser, prenait l'allure d'un totem abandonné ou d'une sorte de calvaire privé de sa branche horizontale.

Cet endroit me fascinait sans que j'en comprenne vraiment la raison. Il évoquait quelque chose d'inachevé, l'esquisse d'un monde indistinct et sauvage à quelques dizaines de mètres des lumières envahissantes de la ville.

Je m'assis sur une souche en ciment et allumai une cigarette. À cause du sifflement du vent, on n'entendait pas le ressac des vagues. J'avais une heure à tuer avant que Sounaïma soit prête. Pour peu que le désir que j'avais d'elle me laisse un moment tranquille, cela me donnait le temps de réfléchir à la manière dont j'allais m'y prendre pour retrouver Yasmina.

Derrière moi, la ville, voilée par le brouillard de sable, était un brasier rouge. Devant moi, la mer et le ciel étaient devenus en quelques minutes un écran d'un noir absolu. Ni lune, ni étoiles, ni lumières dans la nuit.

C'était sans doute ici l'hypocentre des richesses du monde. De quelque côté que l'on se tourne, s'étendaient des gisements pétroliers ou gaziers. De là aussi, on pouvait observer toutes les guerres qui se déroulaient depuis vingt ans dans le golfe Persique. C'était pour cela que les Ricains avaient installé dans le sud de l'île une immense base aéronavale dont on ne savait rien si ce n'est qu'elle bouffait quasiment le tiers du territoire. Ils ne pouvaient mieux choisir…

En face de l'émirat des Deux-Mers, de l'autre côté du Golfe, c'était l'Iran. Si on remontait vers le nord, on trouvait le Koweït, un autre émirat où la démocratie en était à ses balbutiements. Après, c'était l'Irak, le pays de tous les démons.

En descendant vers le goulet du Golfe, une presqu'île dessinait un long doigt tendu. C'était le Qatar, un petit bout de pays ombrageux, fabuleusement riche. Le fumeux capitaine Barril, qui avait été mon patron à la cellule antiterroriste de l'Élysée, s'en était fait lourder une petite dizaine d'années plus tôt, en même temps que l'émir dont il assurait la protection lorsque ce dernier avait été détrôné par son propre fils ; tout malin qu'il prétendait être, Barril n'avait rien vu venir. Plus bas, on arrivait à Dubaï et Abou Dhabi, qui, avec cinq autres petits émirats, formaient la richissime fédération des Émirats arabes unis. Encore plus bas, contrôlant le détroit d'Ormuz par lequel passait une bonne partie de l'or noir du monde et verrouillant la sortie du Golfe, s'étendait le vaste sultanat d'Oman, largement inhabité. Je n'avais jamais vraiment compris la différence entre un émir et un sultan. Simplement quand un sultan venait en visite ici, on tirait une centaine de coups de canon au lieu d'une vingtaine pour un émir.

Derrière moi, les flamboiements rouge et or de la ville irradiaient toujours le brouillard. Devant, séparé par un bras de mer, on pouvait imaginer un dernier pays tapi dans la nuit, immense celui-là, avec des déserts dans les déserts et des territoires ingouvernés où le taouz, le vent barbare, rassemblait ses forces avant d'aller piller les villes côtières. Cet immense royaume avait pris le nom de son fondateur, Ibn Séoud.

Depuis une vingtaine d'années, l'Arabie Saoudite s'était amarrée à l'émirat des Deux-Mers grâce à un audacieux pont autoroutier à quatre voies, impressionnant ouvrage d'art qui bondissait d'îlot en îlot. Le problème, c'est qu'il ligotait de plus en plus le minuscule émirat à son gros voisin. D'un côté du pont, un micro-État où les mœurs étaient relativement libres, où l'on pouvait, en tout cas, boire à volonté, danser dans des discothèques à la mode, finir la soirée avec des putes russes ou marocaines. De l'autre côté, s'étendait le pays le plus rigoriste du monde, soumis à une police religieuse composée de dégénérés et de foutracs, où tout était interdit, où il n'y avait ni cinémas ni théâtres, où les commerçants vous chassaient à l'heure de la prière dans la crainte de se faire eux-mêmes tabasser par la Brigade de la préservation de la vertu et de la répression du vice, où encore, pour le commun des mortels et les nombreux immigrés en particulier, la vie ressemblait à une interminable punition. Le pont permettait de relier ces deux mondes à la fois si proches et si lointains.

Je m'aperçus que je n'arrivais pas à réfléchir à la disparition de Yasmina. Je sortis sa photo de mon portefeuille et tombai par hasard sur celle de ma fille. En me tournant vers la ville incendiée de lumières, je pus distinguer leurs visages. Les deux gamines se ressemblaient. Même fraîcheur de peau, même légèreté dans les traits, mêmes lèvres pleines et boudeuses autour d'une bouche ronde, même gamme de sensualité, moins affirmée, toutefois, pour Ysé qui était un peu plus jeune, et même faux air d'insouciance. Cela faisait quatre jours que la jeune chiite avait disparu et au moins cinq que ma fille ne m'avait pas téléphoné. Ma comparaison était complètement ridicule. Mais, confusément, je sentais qu'en me lançant sur les traces de Yasmina, c'était aussi ma fille que je cherchais.

C'était l'heure d'aller chercher Sounaïma. Je jetai ma cigarette, traversai la voie express et repris l'avenue qui menait au Sheraton. Du parking je l'aperçus qui sortait. J'attendis qu'elle s'éloigne pour démarrer, courbée sous les rafales, serrant contre elle son sac, le visage emmitouflé dans un large châle coloré. Mon intention était de la rattraper un peu plus loin, près du grand rond-point qui distribuait les principales avenues traversant la capitale. Comme ça, elle n'aurait pas à marcher jusqu'à son studio et affronter trop longtemps le vent et ses colères de sable.

Lorsqu'elle aborda l'avenue, je vis qu'elle était suivie par un gros 4 × 4 Chevrolet, immatriculée en Arabie Saoudite. Le véhicule roulait doucement derrière elle, tous feux éteints. Brutalement, il la dépassa et grimpa sur le trottoir, lui coupant le chemin. La portière du passager s'ouvrit et un homme en disdacha en sortit. Dans sa main, il tenait des billets et on devinait qu'il lui demandait de monter. Lorsque Sounaïma fit demi-tour pour lui échapper, il remonta dans la voiture qui recula pour rester à sa hauteur. Vingt secondes passèrent. Puis deux hommes descendirent cette fois du 4 × 4 et je reconnus les deux Saoudiens du bar. Ils s'approchèrent de Sounaïma, ours pataudes allant parader au cirque dans leurs robes blanches et agitant toujours les dollars comme s'il s'agissait d'éventails. Elle réussit à forcer le passage et se hâta en direction de l'hôtel. Les balourds continuèrent de la suivre, criant et gesticulant comme s'ils avaient trouvé du miel. Ils ne m'avaient pas vu approcher et me garer le long du trottoir. Sans doute n'étaient-ils pas de méchants bougres et avaient-ils l'excuse de prendre toutes les femmes qui ne portaient pas l'abaya pour des putains. Sans doute... mais le Diable s'était glissé dans mes poings. Et le Diable, il n'y a qu'une seule façon de s'en débarrasser.

Je sortis de ma voiture. Lorsqu'ils me virent, j'étais arrivé à leur hauteur. Le premier, un barbu au nez fort et au front étroit, me sourit et me montra Sounaïma du doigt : « *Mister, lady good, lady very good for sex, very fuck.* »

Mon poing gauche lui fracassa le nez et le droit éclata les lèvres et une pommette. Il s'étala en lâchant ses billets. Le second, qui avait une grosse bouille ronde et une moustache de Führer, me regarda l'air hébété. Il ne songea même pas à se protéger quand je le frappai à son tour, avec mes deux poings, sur les tempes et les oreilles. Il ne tomba pas tout de suite mais laissa ses dollars s'échapper au vent furibard, qui, ravi de l'aubaine, les emporta. Je le touchai une nouvelle fois au visage, cette fois avec mon coude. Ses lèvres explosèrent. Je ramassai deux billets de cinquante dollars qui couraient sur le trottoir et les lui fourrai dans la bouche.

Sounaïma s'était retournée et avait vu la scène. Elle se précipita vers moi en criant : « Arrête ! mais arrête ! T'es complètement cinglé. »

Je la pris par le bras mais elle se dégagea.

« Pourquoi tu les as frappés ? Tu n'avais pas le droit. Ils ne m'avaient pas touchée.

– Ils voulaient…

– … me payer pour baiser avec eux. En quoi ça te regarde ?

– Mais…

– Mais quoi ? Tu refuses de te montrer deux minutes en ma compagnie. Mais dans l'ombre, parce que tu crois que personne ne te voit, tu te permets tout. Tu cherchais quoi ? À te défouler ? À te prouver et à moi par la même occasion que tu es un preux justicier doublé d'un prince charmant ? C'est raté. Tu n'as fait que jouer les gros bras. Ces deux types, ils ne t'avaient pas emmerdé. Ce n'est pas parce qu'ils étaient collants que tu avais le droit de les démolir. Tu n'aurais pas agi comme ça avec des Occidentaux. Et tu sais en plus que j'ai appris à me défendre, que j'ai fait des sports de combat à l'université et que je n'ai pas besoin de toi ! »

Nous étions devant ma voiture. Je lui ouvris la porte et elle monta, non sans tourner la tête en direction des deux Saoudiens qui étaient toujours étalés sur le trottoir. À côté d'eux, le moteur de leur Chevrolet ronflait doucement. « Maintenant, ils vont peut-être vouloir se venger. Est-ce que tu seras là pour me protéger ? Est-ce que tu oseras prendre ma défense en public ? Réponds… »

Je ne répondis pas et démarrai en faisant crisser les pneus. J'étais en colère. Contre elle, contre eux, contre moi. Contre ce putain de pays où je faisais un putain de boulot. Contre le monde entier. En plus, les phalanges de ma main droite gonflaient à vue d'œil. Et comme un malheur n'arrive jamais seul, j'avais une soif de naufragé.

Nous longeâmes la Corniche. Le vent prit en chasse la voiture qui se mit à tituber comme un bébé dromadaire faisant ses premiers pas. Je tendis à Sounaïma une Chesterfield.

« Tu m'emmènes dîner maintenant ? demanda-t-elle, en soufflant la fumée dans ma direction.

– Il y a tout chez moi.

– Depuis quand tu sais cuisiner ?

– La *housemaid* est tout à fait capable de…

– Merci pour l'intimité.

– Il y a davantage d'intimité dans un restaurant ?

– Ce n'est pas pareil. Chez toi, je serai une barmaid qui se fera servir par une housemaid, une domestique qui a un rang social inférieur au mien mais qui me méprisera quand même parce que je viens partager ta table et ton lit, qu'il lui faudra me servir et ensuite changer les draps. Ta bonne me méprisera et me jalousera à la fois parce que je ne suis qu'une fille comme elle, certes plus belle, plus instruite, mais, quand même, rien de plus qu'une serveuse de bar. Quand elle me regardera, je pourrai lire dans ses yeux qu'elle me prend pour une putain. Mais dans un grand restaurant, j'échappe le temps d'un dîner à ma condition. La dame du vestiaire me regardera avec envie, le maître d'hôtel avec désir, le garçon avec respect. Tout le monde aux petits soins avec moi, ne serait-ce que dans l'espoir d'un bon pourboire… de ta part.

– Ouais. Mais je ne veux pas qu'on nous voie ensemble. »

À présent, on avait quitté Manama pour prendre une longue route à quatre voies. On longeait toujours la mer mais on ne la voyait plus. De temps à autre, des ronds-points agrémentés de lourdes sculptures représentant des objets traditionnels stylisés comme une voile de dhow, une énorme perle ou une très grosse cafetière, obligeaient les voitures à ralentir.

Sounaïma attendit qu'on retrouve une ligne droite pour réattaquer. Elle passa de l'anglais au français. C'est dans cette langue qu'elle se laissait aller à la vulgarité. Peut-être parce qu'elle avait vécu un long moment avec un jeune coopérant français.

« Être tirée en douce, je ne vaux pas mieux que ça, hein ? Tirée en douce, c'est comme ça qu'on dit dans la belle langue de ton beau pays ?

– C'est comme ça…

– T'es qu'un sale petit flic. Arrête-toi sur le parking, là-bas, il n'y a personne. Pas la peine d'aller chez toi, non ? Qu'est-ce que tu veux comme cadeau pour m'avoir défendue contre les deux Saoudiens ? Une pipe ? Je te la fais en vitesse et tu pourras me ramener chez moi. Comme ça, on ne nous verra pas ensemble. Ça te va ?

– Pas la peine de s'arrêter. Il y a une boîte de Kleenex dans le vide-poches. »

La gifle était violente, destinée à faire mal. Je l'attendais et la bloquai sans difficulté en levant mon coude. La voiture fit quand même une embardée.

« Connard, tu m'as cassé un ongle.

– Désolé pour l'ongle.

– Seulement pour l'ongle, n'est-ce pas ?

– Calme-toi, Sounaïma. On n'est pas à Paris. Ici, je ne suis pas libre de faire ce que je veux. Je bosse pour un type qui est le futur émir et qui a pas mal d'ennemis. Je ne peux pas me permettre de…

– De quoi ? De t'afficher avec une barmaid du Sheraton ?

– Tu sais bien qu'ici les statuts sociaux ne se mélangent jamais, du moins en public.

– Ça revient exactement au même. T'as vraiment une mentalité de petit flic. J'ai une licence d'anglais et de français, et plus de diplômes que toi et tous les connards qui t'entourent, mais ça ne me sert à rien parce que t'as honte de sortir avec moi. Si je fais la serveuse ici, à des milliers de kilomètres de chez moi, c'est parce que ma famille ne vit que grâce à l'argent que je lui envoie. Dans mon pays, mes diplômes ne me sont d'aucune utilité. L'avenir pour moi c'est putain là-bas ou barmaid ici.

– Je sais tout ça !

– Et ça change quoi que tu saches ?

– Bon, bon, on va aller dîner.

– Non, je n'en ai plus envie. Sans compter que tu feras la gueule pendant tout le repas. »

La Chevrolet quitta la voie express pour prendre une route bordée d'arbres, de magasins, de petits garages et de restaurants chinois ou indiens. Elle conduisait à Boudaya, un gros bourg qui avait beaucoup souffert des affrontements entre l'armée et les islamistes chiites lors de la grande insurrection de 1996. Avant d'atteindre la petite ville, nous prîmes une route étroite sur la gauche qui menait à un village chiite. À l'entrée, s'étendait un compound, une résidence réservée aux ressortissants étrangers et à leurs familles. Protégé par de hauts murs, il abritait une cinquantaine de villas luxueuses, louées par des militaires et des enseignants anglais, quelques banquiers et des diplomates européens qui s'y retranchaient pour pouvoir vivre à l'occidentale. On y trouvait aussi une piscine, un sauna, des terrains de tennis et des salles de sport. Pour pénétrer dans l'enceinte, il fallait montrer patte blanche.

Les gardes pakistanais, qui contrôlaient l'entrée, étaient bien élevés. Ils s'abstinrent de dévisager Sounaïma et de lui montrer qu'elle n'avait pas sa place dans ces lieux. Moi aussi, j'évitai de les regarder. Mais ce n'était pas parce que j'étais bien élevé.

À l'intérieur de la villa, Sounaïma me fit scène après scène. La première, parce que j'avais oublié d'acheter du Coca Light. Lors de la deuxième, elle renvoya sèchement Marita, la jeune domestique indienne, à son *servant quarter*, lui reprochant une jupe qui découvrait à peine ses genoux et qu'elle trouvait trop courte. Et elle refusa de soigner ma main abîmée par la bagarre avec les Saoudiens. Vint le repas au cours duquel elle critiqua tout ce qu'elle goûta, le vieux bordeaux, le foie gras, l'ail du gigot, le reblochon non pasteurisé apporté par un steward d'Air France, la glace aux myrtilles des bois et au chocolat amer achetée chez le meilleur pâtissier de l'île. Ensuite, elle s'en prit à tout ce qu'elle entendit, même à la musique de Stan Getz jouant Antonio Carlos Jobim. Finalement, elle voulut aller se coucher et se montra désagréable parce que je ne m'y opposais pas.

Dans la chambre, elle me reprocha de vouloir la dévêtir trop vite avant de m'engueuler parce que j'avais passé trop de temps dans la salle de bains.

« Pire qu'une jeune mariée le soir de ses noces », dit-elle, en y mettant toute son ironie. Une fois couchée, Sounaïma occupa tout le côté gauche du lit et s'opposa à ce que j'en franchisse le mitan. Un peu après, m'ayant embrassé la joue du bout des lèvres et effleuré l'épaule de la pointe d'un ongle long d'au moins trois centimètres, elle déclara avec aplomb : « C'est agréable de coucher à côté d'un morceau de viande froide qui sent le vin, l'ail, qui n'est ni excité, ni excitant. »

Comme je lui avais frôlé le bas du dos par inadvertance, elle m'accusa de vouloir la forcer à faire l'amour. Ce qui ne l'empêcha pas, exactement treize secondes plus tard, de tendre ses fesses à la fois soyeuses et dures comme du bronze et de les frotter contre moi avec l'ardeur d'une ménagère portugaise récurant ses casseroles tout en me reprochant de l'empêcher de dormir.

Les mauvais traitements durèrent une demi-heure. Je finis par capituler.

« Bon, demain, on ira dans le meilleur restaurant de l'île. »

Elle hésita un instant, cherchant à lire dans mes yeux à la lueur de la lampe de chevet si je mentais pour abréger les supplices. Puis elle devint tempête. Et ce fut comme si j'avais mal fermé une fenêtre et que le taouz en eût profité pour se ruer dans la chambre. Et je passai le reste de la nuit à subir les assauts de la tourmente.

Au petit matin, lors du passage dans la salle de bains, je me hissai sur la bascule, crevé et les yeux bouffis, mais le cœur plein d'espoir, espérant m'être débarrassé de deux ou trois kilos. Je n'avais même pas perdu cent grammes. En revanche, j'avais un nouveau poids sur l'estomac : pendant la soirée, je n'avais plus songé à la disparition de Yasmina. Les paroles d'Imad vinrent me harceler : « Quelque chose de grave a pu lui arriver. » Elles déferlaient dans ma tête avec la force de vagues poussées par un vent violent.

3

Ian Matthews ne m'aimait pas. Cela se voyait, cela s'entendait, cela se sentait. Depuis une demi-heure, on discutait dans son bureau tout simple, où pas un seul dossier ne traînait, au dernier étage du CID et, contrairement aux traditions de l'archipel, il ne m'avait proposé ni café ni thé. Pas même un verre d'eau. C'est dire s'il ne m'aimait vraiment pas. Ça tombait bien : je ne l'aimais pas non plus.

C'était d'ailleurs le genre d'Écossais avec lequel je n'aurais même pas partagé un fond de bouteille. Le genre, précisément, à préférer le thé au scotch, le kilt à la minijupe et la cornemuse de la garde de Buckingham à la trompette de Chet Baker. Le gaillard était grand, solide, carré. L'âge n'avait pas empâté son visage qui, à cause d'un front massif, d'un nez puissant et droit ainsi que d'un menton saillant, exprimait une détermination farouche. À cause aussi du costume classique, sombre, sobre, porté sur une chemise blanche aux pointes boutonnées et de la cravate sans fantaisie, aux armes de son ancien régiment, on savait qu'on n'était pas en présence d'un rigolo comme on en trouve tant dans la flicaille française. Il approchait les quatre-vingts ans mais il les planquait bien. Depuis la maternelle, il devait se shooter tous les jours à la marmelade d'épinards. Pas un pouce de graisse, même sous le menton, n'osait se montrer de peur de se trouver mutée dans un bataillon disciplinaire. La légende disait qu'il commençait sa journée par plusieurs centaines de pompes et autant d'abdominaux. C'était sûrement vrai. De temps à autre, il jetait un coup d'œil sur ma brioche pour bien me montrer qu'on n'était pas de la même trempe. Lui était taillé dans l'acier dont on fait les sabres d'abordage et moi dans l'aluminium dont on fabrique les canettes de bière.

Le téléphone se mit à bourdonner. Même la sonnerie avait dû se faire rappeler à l'ordre et se montrait discrète. À l'autre bout de la ligne, quelqu'un lui donna le renseignement qu'il avait demandé.

« La... jeune fille que vous cherchez n'a aucun antécédent. Elle n'est pas fichée au CID.

– Elle n'a donc pas pu avoir des ennuis à cause...

– Elle n'a pas pu. »

Sa voix était à la fois sépulcrale et affûtée comme un kriss de Gurkha.

« Et vous ne savez pas où elle a pu aller ? Ce qui a pu lui arriver ?

– Le CID, que je sache, n'a été saisi d'aucune demande d'enquête sur cette jeune fille.

– Cela n'empêche que personne ne sait où elle est.

– À vous entendre, il semble qu'elle a disparu.

– Vous en doutez ?

– Ce n'est pas mon problème. Tant que sa famille ne nous signalera pas sa disparition, cela ne concernera pas le CID. Cette... jeune fille peut très bien se trouver dans les bras d'un... jeune homme.

– Je crois de moins en moins à l'hypothèse de la fugue amoureuse. »

Il me regarda avec une commisération déplaisante. Il ne m'aimait pas pour plusieurs raisons. Parce que j'étais français. Parce que j'avais été viré, ou plutôt contraint de démissionner – cela revenait au même – de mon poste de superflic à l'Élysée, ce qui me faisait appartenir à une confrérie qu'il détestait : les perdants. La troisième raison était que j'avais servi docilement un président de la République de gauche ou du moins qui se prétendait tel. Or, pour lui, être de gauche, c'était forcément appartenir au camp des mauvais et, si on lui avait demandé pourquoi, il n'aurait pas hésité à remonter jusqu'à Caïn pour rappeler qu'il avait tué son propre frère Abel de sa main gauche.

Dans l'émirat, le CID avait été créé par les services secrets anglais. Après l'indépendance et le départ de l'ancienne puissance coloniale, les barbouzes britanniques avaient à peine fait semblant de s'en aller. Si elles étaient parties, c'était pour mieux se faire remplacer par d'anciens officiers de Sa Très Gracieuse Majesté venus diriger la jeune police de l'archipel. Bien sûr, les Brits avaient continué de fourrer leurs grands pifs dans toutes les affaires douteuses du pays et Ian Matthews était devenu l'âme damnée du vieil émir. Les accointances de ce dernier avec l'ancienne puissance coloniale n'étaient pas du goût de son frère, le prince héritier Mahmoud, plus nationaliste et plus réformiste, beaucoup plus jeune aussi et à qui l'on prêtait l'intention de vouloir établir une monarchie constitutionnelle lorsqu'il serait appelé à régner. Un beau jour, ce dernier s'était laissé convaincre que permettre à un subordonné de Matthews d'organiser sa garde personnelle, cela revenait à autoriser l'Écossais à camper sous son lit à un moment où il ne s'entendait plus très bien avec son frangin d'émir. Il avait donc lourdé le flic anglais, un certain major Douglas, invoquant une connerie quelconque. C'était moi qui avais pris sa place. Bien sûr, c'était une autre bonne raison pour mettre les Brits en rogne contre moi.

« Bon, je ne voudrais pas abuser de votre temps, fis-je à Matthews en esquissant le geste de me lever.

– Restez donc encore cinq minutes. Hormis les inévitables réceptions où nous ne faisons que nous croiser, nous ne nous voyons jamais. Vos visites sont trop rares pour que nous ne profitions pas de celle-ci pour discuter un peu.

– Je ne pensais pas que vous aimeriez me parler.

– Parfois, il le faut…

– Puisqu'il le faut… »

On pouvait faire confiance à Matthews pour ce qui était d'annoncer la couleur. Il ne fit pas mentir sa réputation.

« Voyez-vous, je me demande si vous êtes habilité à mener ce genre d'enquête. Vous êtes chargé de former la garde rapprochée du prince héritier et, éventuellement, plus tard, si tout se passe bien, de la commander, mais pas, que je sache, de rechercher les petites fugueuses.

– Parmi mes attributions, j'ai celle de renseigner le prince héritier sur ce qui se passe dans son pays, sur ce qu'on y dit et, si possible, sur ce qu'on y pense. Pour cela, il me faut avoir des contacts ici et là. J'aime donc entretenir des rapports personnels avec les uns, avec les autres, les pauvres comme les riches. Et rendre des services est le meilleur moyen d'avoir des informations en retour. Ce n'est pas à vous que je vais l'apprendre…

– Il me semble quand même, monsieur le policier français, que vous confondez un peu trop l'intérêt général, du moins celui du prince Mahmoud, avec vos intérêts personnels. Est-ce que je me trompe ?

– Qu'est-ce que vous cherchez à me dire ?

– Vous m'avez très bien compris, monsieur Caminos. »

La guerre n'était pas déclarée mais elle pouvait éclater à n'importe quel moment. Il m'avait appelé par mon vrai nom et non par ma nouvelle identité – Laurent Grenadier – que je m'étais fabriquée après mon arrivée dans l'émirat pour ne pas gêner le prince héritier. Même si ce dernier savait sans doute tout de mes précédentes occupations à la cellule antiterroriste de l'Élysée et des scandales qui avaient mis à mal sa réputation, il voulait que les apparences soient sauvegardées. Tout cela n'avait pas échappé à Matthews.

Je le regardai fixement, plongeant au fond de ses yeux gris. Il ne cilla pas. Il appartenait à la race des grands serpents. Il était froid, patient, attentif. Le sang ne battait plus depuis longtemps dans ses artères. Il n'avait plus d'idéal. À peine avait-il une cause ! Il voulait que se perpétue un ordre ancien où les guerriers continuaient de régner du haut des pyramides tout en restant dans l'ombre, associés avec les rois qu'ils conseillaient et dont ils accomplissaient les basses œuvres. Je n'étais pas meilleur que Matthews et les gens comme lui. Simplement, je me foutais d'être au sommet de ce monticule qu'il prenait pour une pyramide. Et puis j'avais une fille, douce, merveilleuse, belle comme le jour. Ce qui faisait que je ne pourrais jamais accepter qu'une gamine à peu près de son âge disparaisse un beau jour, sans prévenir, sans laisser le moindre mot, sans même en parler à sa sœur. Je faillis dire tout ça à Matthews mais je ne suis pas sûr qu'il m'aurait compris.

Le vieux chien de guerre était revenu à la charge. Cette fois, je savais où il voulait en venir.

« Hier soir, vous vous êtes fait beaucoup remarquer du côté du Sheraton.

– Beaucoup ? Le mot me paraît excessif. Et c'est drôle de voir comme le CID préfère s'intéresser aux déboires de deux ivrognes plutôt qu'à une jeune fille dont la famille est sans nouvelles depuis maintenant cinq jours.

– Le CID s'intéresse à tout, monsieur le policier français. À tout. Mais son champ d'action a ses limites. Il serait malvenu qu'il enquête, par exemple, dans les palais. Ceux-ci ont leur propre police, vous le savez bien puisque vous êtes chargé de former l'une d'elles.

– Vous voulez dire que…

– Non. Je ne veux rien dire. D'ailleurs, je ne sais rien. Comme vous l'avez justement prétendu avec quelque véhémence, le CID ne s'intéresse pas aux jeunes fugueuses. J'ai encore quelque chose à vous demander…

– Allez-y.

– Pourquoi avoir choisi ce pseudonyme de Laurent Grenadier, un nom si français ?

– C'est celui d'un excellent contrebassiste de jazz. Il joue avec le pianiste Brad Mehldau. »

Évidemment, cela ne lui disait rien. Pour Matthews, le jazz était une musique décadente. Et le choix de ce nouveau nom n'allait certainement pas me faire remonter dans son estime, bien au contraire. D'ailleurs, il s'était aussitôt levé pour me signifier que l'entretien était terminé. En me parlant des palais, il m'avait fourni un petit indice pour démarrer mon enquête. Mais s'il m'avait donné quelque chose, c'était parce qu'il espérait autre chose en retour. Une autre fois…

Il me malaxa la main, appuyant, par inadvertance ou pas, sur la plaie provoquée par la bagarre de la veille et que je n'avais toujours pas soignée. S'il espérait me faire grimacer, il fut comblé. L'ombre d'un sourire glissa rapidement sur ses lèvres.

Dehors, c'était l'accalmie. Plus de vent, à peine une brise de mer dont profitaient les mouettes pour s'élever et aller crier leur malheur d'être mouettes au-dessus du port et des terrasses. Le taouz avait soufflé toute la nuit, ramassant tout ce qu'il pouvait de sable pour le précipiter sur les rues et les autoroutes, ce qui faisait déraper les voitures quand elles abordaient trop vite un virage.

Le vent était parti mais il avait laissé derrière lui son arrière-garde maléfique, un brouillard brun qui se collait à la poussière en suspension et engluait la ville.

Il était neuf heures quand je quittai le Criminal Investigation Directorate. Les bâtiments étaient situés à Cheikh Town, à l'intérieur des terres. Cette petite ville moderne, qui portait le nom de l'émir, était constituée pour l'essentiel de ministères et de bâtiments administratifs. Toujours dans la crainte d'une rébellion chiite, on avait fait en sorte d'accueillir surtout des familles sunnites dans les logements collectifs qui entouraient la cité. Et les principaux ministères, de même que les locaux de la radiotélévision, ressemblaient à des camps retranchés avec des postes de garde partout. Même les immeubles étaient protégés par de hauts murs surmontés de barbelés. À l'intérieur, des grilles et des portes magnétiques blindées séparaient étages et couloirs. On aurait dit que le gouvernement s'attendait à une insurrection générale à tout moment.

Je repris ma voiture et gagnai le centre-ville de Manama. Pour ne pas trop froisser les flics britanniques, le prince héritier n'avait pas voulu que j'occupe un bureau dans l'aile de son palais réservée à ses proches collaborateurs. Il m'avait encouragé à créer ma propre société, une façon illusoire de donner le change. Je l'avais appelée d'un nom prétentieux comme il se doit dans le Golfe : *Private Protection and Investigations*. J'avais aussi loué un étage dans une tour décatie de l'étroite rue Tijara, non loin du souk. Au pied de l'immeuble, au-dessus du parking où je laissai ma voiture, venait de s'établir un petit centre commercial bruyant avec une cafétéria, quelques boutiques de fringues occidentales et un vendeur de cassettes audio pirates qui canardait toute la journée clients et visiteurs avec du hard-rock venu tout droit des États-Unis. Au fond, on trouvait un couple de vieux ascenseurs qui se hissaient péniblement en grinçant le long des douze étages.

Mon bureau était au huitième et ne payait pas de mine. Sur la porte, j'avais quand même fait poser une plaque qui brillait comme l'or et sur laquelle on pouvait lire en anglais et en arabe le nom et la raison d'être de la société. En général, je passais brièvement le matin au bureau, ne serait-ce que pour relever le courrier, avant d'aller au palais. C'est au moment où j'arrivai à mon étage que le directeur de cabinet du prince m'appela pour me convoquer de toute urgence. Je rebroussai chemin pour gagner le palais, un vaste périmètre composé de bâtiments à l'architecture tarabiscotée, où le moghol se mariait avec le Pompadour pour engendrer un style pâtissier issu du rêve d'un confiseur mégalomane.

Ghassan Sheriff était un homme encore jeune, à peine gagné par l'embonpoint, toujours soigneusement habillé à l'occidentale avec, toutefois, un goût curieux pour les cravates les plus violemment jaunes ou violettes. Il portait des lunettes à grosse monture noire, avait les cheveux très courts et veillait avec un souci minutieux sur sa fine moustache en forme d'arc islamique, ce qui contribuait à lui donner un air d'intellectuel égaré entre Orient et Occident. Il avait été formé dans les meilleures universités américaines et françaises, rapportant même un doctorat en philosophie politique de la Sorbonne. C'était lui l'éminence grise de l'émir, celui qui le poussait à prévoir de véritables réformes dès qu'il serait au pouvoir. Sans doute l'avait-il aussi convaincu de virer son conseiller britannique et de faire appel à mes services. Dans son vaste bureau, la BBC, CNN, la télévision qatarie Al-Jezira et deux autres chaînes arabes fonctionnaient en permanence sans que cela ralentisse son ardeur au travail. Sur les murs du bureau, des photos soigneusement encadrées le représentaient serrant les mains manucurées des chefs d'État arabes, américains et européens en visite dans l'archipel. C'était un homme qui avait la réputation de ne jamais perdre une minute.

À peine m'avait-il fait asseoir qu'il entrait dans le vif du sujet tout en sonnant un majordome auquel il demanda de nous apporter du café turc.

« Je suis content de vous voir. Vous savez que Son Excellence part cet après-midi pour aller subir un traitement médical aux États-Unis. Je dois l'accompagner. En mon absence, je voudrais que vous régliez de toute urgence un problème qui aurait dû l'être depuis longtemps et qui devient de plus en plus aigu. Il s'agit encore une fois du prince Muqtadir. Il a encore fait parler de lui cette semaine avec deux nouveaux linceuls. La semaine précédente, il en avait déjà envoyé trois… »

Le prince Muqtadir était l'un des frères de l'émir et du prince héritier. On le surnommait le prince rouge autant à cause de son immense barbe rousse que d'une certaine attirance qu'il avait manifestée un temps pour les idées socialistes, une attirance qui pouvait être sincère ou seulement motivée par une volonté de se fâcher à tout prix avec ses deux frères qui l'avaient écarté du pouvoir. Il était aussi violemment nationaliste et ne cachait pas qu'il souhaitait voir au plus vite les Anglais, les Américains et tout autant les Saoudiens débarrasser le plancher. Il se signalait enfin par un caractère irascible qui le poussait à vouloir se battre avec tout le monde. Et il n'y allait pas par quatre chemins : chaque fois qu'il s'estimait insulté, il faisait livrer à l'auteur de l'affront un grand linceul blanc, comme s'il s'agissait d'une vulgaire pizza. En général, cela n'allait jamais plus loin ; terrorisées, les victimes de la colère du prince rouge se dépêchaient de revêtir le suaire pour aller ensuite dans cette tenue implorer un pardon qu'elles finissaient toujours par obtenir.

« Ce n'est pas qu'il soit très dangereux mais sa façon d'agir est incompatible avec le fonctionnement de l'État de droit que nous voulons ériger. Et puis, avec sa milice, il se comporte vraiment comme s'il était à lui seul un État dans l'État. Vous irez le voir dès que possible pour lui demander de se calmer. Bien sûr, lorsque vous parlerez avec lui, il n'est pas souhaitable que le nom de Son Excellence le prince Mahmoud soit mentionné puisqu'il n'est pas encore l'émir en titre.

– Dans ce cas, j'ai bien peur qu'il ne m'écoute pas beaucoup...

– Eh bien, vous serez ferme ! La rente généreuse que le Palais lui verse risque d'être sérieusement revue à la baisse s'il continue à menacer quiconque ne lui plaît pas. C'est un argument qu'il devrait comprendre. Mais un conseil : n'allez pas le voir sur son île où vous vous trouveriez en situation d'infériorité. Profitez plutôt d'un de ses déplacements en ville. Vous savez sûrement où le trouver ?

– Aucun problème, monsieur le conseiller.

– Bien, il faut absolument que cette situation soit réglée quand Son Excellence le prince Mahmoud rentrera de voyage, j'espère d'ici moins d'un mois. L'émir lui-même est d'accord pour que quelqu'un mette fin au comportement pour le moins singulier de son frère mais il ne veut pas non plus que l'initiative vienne de lui car ce dernier lui a toujours inspiré une certaine peur. Si le prince Muqtadir ne fait plus parler de lui, notre bourgeoisie verra que les choses avancent dans la bonne direction. Elle saura qu'il faut en créditer le prince Mahmoud et ce sera de bon augure pour l'avenir. Pendant notre absence, vous veillerez aussi à poursuivre la formation des officiers chargés de sa sécurité. Où en sont-ils ?

– Ils font beaucoup de progrès mais ne seront pas vraiment opérationnels avant quatre à six mois.

– Bien, faites là encore pour le mieux et aussi vite que possible. Ah ! Oui, j'oubliais : deux parlementaires français sont en visite dans l'émirat. Ils m'ont été recommandés par un ancien ministre français, qui est aussi un ami et avec lequel j'ai fait une partie de mes études. Il me serait agréable que vous les receviez. Ils ont un problème… disons… un peu particulier à résoudre, comment vous l'expliquer…

– Ils m'ont déjà appelé mais je préfère ne pas les voir. Je m'occupe des affaires de sécurité de l'émirat, c'est plus que suffisant. En plus, il y a une ambassade qui, certainement, est parfaitement qualifiée pour les aider.

– Vous ne m'avez peut-être pas bien compris. Leur problème est hautement confidentiel. Disons qu'il est de nature financière, oublions donc l'ambassade. Mais je comprends bien votre réticence, monsieur Grenadier, d'ailleurs, moi non plus je n'ai pas souhaité les rencontrer. Mais ils peuvent vous être utiles si un jour ou l'autre, sait-on jamais, vous décidiez de regagner votre pays. Et puis, il ne s'agit sans doute que de leur donner quelques conseils. J'insiste pour que vous leur fassiez bon accueil.

– C'est entendu, je les verrai.

– Je les ai invités à passer à votre bureau. Nous nous reverrons dès mon retour. Je reviens un instant au prince Muqtadir : soyez diplomate, bien sûr. Mais s'il persiste dans ses erreurs, n'hésitez pas à vous fâcher un peu. Vous avez carte blanche. Il faut qu'il sache qui est le plus fort, lui ou nous. Bon courage, monsieur Grenadier. »

La minute d'après, je sortais du palais. Je n'avais pas de cours à donner aujourd'hui, ce qui me permettait d'organiser ma journée comme je l'entendais. Je décidai d'abord de retrouver le prince Muqtadir pour me débarrasser au plus vite de ce qui m'apparaissait comme une pénible corvée.

Ce n'était pas la première fois que Ghassan Sheriff me parlait des frasques du personnage, au point que j'avais mené une enquête sur lui. Vers midi, le plus souvent, il prenait un verre au Clipper, le bar de l'hôtel Regency, près de la Corniche et non loin de mon bureau. L'avantage quand il allait boire un verre, c'est qu'il ne se faisait pas accompagner par ses gardes sikhs, dont on disait à Manama qu'ils étaient tous prêts à se sacrifier pour lui. Effectivement, sa Maserati jaune vif était garée au beau milieu du parking. Il n'avait pas pris la peine de rabattre la capote et le taouz avait commencé à déposer une pellicule grise sur le cuir rouge et sur un petit attaché-case noir abandonné non sans négligence sur le siège du passager. Je savais ce qu'il y avait à l'intérieur : un mini-pistolet-mitrailleur Uzi israélien dernier modèle, avec les initiales du prince gravées en or sur la crosse.

Profitant que le gardien du parking avait le dos tourné dans sa cabine, j'ouvris rapidement la porte du cabriolet et fis main basse sur l'arme avant de regagner mon véhicule.

J'eus le temps de fumer deux Chesterfield avant qu'il sorte de l'hôtel. C'était un grand et gros bonhomme avec une démarche de plantigrade et un ventre considérable que sa disdacha blanche arrondissait encore. Il était coiffé d'un keffieh à damiers blanc et rouge porté sans cordon. Sa barbe rousse était impressionnante. Elle lui tombait jusqu'au sternum et donnait l'impression de flamber. Il avait un visage aussi carré qu'un guerrier assyrien, des traits taillés à coups de silex avec un haut front traversé de sillons profonds, des sourcils épais de la même couleur que la barbe, des yeux de noyé au fond de deux gouffres sombres, une bouche sévère, légèrement tordue, et en guise de nez le rocher de Gibraltar, ce qui lui donnait un large avantage sur Matthews en cas de compétition internationale de gros pifs.

Son nez s'allongea encore au moment de monter dans la Maserati quand il découvrit que sa mallette s'était envolée. Il tourna trois fois autour de sa voiture, fit de grands moulinets avec ses bras et frappa violemment le sol du parking avec le talon de ses sandales. Quand il fit mine d'aller jusqu'à la guérite du gardien, je sortis de la Chevrolet en balançant négligemment l'attaché-case de la main. Il me vit, s'arrêta immédiatement et le rouge de la colère sembla se propager de sa barbe à tout son visage. Il mit ses gros poings sur ses hanches et me regarda approcher.

« C'est à vous cette mignonne petite valise ? » lui demandai-je en anglais, langue qu'il connaissait parfaitement mais qu'il se refusait à parler tant qu'il y aurait encore un seul flic britannique ou GI américain sur le sol de l'émirat. En guise de réponse, il hocha la tête tout en faisant un horrible rictus de sa bouche de guingois, me laissant penser que j'allais sûrement être le destinataire du prochain envoi d'un linceul blanc. Je lui brandis ma carte de flic sous le nez et repris, en conservant un ton léger, presque badin, comme s'il s'agissait d'une affaire sans grande importance :

« C'est drôle, il y a un pistolet-mitrailleur à l'intérieur. Comme toute arme individuelle est strictement interdite dans l'émirat, *a fortiori* sur la voie publique, je vous la confisque immédiatement. Je ne peux certes pas vous faire arrêter car vous êtes membre de la famille régnante. Mais votre petit bijou, vous ne le reverrez plus. D'ailleurs, c'est une arme qui me plaît beaucoup, elle est élégante et ne fait pas trop de bruit ; et la mallette, en plus, est d'un chic ! »

Cette fois, il se mit à vociférer ce qui m'apparut comme les pires injures en arabe sous le regard du gardien que notre petite comédie intriguait. Affectant un pas nonchalant, je regagnai ma voiture en le laissant trépigner de rage sur le parking. Il finit par me rejoindre au moment où je me glissais à l'intérieur.

« *I will kill you* », me cracha-t-il.

Je me gardai de répondre, fis avancer doucement la Caprice Classic jusqu'à la Maserati, ouvris une fenêtre et sortis l'Uzi de la mallette. En réalité, ce n'était pas une arme que j'aimais beaucoup en dépit de sa bonne réputation. Elle me faisait penser à une perceuse électrique. Peu précise, elle partait parfois avant qu'on le lui demande, ce qui en faisait une riflette de voyous, genre trafiquants de drogue colombiens. Je pris mon temps pour faire glisser le curseur du sélecteur de tir en position de coup par coup. La détonation fit un claquement sec. Le pneu avant gauche, lorsqu'il éclata, ne fit pas moins de bruit. Cela eut pour effet de faire piquer du nez le magnifique bolide qui, d'un seul coup, perdit beaucoup de sa superbe. Le prince Muqtadir faillit se mettre à courir mais son orgueil le retint. Il s'approcha à grandes enjambées toujours vociférant et gesticulant. Je pressai une seconde fois la queue de détente et le pneu arrière explosa à son tour, couchant cette fois la Maserati sur le côté. Je sortis ensuite de la Chevrolet, enlevai le chargeur du pistolet-mitrailleur qui se trouvait dans la poignée et lançai l'arme sur le siège du cabriolet.

« C'est pas parce qu'elle est à la mode que c'est une bonne arme. Et n'oubliez pas de l'entretenir régulièrement, surtout qu'elle n'aime pas la poussière. Gardez-la plutôt précieusement à la maison. »

Le visage du prince était devenu plus rouge qu'une crête de coq et la sueur que la colère faisait cuire sur son front menaçait d'entrer en ébullition. Avec le même ton désinvolte, je lui lançai :

« Les deux pneus, c'est pour les deux suaires de cette semaine. On passe l'éponge pour tous ceux d'avant. Mais s'il y en a d'autres, on recommencera. Après les pneus, ce sera les phares, les cadrans du tableau de bord, les vitres… Un conseil si vous continuez votre petit commerce de linceuls, faites-vous plutôt fabriquer des bicyclettes blindées. Car, si vous continuez dans cette voie, c'en sera fini de l'argent public et avec ce que vous recevez ce ne sera plus une

Maserati que vous pourrez vous payer mais un vélo. À la place des suaires, offrez plutôt des smokings, c'est plus élégant et ça vous reviendra moins cher. »

Lorsque je démarrai, les gros yeux du prince Muqtadir m'avaient déjà réduit à l'état de squelette.

4

Dès que j'eus franchi la porte du bureau, Joseph, mon homme à tout faire, me prépara un café. C'était un Indien du Kerala, un peu taciturne, qui s'était installé dans l'émirat depuis une bonne quinzaine d'années. Il avait la peau sombre, une moustache très noire et son physique donnait une fausse impression de mollesse. En réalité, il était costaud, très efficace et savait à peu près tout faire, à l'exception de parler un anglais compréhensible par le commun des mortels.

L'avantage du bâtiment où j'étais installé, c'est qu'il donnait sur la mer. L'hiver, quand elle avouait un lointain cousinage avec les eaux froides des rivages du nord de la France, je pouvais passer des heures à la contempler. Ce matin, les vagues avaient encore le teint jaune. Le ciel restait bas et pas un dhow n'était visible à l'horizon. La tempête allait probablement reprendre.

J'appelai Eschrat sur son portable. Elle était chez elle et parut heureuse de m'entendre.

« Je n'ai toujours pas de nouvelles de votre sœur. Mais j'ai besoin de parler au chauffeur sri-lankais qui la conduit chaque matin à l'école. »

Elle mit quelques secondes à me répondre, gagnant sans doute une pièce où ses parents ne pourraient pas l'entendre. Sa voix n'était plus qu'un chuchotement.

« Ce n'est pas possible. Si vous l'interrogez, il risque d'en parler à mon père qui saura que je vous ai contacté.

– Bon ! Dans ce cas, demandez-lui vous-même s'il y a des jours où elle ne voulait pas qu'il vienne la chercher au British Council. Demandez-lui aussi si cela correspondait à des jours particuliers dans la semaine, peut-être qu'il s'en souvient. Et soyez précise dans vos questions…

– C'est important ? Vous croyez que…

– C'est moi qui mène l'enquête. Je veux aussi savoir s'il l'a vue monter dans une autre voiture que la sienne. Vous me rappellerez dès que vous lui aurez parlé.

– Oui. Mais vous ne voulez pas me dire ce que vous avez appris ?

– Pas avant d'en être sûr. »

Elle voulut me poser d'autres questions mais je refusai de poursuivre la conversation. Peu après, Joseph m'annonça que les deux visiteurs que j'attendais étaient arrivés. Je pris le temps de finir mon café et d'allumer une cigarette avant de les faire entrer.

Robert Bouquerot et Fabrice Desmaret étaient deux parlementaires en mission, c'est-à-dire en goguette. Ils avaient l'air de braves types, un peu perturbés par les trois heures de décalage horaire, un peu paumés devant les subtilités géographiques du Golfe qui leur faisaient confondre les émirats et mélanger leurs capitales. En France, leurs circonscriptions se trouvaient dans des régions à vocation agricole et on les devinait plus à l'aise dans l'analyse de l'évolution des montants compensatoires que dans les dossiers de géopolitique régionale. L'un était député et l'autre sénateur mais aucun n'avait lu les dossiers que leur avaient probablement préparés leurs assistants dévoués. Ce faisant, ils ignoraient que l'émirat n'avait plus de parlement depuis 1975, le souverain l'ayant supprimé purement et simplement parce qu'il s'était permis de contester sa gestion.

L'eussent-ils su que cela n'aurait en rien affecté le programme de leur visite. Ils se foutaient comme de l'an quarante d'une quelconque solidarité avec les députés déchus du pays et dont certains avaient connu la taule. Ils étaient en mission dans le Golfe pour rompre la monotonie de la vie politique, dépenser l'argent d'une quelconque commission parlementaire, s'empiffrer dans les meilleurs restaurants, se vautrer dans les faux lits à baldaquin des fausses suites princières des faux palaces et s'émerveiller comme des nonnes à Saint-Pierre de Rome devant le stuc des palais aussi soufflés que des meringues. En même temps, tout ce tralala, c'était pour la façade. Car, en douce, ils étaient venus dans l'archipel pour tenter de résoudre les problèmes politico-financiers que connaissait leur parti. C'est pour cette raison qu'ils tenaient tant à me voir. Joseph leur prépara du café.

« On n'a pas beau temps, hein ! C'est la faute à pas de chance. Nous, on espérait plein de soleil vu qu'en France on a un hiver pas marrant », dit Robert Bouquerot, en se laissant tomber dans un fauteuil.

Sa voix gardait un accent de la campagne. C'était un tout petit bonhomme rondouillard et jovial, d'une bonne soixantaine d'années, avec un visage aussi fripé que son costard, des yeux plissés et malins, des bajoues qui pendaient comme celles des saint-hubert et une ultime mèche de cheveux bruns, sans doute teints, qu'il plaquait sur son crâne à la manière de Giscard d'Estaing.

« Mais on n'est pas là pour parler du temps », l'interrompit Fabrice Desmaret. Le sénateur était au contraire tiré à quatre épingles avec un costume noir sur mesure porté sur une chemise blanche et des boutons de manchettes qui jetaient des éclairs. C'était un long type maigre, plus jeune que son copain le député, avec des yeux à peu près morts, un crâne dégarni et plat comme une galette bretonne et des oreilles en forme d'aile de papillon, à tel point décollées que cela tenait du miracle si le taouz ne l'avait pas encore emporté de l'autre côté du Golfe. Il n'arrêtait pas de tirer sur ses manchettes comme si elles menaçaient de rétrécir ou de disparaître sous sa veste. Et quand il s'interrompait, c'était pour resserrer son nœud de cravate de façon qu'il lui cisaille davantage le cou.

Je ne répondis pas. Je devinais l'identité de la personne qui, en France, les avait envoyés me voir : c'était l'ancien ministre dont avait parlé Ghassan Sheriff, le conseiller du prince Mahmoud. Ce dernier m'avait laissé entendre pour quelle raison ils cherchaient à me rencontrer mais j'attendais qu'ils me l'exposent de façon détaillée. Voir des hommes politiques, toujours si prompts à prêcher la bonne parole, empêtrés dans des histoires d'argent sale et contraints de les confesser, était toujours un spectacle réjouissant. J'avais préparé un magnétophone pour l'occasion et l'avais caché dans un tiroir. Avec mon pied, j'appuyai discrètement sur la pédale actionnant l'appareil qui était placé sous mon bureau.

« Toutes ces conneries, c'est... c'est... c'est à cause des élections anticipées, reprit le député.

– Oui, renchérit le sénateur. Vous êtes au courant du contrat de vente des trois frégates à l'Arabie Saoudite ? Lorsqu'il a été signé, nous étions convenus avec nos partenaires saoudiens que la totalité de la commission nous parviendrait d'ici deux ans. C'était compter sans la dissolution inattendue de l'Assemblée. Maintenant, on entre en campagne électorale et les sondages donnent la gauche gagnante.

– Où est le problème ?

– Eh bien, la commission risque de nous passer sous le nez et de finir dans les caisses du Parti socialiste. Ce serait un comble quand on songe aux efforts que notre ministre de la Défense a déployés dans les discussions avec les Saoudiens et à la manière dont il s'est impliqué personnellement pour emporter ce contrat...

– Normal, non ? Il visait la présidentielle. Ce fric providentiel, il en avait sacrément besoin pour sa campagne.

– Certes, certes », acquiesça Bouquerot, à peine gêné que j'en sache autant.

Il n'était pas nécessaire de séjourner longtemps dans le Golfe pour découvrir que les juteux contrats de ventes d'armes signés entre les États occidentaux et les pétromonarchies arabes ne se faisaient jamais sans commissions. Il arrivait que l'émir, le roi ou le ministre de la Défense du pays concerné empoche plus de cinquante pour cent du montant total de la transaction qui pouvait représenter plusieurs milliards de dollars. Puisque les princes touchaient autant, il aurait été indécent que leurs interlocuteurs occidentaux ne reçoivent pas leur part du butin. Simplement, elle était plus modeste : un, deux ou trois pour cent du contrat. Cela suffisait pour renflouer les caisses d'un parti ou constituer un trésor de guerre en vue d'une bataille électorale. Une fois le contrat signé, le fric empruntait un itinéraire sinueux à travers les banques offshore. L'émirat des Deux-Mers, place financière du Golfe, n'en comptait pas moins d'une soixantaine.

« Pourquoi ce bon ministre ou nos brillants industriels qui ont négocié ce contrat ne viennent-ils pas rappeler leurs engagements à leurs partenaires saoudiens pour qu'ils hâtent les versements promis ?

– Cela a été fait. Et l'argent attend dans une banque saoudienne. Il ne reste qu'à le transférer.

– Je ne comprends toujours pas ce que je peux faire…

– Attendez ! Le problème aujourd'hui c'est que nos amis de Paris ont tous la justice au cul, intervint Robert Bouquerot, qui avait son franc-parler. On pense que nos concurrents anglais ou américains ont lâché le morceau pour se venger d'avoir perdu ce marché. Sans compter que la gauche sait qu'il y a eu combine sur ce contrat et voudrait soit récupérer le magot à son profit, soit nous voir plonger. Pour le moment, tout le monde s'en tire bien. La filière a été réaménagée à temps. On a changé de banques et de prête-noms. Mais pas question pour nos amis de refaire un nouveau voyage dans la région. Cela risquerait d'attirer l'attention des juges. Même un coup de téléphone aux intermédiaires habituels est devenu risqué.

– Nous, on n'apparaît pas dans l'enquête, précisa son collègue, toujours en tirant avec nervosité sur ses manchettes. On est des parlementaires de base et on n'est pas mouillés dans l'affaire. En plus, on a pris nos précautions : on est ici dans le cadre d'une mission parlementaire visant à accroître les échanges culturels et politiques entre la France et les pays du Golfe. »

Je ne comprenais toujours pas trop comment je pouvais leur être utile. Le sénateur Desmaret avait cependant son idée sur la question et ses yeux s'étaient subitement mis à briller. On aurait dit des limaces après une averse de printemps.

« On a besoin d'un compte anonyme dans une banque offshore. Mais comme la somme est importante, on voudrait que quelqu'un de haut placé, un prince ou à la rigueur un membre de la famille régnante, fasse la démarche pour nous et en soit le garant.

– Ne rêvez pas ! Ce ne sera jamais aussi simple que vous l'espérez. Ici, tout demande du temps, beaucoup de temps. En plus, souhaiter l'intervention d'une personne proche du pouvoir implique une contrepartie. Elle peut être financière, diplomatique, politique…

– Financière, heu ! Ça pourrait s'élever à combien ? demanda Robert Bouquerot, dont le visage s'était fripé davantage.

– Vingt-cinq ou trente pour cent minimum.

– Impossible ! C'est beaucoup trop, s'échauffa le député.

– Et la contrepartie politique ? intervint le sénateur, qui essayait de remonter son col en même temps qu'il tirait sur ses manches.

– Je ne sais pas. Peut-être coller des histoires de terrorisme aux fesses des opposants de l'émir qui se sont réfugiés en France, ce qui permettrait de les expulser et, grâce aux accords de Schengen, leur interdire l'accès à tous les pays européens.

– Trop risqué et il ne nous reste pas assez de temps avant les élections », coupa Desmaret.

Les deux parlementaires se consultèrent du regard. Ils étaient coincés. Non seulement tous leurs relais étaient grillés mais, en plus, ils avaient besoin de ce fric rapidement pour la prochaine campagne électorale. Bouquerot regarda longuement Desmaret qui finit par cligner des paupières. Aussitôt, le député me fixa droit dans les yeux.

« La seule solution, c'est que vous ouvriez ce compte anonyme dans une banque d'ici et que vous alliez ensuite chercher le fric en Arabie.

– Pas question ! Ce genre d'aventure ne m'intéresse pas.

– Si vous nous rendiez ce service, vous seriez bien récompensé. Et je ne parle pas seulement d'une rémunération financière. »

C'était Desmaret qui avait lancé l'allusion. Il m'observait fixement, sans ciller, de ses yeux à ce point secs et morts qu'on les aurait dits prêts à choir mais, si cette prévision se réalisait, on n'aurait même pas osé jouer aux billes avec.

« Qu'est-ce que vous voulez insinuer ?

– Monsieur Grenadier, vous n'êtes pas tellement connu sous ce nom en France et si nous sommes arrivés jusqu'à vous c'est grâce à un ami commun.

– Vous parlez de l'ancien ministre ? Alors, parlons plutôt de connaissance commune…

– Si vous voulez ! C'est donc sous une autre identité, la vraie je présume, que vous avez commis vos petites… euh… frasques. Cette affaire d'écoutes téléphoniques clandestines ne nous concerne pas et nous n'avons aucune raison de nous en mêler. Mais si nous arrivons à nous entendre, nous pourrons peut-être conseiller à certains de nos amis, dans la police ou la magistrature, de montrer quelque indulgence dans l'instruction de votre dossier ou de le faire traîner un peu. Après tout, vous n'avez fait qu'obéir aux ordres du Président… »

Je fis mine de réfléchir. En songeant au magnétophone qui enregistrait la conversation, je fus tenté de coincer les deux zèbres, non pas pour faire plaisir à la justice de mon pays qui était à mes trousses mais pour faciliter mon retour en France où il me faudrait bien revenir un jour ou l'autre, ne serait-ce que pour voir ma fille. En même temps, je n'avais plus envie de me fourrer dans la moindre combine, de tremper ne serait-ce qu'un bout d'orteil dans la mare aux magouilles. J'avais fui jusqu'ici pas tant à cause des enquêteurs qui me collaient aux fesses que pour prendre un nouveau départ et tirer un gros trait à l'encre noire sur le passé. « Désolé mais votre proposition ne m'intéresse pas ! »

C'était au tour de Bouquerot de me faire des avances. Il sortit son bon gros sourire matois et lança :

« Comme je vous comprends ! Mais bon ! Vos amis de la cellule antiterroriste vous ont laissé tomber, ils ont préféré le chacun pour soi, les responsables de cabinet du Président se sont déchargés en collant tout sur le dos des absents et les juges ont évidemment préféré les boucs émissaires aux vrais coupables. Nous, on peut vous permettre de rentrer à Paris la tête peut-être pas haute, soyons francs, mais au moins pas trop basse, et ensuite, si vous le souhaitez, vous pourrez régler vos comptes. Il suffit de nous rendre ce petit service. En plus, comme vous l'a dit mon collègue Desmaret, sur le plan de la rémunération, vous n'aurez pas affaire à des ingrats.

– Combien ?

– Nous pourrions aller jusqu'à deux cent cinquante mille dollars. Est-ce que cela vous semble raisonnable ? »

J'étais sûr de dire « non » mais c'est un « oui » qui sortit de ma bouche. On scella notre accord en buvant un scotch et il fallut trouver des glaçons pour Desmaret. J'en pris un second, puis un troisième une fois qu'ils furent partis, pas tant pour apaiser quelques tiraillements de mauvaise conscience dans un coin de mon ventre que pour tenter d'y voir clair dans ma tête. Ce n'était pas pour le fric que j'avais accepté cette mission des plus douteuses. Pas non plus pour pouvoir ensuite rentrer en France et pas davantage pour être en meilleure position afin de régler des comptes. Pourquoi alors ? Peut-être pour voir jusqu'où cette basse besogne allait me conduire, si elle allait me permettre de remonter la pente en jouant la partie à ma façon dans ce jeu truqué – comment, je ne le savais pas encore –, ou au contraire de tomber encore plus bas, d'atteindre l'abysse d'où on ne s'échappe plus.

Les deux parlementaires étaient partis depuis une vingtaine de minutes quand Eschrat rappela. Elle avait pu interroger le chauffeur de la famille. Comme on pouvait le craindre, il ne savait pas grand-chose. Il avait simplement confirmé que Yasmina avait souhaité à deux reprises, les jours précédant sa disparition, qu'il ne vienne pas la chercher après les cours du British Council.

« Vous lui avez demandé si elle était habillée autrement ces jours-là ?

– Il dit que non. Ces dernières semaines, elle portait des jeans, des chemisiers et une veste longue. Parfois, quand il faisait plus frais, des pulls en shetland qu'elle s'était achetés à Londres.

– Elle voyageait souvent ?

– Moins qu'elle ne l'aurait voulu car papa n'aime pas beaucoup nous voir loin de la maison. Nous nous sommes rendues à Londres pour les vacances de l'été dernier. Et au Caire, en novembre.

– Pourquoi au Caire ?

– Parce que nous y avons de la famille.

– C'est la seule raison ? »

Eschrat mit un peu trop longtemps à me répondre. Je montrai mon énervement :

« C'est la seule raison, oui ou non ?

– Oui. Enfin, non. Je vous ai dit que ma petite sœur ne pense qu'au théâtre et au cinéma. Elle a donc essayé de rencontrer des metteurs en scène, des actrices…

– Des acteurs ?

– Non. Je vous ai juré qu'elle n'a pas disparu à cause d'un homme. Je connais bien ma sœur. Si elle avait été amoureuse de qui que ce soit, elle m'en aurait parlé. Elle n'aurait pas pu s'en empêcher.

– Bon ! Est-ce que vous avez fouillé dans son courrier ?

– J'ai fini par m'y résoudre. Mais pas une seule lettre d'homme.

– Maintenant, répondez-moi franchement ! Si votre sœur vous appelle pour vous annoncer qu'elle est embarquée dans une sale histoire et qu'elle vous demande de l'aider sans rien dire à vos parents, vous lui obéirez ?

– Oui.

– Et vous n'en parlerez pas à votre mère ?

– Non. Et Yasmina aurait la même attitude si ça m'arrivait.

– À votre connaissance, elle avait de l'argent sur elle ?

– Je ne crois pas. Peut-être un peu d'argent de poche.

– C'est bien pour un homme qu'elle est partie.

– Impossible, je vous le répète. »

Eschrat ne voulut pas en démordre. Comme elle, j'avais fini par ne plus croire à une fugue amoureuse mais, et là était la contradiction, pourquoi cacher une minijupe sous son abaya et n'avoir pas emporté d'argent si ce n'était pour retrouver un homme ?

En Europe ou en Amérique, avec tous les frappés, les violeurs et les proxénètes qui couraient les rues, si une belle jeune fille comme Yasmina disparaissait, il y aurait du souci à se faire. Ici, le risque était beaucoup plus mince. Bien sûr, cela valait seulement pour les autochtones. Pour toutes celles qui venaient du Sri Lanka, du Bangladesh, des Philippines, de Thaïlande ou de l'Inde, attirées par la promesse de quelques dollars et qui vivaient dans un semi-esclavage légal, la situation était très différente. À ces filles-là, on pouvait tout faire et en toute impunité. Car la police locale se donnait rarement la peine d'enregistrer leurs dépositions. Bienheureuses celles qui, venues porter plainte pour viol, ne se faisaient pas aussitôt passer dessus par tout le commissariat.

N'empêche que je n'avais pas beaucoup avancé dans mes recherches et je m'en faisais sans cesse le reproche. Je réconfortai Eschrat que je sentais à nouveau au bord des larmes en lui promettant de la rappeler dès que j'aurais la moindre information sur sa sœur.

Je m'apprêtais à gagner le palais lorsque le téléphone sonna. C'était Ghassan Sheriff qui m'informait que le prince héritier souhaitait que je le rejoigne aux États-Unis. C'était un signe évident que j'étais dans ses bonnes grâces et que ma solde allait bientôt faire des petits. J'étais tenté d'accepter mais je ne pouvais pas laisser tomber Eschrat. Je prétextai que les flics américains étaient des plus compétents dans la protection des personnalités et qu'il était plus important que je supervise, en son absence, les problèmes de sécurité qui se posaient dans le palais. Le directeur de cabinet se rangea à mon avis.

Avant d'aller dispenser un autre cours dans la vieille caserne anglaise, j'avais quelques heures de libres. J'appelai, sur un numéro confidentiel, les services de sécurité de l'aéroport et, une fois déclinées mon identité et ma qualité, leur demandai de chercher sur les listes de passagers de ces derniers jours si Yasmina n'y figurait pas. En attendant la réponse, je contactai Imad sur son portable. Il me sembla que je le dérangeais en pleine répétition.

« Salut ! Je t'appelle pour l'histoire dont je t'ai parlé hier, la disparition de Yasmina. Je crois qu'il y a urgence !

– Tu me jures que c'est toujours pas pour la donner aux flics ? Cela dit, je ne vois pas ce que je peux faire…

– Écoute ! Il y a quatre-vingt-dix chances sur cent qu'elle n'ait pas quitté l'émirat. Soit elle s'est sauvée de chez elle pour rejoindre un mec mais tu m'as dit que tu n'y croyais pas et sa sœur pense la même chose. Soit c'est pour faire du théâtre ou du cinéma, ce qui d'après Eschrat est son obsession. Le problème, c'est que son père ne veut pas qu'elle devienne actrice. Pour lui, ça veut dire putain. C'est possible, tu crois, qu'elle se soit enfuie pour cette raison ?

– Peut-être mais où veux-tu qu'elle aille ? Dans l'émirat, il n'y a que trois troupes amateurs. En plus, elles répètent de façon épisodique.

– Et si on imagine qu'elle s'est sauvée, par exemple en Égypte ? Elle y était en novembre. Elle avait cherché à y rencontrer des gens du cinéma. C'est une hypothèse qui tient la route ?

– Je ne vois pas une jeune chiite d'ici se lancer dans une telle aventure. Tu sais, dans ce pays, et c'est vrai pour tout le Golfe, les enfants ont un mal fou à quitter leurs familles et à vivre loin d'elles. Même une fois mariées, les filles appellent leurs mères dix fois par jour. Rappelle-moi depuis combien de temps elle a disparu ?

– Aujourd'hui, cela fait six jours.

– Partie avec des bagages ?

– Aucun !

– Tu sais, j'ai de plus en plus peur qu'il lui soit arrivé quelque chose de vraiment très grave à ta jeune fille. Sinon elle aurait donné un coup de fil à sa sœur, au moins pour la rassurer.

– Est-ce que tu as la moindre idée de ce qu'elle a pu faire ? De l'endroit où elle a pu aller ?

– Comment je pourrais le savoir… ?

– Mais, au moins, Imad, et je te le demande comme un service personnel, pose des questions autour de toi. Si c'est pour faire du théâtre ou du cinéma qu'elle s'est enfuie, quelqu'un a pu entendre parler d'elle. Tout ce qui te passe par la tête, fais-le-moi savoir.

– Promis. Si j'apprends quelque chose, je t'appellerai. Salut. »

Peu après, les services de sécurité de l'aéroport me confirmèrent que la disparue ne figurait sur aucune liste de passagers. Deux jours étaient passés et je n'avais pas progressé dans mon enquête. Et à part attendre le coup de fil d'Imad, je ne voyais pas ce que je pouvais faire.

J'allumai une Chesterfield pour m'aider à me concentrer. Je repris aussi quelques tasses de café ainsi que la bouteille de scotch pour les accompagner. Une heure plus tard, je n'avais toujours pas avancé.

Vers treize heures, je passai voir Sounaïma qui, aujourd'hui, ne prenait son service que tard dans l'après-midi. Elle avait un studio dans un immeuble de cinq étages qui n'était plus très bien entretenu mais restait propre. Installé au rez-de-chaussée, un restaurant indien offrait à tous une odeur généreuse de curry qui vous poursuivait dans l'escalier. Le quartier était surtout habité par des immigrés de la classe moyenne indienne et pakistanaise, qui s'en sortaient assez bien en bossant dans les banques et le commerce.

« Tu sens déjà l'alcool », me dit-elle, en m'embrassant sur le pas de la porte.

Elle portait un pantalon de toile qui lui moulait les fesses. Sous le corsage blanc, ses seins, tout minuscules qu'ils étaient, frémissaient à chacun de ses gestes. Elle avait relevé ses cheveux en chignon et ne portait pas de maquillage. Elle était superbe et sa bouche, un peu lourde, avait la douceur des framboises de l'enfance.

« Tu sais, c'est pas terrible les baisers au whisky.

– Et je crains que ça ne s'arrange pas », rétorquai-je en me dégageant.

Vingt secondes plus tard, j'avais trouvé la bouteille de whisky dans un placard. C'était un Macallan de dix-huit ans d'âge, excellent, bien trop pour le soiffard que j'étais. J'en pris deux verres d'affilée pendant qu'elle préparait le déjeuner dans le minuscule coin cuisine. Cela l'agaça de me voir boire en silence. Elle poursuivit en français, signe que la guerre n'allait pas tarder.

« T'aurais pu me prévenir que tu allais passer.

– T'as pas le téléphone.

– Alors, une fois, rien qu'une fois, tu pourrais venir avec des fleurs ? Il y a un marchand juste au coin de la rue. Tu ne l'as pas vu ?

– J'ai bien peur que si...

– Et, bien sûr, tu ne me diras même pas que ce whisky est bon.

– Il est bon.

– Je l'ai acheté spécialement pour toi. Il m'a coûté près de cinquante dollars. Ce qui fait que ma famille recevra cinquante dollars de moins à la fin du mois.

– Je vais te rembourser.

– Arrête, connard. J'en ai marre de ton arrogance. Pourquoi t'es là ?

– Pour te voir.

– Je ne vois pas les choses comme ça. Tu viens ici quand t'as du vague à l'âme. Parce que tu sais qu'il y a toujours à bouffer, à boire et à baiser.

– Tu l'as dans le désordre le tiercé », répondis-je en essayant de la prendre par la taille.

Elle repoussa mon bras. « Je ne comprends pas ce que tu dis ! »

Je lui expliquai que le tiercé était une course de canassons et la différence entre « l'avoir dans l'ordre et le désordre ». Elle demanda :

« C'est quoi ton tiercé dans l'ordre ?

– Baiser, boire et bouffer. »

Elle hésita à se mettre en colère. Finalement, elle se risqua sur un terrain où elle pensait avoir davantage de chances de faire mal.

« Le truc que t'appelles tiercé, je ne le gagnerai jamais avec toi. Dans l'ordre ou pas. Ça m'apprendra à miser sur un vieux cheval. Et puis, tu te prends pour qui ? Je veux bien que tu joues avec moi au jeune étalon insolent même si tu as passé l'âge depuis longtemps. Mais je pose une condition, une seule : que tu tiennes la distance. Or la nuit dernière, comme celles d'avant, j'ai pas le souvenir que tu sois parvenu jusqu'à ma ligne d'arrivée.

– Tu veux me faire croire que tes protecteurs d'avant, ceux qui avaient des ventres si gros que, debout, ils ne pouvaient pas se voir bander, ils y parvenaient à ta ligne d'arrivée.

– Fous le camp d'ici ! Fous le camp tout de suite, t'entends ! »

Le temps que je finisse mon verre et reprenne ma veste, elle s'était mise en travers de la porte.

« Non, ne pars pas. On crève d'abord l'abcès.

– Il n'y a rien à crever, Sounaïma.

– Bien sûr que si. Tu m'en veux toujours à cause de ce que je t'ai confié. J'aurais pu ne rien te dire. Et tu me punis sans cesse parce que j'ai été franche avec toi. Je ne t'ai jamais rien caché. En plus, je n'avais vraiment pas le choix.

– On l'a toujours.

– On a toujours le choix dans ton pays. Moi, si je n'avais pas couché avec eux, j'aurais perdu mon boulot. Mon père, ma mère, mes frangines n'auraient pas compris.

– Je ne te juge pas, Sounaïma.

– Tu veux dire que tu ne fais que ça. C'est moi qui ne te juge pas. Moi, je me fous de savoir ce que tu trafiques avec les petits cheikhs du coin et que tu aies quelques soucis avec la justice de ton pays. Mais pour que tu puisses me reprocher de les avoir laissés me toucher ou quoi que ce soit, faudrait que tu sois irréprochable. Et tu ne l'es pas, irréprochable ! Mais tes petits arrangements, avec eux et avec toi-même, moi, je m'en fous. Je m'en fous, tu m'entends…

– D'accord, Sounaïma. Salut. »

Je voulus passer mais elle s'était remise en travers de la porte.

« Laisse-moi passer.

– Non, réponds-moi. C'est à cause de ma vie passée que tu agis comme ça avec moi ?

– Pousse-toi. »

Elle refusa de s'effacer. Je cherchai à forcer le passage. Elle se raidit et me repoussa durement avec ses deux poings. Je dus lâcher ma veste et lui tordre un poignet. Mais elle ne s'avoua pas vaincue et voulut me donner un coup de genou. J'esquivai, me dégageai et, avec une clé au bras, je parvins sans difficulté à l'immobiliser. J'étais à présent derrière elle et sa nuque était à la hauteur de ma bouche. Je sentais son odeur, un parfum léger, tiède et sensuel, celui d'une fleur rare des sous-bois qui a capté un rayon de soleil ; et c'était comme si on changeait de saison, comme si on passait au printemps, comme si son long cou de cygne était un sentier qui permettait de quitter ce mauvais hiver de taouz et de boue.

Je commençai à embrasser sa nuque, remontant en direction de sa chevelure où le parfum se faisait un peu plus boisé. J'attendais en même temps sa réaction car elle n'allait pas en rester là. Pour l'instant, elle ne bronchait pas, jouant l'indifférente. Et pas davantage quand je relâchai sensiblement mon étreinte, cessant de lui bloquer l'épaule. Ma main droite descendit jusqu'à ses seins, faisant semblant de glisser sur eux sans les remarquer pour mieux y revenir, comme si elle avait oublié quelque chose.

Elle chercha brutalement à se dégager et ce faisant me donna maladroitement un coup de coude sur ma phalange abîmée par la bagarre de l'autre jour. La douleur fut violente et, involontairement, ma main comprima sa poitrine. Elle crut que je l'avais fait exprès et, s'étant échappée, elle réagit comme si elle était menacée. Elle m'attaqua avec ses jambes et ses genoux. Cela ressemblait à de la boxe thaïlandaise, peu importe d'ailleurs car elle se débrouillait bien et elle n'avait pas appris à se battre en regardant des films de Bruce Lee. Je me souvins qu'elle m'avait dit avoir été championne d'arts martiaux à l'université au moment où un premier coup m'atteignit à la cuisse, touchant probablement un nerf car ma jambe en fut paralysée. Après, ce fut son pied qui, chaussé d'une bottine pointue, percuta mes côtes au moment où je tentai de rétablir mon équilibre. Sounaïma avait une force que je n'avais pas soupçonnée. Je fus projeté contre la table et tombai à genoux.

J'étais décidé à réagir sans vouloir pour autant lui faire mal. Je n'essayai pas de me relever et attendis son prochain coup, prêt à lui bloquer la jambe pour la déséquilibrer. Surveillant ses yeux, je sus que ce ne serait pas nécessaire. En me voyant à terre, il y eut d'abord de l'incrédulité dans son regard, puis de l'inquiétude, sans que je sache si c'était la crainte de m'avoir frappé pour de bon ou que je parte définitivement. La seconde d'après, elle était agenouillée et cherchait à me prendre dans ses bras. Ses yeux étaient remplis de larmes.

« Je ne voulais pas… je te jure, je ne voulais pas ça. »

Je fis une grimace et ne répondis rien.

« Parle-moi ! Dis-moi quelque chose, dis-moi que tu n'as pas mal.

– J'ai pas mal. »

Elle m'aida à me relever et à m'asseoir sur l'unique fauteuil. Elle se précipita ensuite dans la salle de bains pour revenir avec du coton, un antiseptique et une pommade. Je dus serrer les dents quand elle toucha ma main. « C'est salement infecté, tu sais. Et ce n'est pas à cause de moi. Ça l'était avant. Depuis que tu as frappé les Saoudiens. Tu as dû te blesser au contact de ses dents. Et tu n'as même pas soigné ta main… »

Je n'avais toujours pas envie de parler. Je contemplai la bouteille de Macallan qui, miraculeusement, n'avait pas été précipitée sur le dallage lorsque je m'étais accroché à la table. Sounaïma suivit mon regard et m'en servit un verre. C'était la première fois qu'elle le remplissait aussi généreusement. Cela ne m'aida pas à sortir de mon mutisme. Et pas davantage ses larmes qui traçaient des sentiers de nacre sur ses joues. Elle ne cessait de répéter, toujours en français : « Il ne faut pas que l'on se fasse du mal, mon chéri. Jure-moi, mon chéri, qu'on ne s'en fera plus… »

Je n'avais pas envie de jurer quoi que ce soit mais j'acquiesçai, du bout des lèvres. Après, Sounaïma ôta ma chemise pour regarder l'ecchymose que sa bottine avait laissée sur ma peau. « Ce n'est rien, mon chéri. Tu ne souffres pas trop, n'est-ce pas ? »

Pendant quelques secondes, elle frotta ma poitrine avec une sorte d'onguent qui piquait les yeux et me rappela le Baume du Tigre en pire. Ensuite, sa main droite monta lentement vers ma nuque, rejointe par la gauche. Elles s'y accrochèrent en se croisant. Sounaïma, toujours à genoux, put se plaquer contre moi, posant sa tête comme mon épaule, s'abandonnant ainsi pendant quelques longues minutes. Je sentais sa respiration encore légèrement saccadée et son cœur comme un tic-tac d'horloge un peu fort. Son odeur était devenue légèrement piquante. Je finis par céder et la serrai dans mes bras, ce qu'elle attendait pour se laisser couler complètement. Les larmes, légères, minuscules, gonflèrent. Je m'en aperçus quand Sounaïma releva la tête pour frotter ses joues mouillées contre les miennes.

Ses lèvres, aussi, étaient humides. Il y eut un premier baiser, un deuxième et d'autres. Elle jugea que le moment était propice pour redevenir espiègle. Elle me fit enlever mon pantalon sous prétexte de passer du baume sur la jambe qui avait reçu un coup de pied. Sa main devint vite agaçante, s'éloignant de plus en plus du théâtre des opérations initiales pour gagner des latitudes épargnées par la guerre que nous nous étions livrée et qu'elle avait gagnée.

« Je crois que tu t'égares.

– J'ai pour mission de vérifier qu'il n'y a pas d'autres blessures dans les parages.

– Tu en as trouvé ?

– La zone n'a pas été totalement inspectée et je n'ose plus m'avancer car il y a un soldat qui monte la garde. Il a l'air farouche.

– Il y a une bonne façon de le désarmer.

– Je vois où tu veux en venir. »

C'est en pleine manœuvre de désarmement que mon portable sonna. « Je t'en prie, ne réponds pas », murmura Sounaïma, en levant vers moi des yeux suppliants.

Je ne le voulais pas non plus mais cet appel pouvait avoir un rapport avec la disparition de Yasmina. Et la sonnerie n'était pas décidée à s'arrêter. Finalement, elle eu raison du soldat qui battit en retraite. « Pas si farouche que ça », remarqua Sounaïma, pendant que je répondais.

C'était Marita, la domestique indienne, qui m'appelait de chez moi. À sa voix, je compris qu'elle était effrayée et je m'abstins de lui montrer mon énervement.

« Sir, venez vite. Le jardinier…

– Quoi, le jardinier ?

– Tarek, le jardinier. On l'a forcé à monter dans une voiture qui l'a emmené.

– Qui est-ce qui l'a emmené ?

– Des policiers. Ceux des *Moukhabarats*[1], je crois. Ils l'ont pris il y a une heure. Ils l'ont arrêté après son service, quand il sortait du compound. Sir, j'ai peur pour lui.

– Mais, non, Marita. Les *Moukhabarats* savent sûrement que Tarek travaille pour moi. Et s'ils ne le savent pas, il a dû le leur dire.

– Non, Sir. J'ai vu comment ils l'ont fait monter dans la voiture. Ils le battaient très fort et Tarek criait…

– Les fils de pute… »

Tarek était un jeune chiite pakistanais de Lahore. Il avait une vingtaine d'années mais on lui en donnait quelques-unes de moins. Il avait un beau sourire qui émouvait Marita et la maigreur d'une allumette. Il ne connaissait pas grand-chose au jardinage mais c'était un travailleur dévoué. Son nom ne laissant pas supposer qu'il était chiite, il s'était fait passer pour sunnite afin de pouvoir travailler plus facilement dans l'archipel mais risquait à tout moment d'être expulsé si on découvrait sa véritable religion. Le risque était d'autant plus grand qu'il lui arrivait d'assister, par solidarité religieuse et en complète inconscience, à certaines réunions d'un groupe islamiste clandestin. C'était une des raisons qui m'avaient fait l'embaucher sur la recommandation de Marita et je pensais être le seul à connaître ses mauvaises fréquentations. En principe, travailler pour moi était suffisant pour garantir sa protection.

1. Nom des services secrets et de sécurité dans le monde arabe.

Ce qui me faisait trépigner de fureur, c'était de découvrir qu'il n'en était rien. Les flics d'un quelconque service de *Moukhabarats* s'étaient permis de l'arrêter et de le frapper alors qu'il sortait de chez moi. Je me demandai si ce n'était pas un coup monté par Matthews et dirigé contre moi ou le prince héritier. Si ce n'était pas lui, qui en était l'instigateur ? Le chef du CID était-il au courant et l'avait-il laissé faire ? Je me posai une dernière question : cet enlèvement n'annonçait-il pas ma prochaine disgrâce ?

5

Les flics avaient sans doute emmené Tarek dans un petit centre de détention, qui se trouvait non loin du village où j'habitais. En roulant pied au plancher, il me fallut trente-cinq minutes pour y arriver.

Dans l'émirat, il n'y avait pas vraiment de prison pour les opposants. On se contentait de les interner dans des commissariats de quartier, de village où des cellules leur étaient réservées. Ils pouvaient y demeurer un jour, un mois, un an, dix ans, une vie. Le prisonnier savait quand il y entrait, jamais quand il en sortirait. Le système répressif était remarquable : on arrêtait mais on ne jugeait pas. On informait la famille que le fils, le frère, le père qu'elle cherchait était vivant et qu'il finirait bien par être libéré. Quand ? Personne ne semblait le savoir. Simplement, on signifiait discrètement à ses parents et amis que s'ils se tenaient tranquilles, s'ils évitaient de parler de lui, il pourrait réapparaître plus vite. Mais quand ? On ne leur répondait jamais et c'était le meilleur moyen de garder les proches du dissident sous pression.

Les leaders politiques, islamistes, nationalistes, voire communistes, connus des organisations internationales de défense des droits de l'homme, échappaient à cette règle. Les flics des différentes polices secrètes évitaient de les torturer et de les planquer. Eux bénéficiaient d'une sorte de traitement de faveur avec un procès public. On leur donnait même de vrais avocats qui avaient le droit de dire qu'ils étaient innocents et que le procès n'était pas équitable. Cela n'empêchait nullement leurs clients d'être condamnés à douze ou quinze ans de prison, puis d'être bannis de leur propre pays.

On disait dans l'île qu'un système répressif aussi parfait avait été mis au point sur les instructions de Ian Matthews.

La petite prison se dressait au bout d'une longue allée bitumée de fraîche date, au bord d'une palmeraie qui, comme beaucoup d'autres, se mourait doucement. J'y étais déjà venu. Les deux gardes à l'entrée me laissèrent passer dès que je présentai ma carte. Ils me saluèrent sans que je daigne leur répondre. Je garai la Chevrolet dans la cour, à côté de plusieurs fourgonnettes antiémeutes aux vitres grillagées. Avant de descendre, je saisis mon flingue. Ensuite, je sautai à la gorge du premier flic que je vis et lui aboyai en anglais que je voulais interroger le terroriste que l'on venait d'arrêter. Il se mit au garde-à-vous et m'indiqua un bâtiment en préfabriqué.

Je m'y rendis en feignant un pas tranquille. En réalité, le Diable était revenu et, comme si on l'avait fait cuire à petit feu pendant des heures tout en le saupoudrant de haine, il bouillonnait de rage. Je l'avais senti prendre possession de mes poings, de mon ventre, de ma tête. Il me disait qu'on allait bien s'amuser lui et moi à crever quelques fils de pute.

La porte du bâtiment aurait mérité un coup de peinture et les trois marches qui y conduisaient un coup de balai. J'entrai, traversai un premier bureau inoccupé, puis un second, plutôt délabré, où on ne devait pas travailler souvent. Il me sembla entendre des voix et des rires puissants, étouffant des cris et des pleurs, qui provenaient de l'autre bout du couloir. Je poussai une nouvelle porte. C'est vrai que le Diable allait bien s'amuser.

Ils étaient quatre, quatre vrais fils de hyène, en train de rire, du rire avilissant de la hyène quand elle sait qu'elle va bientôt être repue. Trois d'entre eux avaient immobilisé Tarek à plat ventre sur un bureau, l'un d'eux s'étant même assis sur sa nuque. Le quatrième, une espèce de lutteur de foire en treillis kaki, avait baissé le pantalon du jardinier et s'apprêtait à le forcer. Lui aussi avait son futal aux chevilles. Mon irruption les figea sur place, d'autant que j'avais sorti mon flingue. L'un d'eux avait conservé son ricanement sur les lèvres. Mais le Diable était de mon côté parce que j'étais à cet instant le plus fort et que je serais sûrement le plus méchant. Et le Diable fit du bon boulot. Il me permit de surmonter ma répugnance, d'empoigner le sexe mollissant du balourd, et une fois mon Beretta passé dans ma ceinture, d'ouvrir le tiroir du bureau sur lequel il s'appuyait quelques instants plus tôt. Le tiroir était à la bonne hauteur et le flic au pantalon baissé bien trop paralysé par la peur pour songer à bouger et à sauver ce qui lui pendait entre les jambes. Je reculai d'un pas pour avoir plus d'élan et je refermai le tiroir d'un coup de talon en y mettant toute la violence que j'avais ramassée en moi. Il me sembla voir un éclair noir de douleur traverser la pièce et éclater contre un mur. Son cri fut inhumain.

Dans les yeux des autres flics, ce n'était plus de la peur qu'on lisait mais de l'effroi, l'effroi de ceux qui ont vu le Diable à l'œuvre. C'étaient des flics mercenaires, des troisièmes ou quatrièmes couteaux, probablement jordaniens ou yéménites, embauchés à bas prix pour faire parler les prisonniers et effectuer les sales besognes. Je brandis mon Beretta sous leur nez et ils crurent que j'allais leur exploser la tête. Tarek n'osait pas bouger non plus. Son visage était tuméfié. « File m'attendre dans la voiture. »

Il n'entendait que trois mots d'anglais mais il comprit. Je repris mon pistolet et sortis à reculons. J'eus un dernier regard pour le violeur que j'avais peut-être à moitié émasculé. Il était couché en travers du bureau, foudroyé par la douleur. Je me demandai si je pourrais jamais oublier l'éclair noir ni son cri inouï.

Dans la voiture, Tarek pleurait, la tête sur les genoux. Il avait l'air d'un gamin que l'on a cassé en morceaux et que personne ne pourra plus réparer. Avec mon portable, j'appelai Marita pour lui demander d'appeler un médecin en urgence, de préférence un toubib chiite.

Je dus rouler doucement car le taouz s'était remis à souffler avec colère. Il brouillait toute visibilité et jetait sur la route tout ce qu'il avait ramassé ici et là, du sable, des branches cassées, des palmes déchirées, des buissons qui roulaient à la rencontre de la voiture et des monceaux affûtés de tôles rouillées provenant des toits de baraquements d'immigrés qui cherchaient au hasard des rues des têtes à trancher. Il avait colorié le ciel pâle avec de longues traînées brunes. Tout le monde circulait au ralenti. Et les modestes villages chiites, habituellement bruyants et sales, étaient devenus muets, presque propres, lavés par les violents jets de sable. Le vent, aussi, avait la rage.

Arrivé chez moi, j'aidai Tarek à sortir de la Chevrolet. Il marcha dans l'allée sans regarder où je l'emmenais, cachant son visage dans ses mains comme si la honte l'avait défiguré à jamais. Marita vint à notre rencontre et se mit à son tour à pleurer. À ce moment, je pensai à Yasmina, dont le visage se mit à danser devant mes yeux. Je n'avais pas vraiment fait le maximum pour la retrouver. Je n'avais plus une seconde à perdre. Je laissai la housemaid prendre soin du jardinier en attendant le médecin. J'allai dans une autre pièce appeler Matthews sur sa ligne directe.

« Vous êtes déjà au courant ? lui demandai-je de but en blanc.

– Je viens d'être informé à l'instant.

– Et qu'est-ce que vous pensez du comportement de vos flics ?

– Ce ne sont pas mes flics. Ceux qui ont arrêté votre employé travaillaient pour un service qui ne dépend pas du CID.

– Je croyais que c'était vous le grand ponte de la sécurité dans l'émirat.

– Votre ironie, pour déplaisante qu'elle soit, ne m'atteint pas. J'ai fait tout mon possible pour unifier les différentes polices et en éliminer les brebis galeuses. J'ai même découvert que certaines, par haine antichiite ou antioccidentale, avaient laissé des extrémistes sunnites proches d'Al-Qaïda s'y infiltrer. C'est peut-être le cas de celle qui a kidnappé votre jardinier et je vais, croyez-le bien, enquêter pour savoir ce qu'il en est. Si ça ne tenait qu'à moi, il n'y aurait que le CID et aucun autre service de sécurité. Ça serait tout bénéfice pour moi et je ne vous aurais pas dans les pattes. Vous seriez à votre vraie place : une banlieue de votre beau pays décadent. Et dans votre vrai rôle, celui du vigile musclé. Vous savez, celui qui croit que s'il a une tête, c'est pour donner des coups. Cela dit…

– Cela dit…

– Le comportement de ces quatre policiers était ignoble. Je ne suis pas contre l'emploi de quelques moyens de pression pour faire avancer une enquête mais je n'ai jamais toléré la brutalité gratuite, *a fortiori* le viol.

– Vous m'en voyez rassuré.

– Vous jouez encore au petit malin, monsieur Caminos. Mais méfiez-vous ! Si on s'en prend comme ça, sans raison apparente, à l'un de vos employés, c'est que vous avez des ennemis, mon cher ami français. Faites un peu plus attention à vous. Certes, vous avez un solide protecteur qui a confiance en vous. Mais l'île compte beaucoup d'autres personnalités puissantes. Trop pour un pays aussi minuscule.

– Vous pensez à…

– C'est un conseil très général. Je ne vois d'ailleurs pas pourquoi je vous le donne. Un homme comme vous, si conscient de sa supériorité, n'a sûrement pas besoin de mes avis. »

J'avais envie de lui rentrer dedans, mais ça risquait de nuire à mon enquête sur la disparition de Yasmina. Je ravalai salive et fierté. Et j'allai droit au but.

« J'ai besoin d'informations, Matthews. De vos informations.

– Par Notre Dame la Reine ! Jamais je n'aurais osé imaginer être en position d'aider un policier français, surtout d'une trempe aussi exceptionnelle. Vous m'obligez beaucoup, mon cher ami. En quoi puis-je vous être utile ?

– J'ai peur pour la jeune fille. Le temps presse…

– Puis-je d'abord vous demander pourquoi vous portez un tel intérêt à cette personne ?

– À votre avis ?

– Comme sa disparition m'intrigue aussi, je me suis renseigné. La jeune fugueuse a une jolie sœur. »

Je n'étais pas prêt à dire la vérité à Matthews. C'était une question de pudeur et je n'avais pas envie qu'il sache que ma cuirasse avait un défaut. Le mensonge était préférable. J'acquiesçai :

« C'est vrai ! Très jolie.

– Vous me prenez pour un imbécile, mon cher ami français ! Le piège est grossier et vous y sautez à pieds joints. Bon, je vous laisse à vos petits mystères. Mais je vais quand même essayer de vous aider. Pour une unique raison : vous avez des tripes et des policiers avec des tripes on n'en trouve plus beaucoup de nos jours, surtout chez les Français. Évidemment, pour que vous ne vous sentiez pas débiteur à mon égard, ça sera donnant, donnant. Cela vous convient-il ?

– On marche comme ça, Matthews. Mais je ne vois pas ce que je peux vous apprendre…

– De petites choses. Tenez, par exemple, que viennent faire chez nous ces deux parlementaires français qui n'ont pas l'air très malins. Ils sont sûrement venus négocier quelque chose.

– Cela m'en a tout l'air.

– Dites-moi tout.

– Laissez-moi d'abord me renseigner.

– Vous voyez, vous ne jouez pas franc-jeu. Vous savez parfaitement…

– Plus tard. Sur la jeune fille, qu'est-ce que vous pouvez m'apprendre ?

– Comme je vous l'ai déjà dit, elle n'est pas fichée. Elle n'a donc rien à se reprocher. Pas de trace d'elle dans les hôtels. Pas de risque qu'elle ait quitté l'île puisqu'il aurait fallu qu'un membre adulte de sa famille l'accompagne. Elle est donc cachée quelque part dans l'archipel.

– Et vous n'avez pas changé d'avis. Vous pensez toujours que c'est dans un palais ? »

Il me sembla l'entendre sourire. Son sourire froid de grand serpent.

« Je procède par déduction, mon cher ami. Il n'y a guère que deux types d'endroits sur l'île où mes grandes oreilles n'entendent pas tout ce qu'on dit. D'abord, bien sûr, les dernières cellules clandestines des terroristes qui échappent encore à notre contrôle. Ensuite, les palais ou les dépendances des palais. Comme nous savons que la jeune fille ne s'intéresse pas à la politique, elle ne peut être que là.

– Vous pensez à un palais en particulier ? lui demandai-je, tout en connaissant déjà sa réponse.

– Bien sûr que non !

– Et vous diriez qu'elle est de son plein gré dans ce palais ?

– *A priori*, oui. Vous pensez le contraire ?

– Matthews, cette fois, c'est vous qui me prenez pour un imbécile. Vous savez bien que c'est pas normal qu'une jeune chiite reste six jours dans la nature sans donner de nouvelles, au moins à sa frangine. Et que c'est encore plus anormal qu'elle soit partie en minijupe, sans fric, sans fringues de rechange, avec juste deux ou trois pots de maquillage, comme si elle espérait rentrer le soir ou le lendemain. Et ce qui est carrément inquiétant, c'est que son portable soit demeuré muet depuis son départ. Des explications à tout ça ?

– Pour une fois, vous avez raison, monsieur le policier français… »

Il avait abandonné le « cher ami », ce qui faisait du bien car je préférais la compagnie d'un scorpion à la sienne. Il poursuivit :

« Mais je ne saurais trop vous recommander de dire à sa sœur qu'elle pousse ses parents à saisir le CID afin que nous puissions mener l'enquête.

– Vous n'avez pas besoin de ça pour entamer des recherches.

– C'est vrai ! Mais si ça a quelque chose à voir avec les palais, on n'admettrait pas que le CID vienne y fouiner de sa propre initiative. Vous me suivez ?

– Trop bien ! »

Nous raccrochâmes. Aussitôt, mon portable sonna. C'était Sounaïma qui s'inquiétait. Je la rassurai et raccrochai au moment où elle allait me demander si on se voyait le soir. Dans le grand salon, Tarek dormait, ou faisait semblant, veillé par Marita. Le médecin venait de repartir après lui avoir administré un sédatif.

Dehors, les villas étaient peu à peu recouvertes de poudre brune. Même les bougainvilliers, habituellement éclatants de violences mauves et rouges, avaient été dépouillés de leurs couleurs. Le taouz émondait aussi les eucalyptus et métamorphosait les palmiers en balais-brosses. Il n'y avait personne dans les allées.

Pas même un rat crevé dans la piscine. Tout le compound baignait dans une mélancolie lourde et poisseuse. Les tourterelles, dont les roucoulements étaient d'habitude insupportables, s'étaient tues. Et il n'y avait même plus un oiseau stupide pour bricoler un chant.

Je repris la Chevrolet pour aller errer à Manama. Je commençai par le Londoner, un pub surtout fréquenté par les Brits de la classe moyenne. Une fois à l'intérieur, je commandai au bar un double scotch, une bière et un club sandwich. À cette heure, les consommateurs étaient rares. Le Londoner faisait dans le pub triste. Pas de décoration et une musique un peu cafardeuse, à base de vieux rocks américains et anglais. Chaque soir, on y entendait *Hotel California* des Eagles ou *Message in a Bottle* de Police. Dans les coins, des écrans de télévision diffusaient en boucle des séquences spectaculaires d'accidents survenus dans des grands prix de F1 ou des K-O retentissants filmés lors de championnats de boxe.

J'allais reprendre une seconde bière quand une main tapota mon épaule. C'était Babak, un jeune journaliste qui bossait pour le *Gulf Daily News*, le torchon en langue anglaise de l'émirat.

Babak appartenait à la caste la plus maudite de l'émirat, celle des *bidoun*. En arabe, *bidoun* voulait dire simplement « sans ». C'est-à-dire les « sans »-nationalité. Ce n'était pas seulement les papiers qui leur manquaient mais une identité. Ils étaient nés dans l'émirat de parents immigrés mais installés de longue date. Puis, lorsque le pays qui avait accueilli leurs familles était devenu indépendant, les nouveaux gouvernants leur avaient brutalement annoncé qu'ils n'étaient pas arabes et ne pouvaient donc pas devenir citoyens du nouvel État. Comme leurs patries d'origine ne les reconnaissaient plus comme leurs ressortissants, ils étaient désormais de nulle part. On tolérait seulement qu'ils habitent ici. Mais pas d'identité signifiait pas de papiers, pas de passeports non plus. Pour aller d'un émirat à l'autre, ils n'en avaient pas besoin. Mais il leur était impossible de quitter le Golfe, pas même le temps d'un week-end.

Apatride, Babak l'était en raison de ses origines iraniennes. Il n'avait quasiment jamais voyagé. Par désespoir, il apprenait les langues des pays où il crevait d'envie d'aller. Il parlait anglais, français, espagnol, persan, russe, arabe bien sûr, et même népalais. Dans le *Gulf Daily News*, on ne lui permettait d'écrire que sur les mondanités et un peu sur la maigre vie culturelle du pays. Un censeur passait ensuite son texte au tamis.

Aujourd'hui, Babak n'avait pas l'air de trop broyer du noir. C'était un garçon mince, pas très grand, au nez allongé, qui ne souriait quasiment jamais. Il était dans la trentaine mais sa vie de reclus l'avait vieilli. On avait l'impression qu'il portait en permanence un masque tragique. On décida de parler en espagnol, la langue de mon père, qu'il maîtrisait à la perfection. « *¿ Qué problema, amigo ?* » me demanda-t-il, remarquant mon air préoccupé.

Je lui racontai d'abord ce qui était arrivé à Tarek avant de lui parler de Yasmina.

« Sa sœur dit qu'elle adorait plus que tout le théâtre et le cinéma. Pendant des vacances en Égypte, elle a fait tout son possible pour rencontrer des actrices. Mais sa famille ne voyait pas sa vocation d'un très bon œil. D'où l'hypothèse d'une fugue. Mais je n'y crois plus du tout.

– Elle vous a donné les noms des actrices qu'elle a cherché à approcher au Caire ?

– Je ne lui ai pas demandé. Pourquoi ?

– Vous connaissez Jehan ?

– L'actrice égyptienne ?

– Oui. Elle est depuis une quinzaine de jours dans l'île. Elle est arrivée dix jours avant la disparition de la jeune fille que vous cherchez. Simple coïncidence… »

Pendant plusieurs années, Jehan avait été idolâtrée par les gens du Golfe. Elle chantait, dansait, jouait la comédie dans des feuilletons à l'eau de rose. Les intrigues étaient niaises, les dialogues mièvres et on y roucoulait beaucoup. Mais sa grâce extraordinaire transformait chaque épisode en un petit chef-d'œuvre. Un jour, un mystérieux accident était survenu dans la vie de l'actrice. Elle avait disparu pendant au moins deux ans. La rumeur la disait atteinte d'un mal mystérieux et soignée en Grande-Bretagne dans une clinique pour *beautiful people*. À l'époque, on avait parlé du sida. Depuis, elle essayait de refaire surface. Mais son charme n'agissait plus. Comme si quelque chose s'était irrémédiablement fané en elle.

Passant au français, je demandai à Babak :

« Qu'est-ce qu'elle vient faire ici ? À ma connaissance, sa visite n'a pas été annoncée dans les journaux.

– Non, elle est ici incognito. Elle n'est d'ailleurs pas descendue au Sheraton, où son statut de star lui imposait d'aller, mais à l'hôtel Ambassador. Le directeur est un copain. Il l'a aperçue et m'a prévenu. J'ai essayé de la contacter mais elle n'a jamais répondu au téléphone. Je l'ai cherchée un peu partout pendant plusieurs jours et je l'ai finalement trouvée par hasard. Elle se préparait à déjeuner dans un restaurant fréquenté surtout par des immigrés friqués. Elle attendait quelqu'un et paraissait craindre que je voie la personne avec laquelle elle avait rendez-vous. En tout cas, elle semblait inquiète. Elle n'a consenti à aucune interview. Pas même à une photo. Elle m'a même supplié de faire en sorte que son passage dans l'île ne fasse l'objet d'aucun écho dans le journal. Pour être sûr que je ne parle pas d'elle, elle m'a promis de revenir quand son prochain film sortira et de m'accorder un long entretien. Mais je ne crois pas qu'elle soit du genre à tenir un engagement.

– Est-ce que tu sais si elle est sur un autre film ?

– J'ai lu dans une revue de cinéma qu'elle tournait avec le grand metteur en scène égyptien Radwan al-Kashef. Mais cette discrétion subite de sa part, vous en pensez quoi ?

– Une histoire de cœur.

– Ici ? Il y a quand même des endroits plus romantiques que cette île pour se retrouver, non ?

– Alors, une histoire de cul. »

Il se força à sourire. Je commandai ensuite une tournée. Le pub commençait à se remplir. Je m'excusai auprès de Babak et sortis dans le couloir appeler Eschrat.

Elle venait de pleurer. C'est avec une voix complètement altérée par le chagrin qu'elle demanda :

« Vous avez des nouvelles ?

– Pas vraiment.

– Cela fait déjà six jours et demi que ma sœur est partie, vous vous rendez compte ? J'ai l'impression que je vais m'arrêter de vivre si je ne sais pas… Et mes parents sont de plus en plus insupportables. Mon père dit que, si elle revient, il ne voudra plus la revoir. Et ma mère me reproche de ne pas l'avoir assez surveillée. »

Je l'interrompis :

« Lorsque vous étiez au Caire avec votre sœur, est-ce que vous savez quelles actrices elle a essayé de rencontrer ?

– Non. Elle me l'a sûrement dit. Mais, comme je n'aime pas beaucoup le cinéma égyptien d'aujourd'hui, je n'ai pas retenu leurs noms.

– Faites un effort…

– Si vous me dites des noms…

– Jehan ?

– Jehan, bien sûr ! C'est elle que ma sœur a cherché à voir en premier. Et elle a réussi à la rencontrer. C'était peu de temps avant notre retour ici.

– Réfléchissez, toute la nuit si nécessaire, et rappelez-moi, quel que soit le moment, pour me dire tout ce que votre sœur a pu vous dire sur elle. Et vérifiez dans son carnet d'adresses si le nom de Jehan y figure.

– Attendez… Je crois que ma sœur lui a écrit à plusieurs reprises.

– Vous en êtes sûre ?

– Oui. Je n'ai pas trouvé de réponses à ses lettres mais j'en suis certaine. Ma sœur me confie beaucoup de choses, vous savez. Elle a été très touchée par la disparition de Jehan quand elle a cessé de tourner et que des tas de vilaines rumeurs ont circulé sur elle. Lorsque Yasmina l'a rencontrée au Caire, Jehan venait tout juste de rentrer d'Angleterre.

– Écrivez sur une feuille de papier tout ce qu'elle a pu vous raconter sur elle et vous me la lirez demain. J'ai peut-être un début de piste pour retrouver Yasmina.

– Vous croyez qu'elle s'est sauvée en Égypte ?

– Sûrement pas », fis-je en raccrochant.

Mon second coup de téléphone fut pour Imad. Il savait pourquoi je l'appelais et il entra de suite dans le vif du sujet :

« T'as des nouvelles de ta jeune disparue ?

– Toujours pas.

– C'est incroyable, cette histoire ! Je le répète : je crois que tu as vraiment du souci à te faire pour elle.

– Je le pense aussi. Dis-moi, t'es un inconditionnel de Jehan ?

– Jehan, qui ? L'actrice égyptienne ?

– Oui.

– Qu'est-ce que je peux en dire ? Que c'est une charmeuse, une ensorceleuse incomparable plus qu'une actrice. Bien qu'elle ait beaucoup tourné dans le milieu du cinéma égyptien, qui est un sale milieu, elle a su garder toute sa fraîcheur et même une sorte d'innocence. C'est pourquoi elle séduit tant, du moins jusqu'à ce qu'on appelle son... accident. C'est vrai qu'il y avait quelque chose de magique en elle. Il lui suffisait d'apparaître sur l'écran et hop ! il se passait quelque chose. On était séduit, ravi, envoûté et sans savoir pourquoi. Bien sûr, elle est belle mais pas d'une beauté éclatante. Ça ne sera jamais Ava Gardner ni même Sharon Stone. J'imagine que ce qui nous plaît, à nous autres Arabes, c'est la petite fille qui l'emporte sur la femme, son côté mutin et cette sensualité légère, que l'on dirait fragile, prête à se déchirer. Ça rassure notre virilité. Tu sais, les Arabes craignent toujours un peu les femmes trop explicitement sexuelles même s'ils feignent de les rechercher. Avec Jehan, nous n'avons pas ce problème. Quant à dire que c'est une grande actrice, c'est un pas que je ne franchirai pas.

– Elle a pourtant joué dans de grands films. On m'a dit qu'elle tournait actuellement dans un film de Radwan al-Kashef. Ce n'est pas un cinéaste commercial.

– De grands films ? Il y a longtemps que l'Égypte n'en produit plus… mais quel rapport entre Jehan et la disparue ?

– Je ne sais pas encore. À ta connaissance, Jehan est déjà venue dans l'île ?

– Certains prétendent l'avoir aperçue à une ou deux reprises. Pas sûr que ces rumeurs soient fondées. »

Je remerciai Imad et retournai au bar. La musique commençait à me matraquer les oreilles et, vu les circonstances, ce n'était pas plus mal. Je continuai à boire avec Babak. J'aurais dû rappeler Sounaïma, qui s'était sûrement inquiétée pendant tout l'après-midi, mais je n'en avais pas le courage. Et puis, il y avait ma fille à qui je n'avais pas parlé depuis une semaine. Je regagnai le couloir, où la musique cognait moins fort, composai son numéro et tombai sur sa mère. Plutôt que de lui demander si Ysé était là et, le cas échéant, de me la passer, je raccrochai.

Je rejoignis le journaliste et nous bûmes encore quelques verres au bar avant de nous séparer. La Chevrolet connaissait le chemin et me ramena sans problème jusqu'à ma villa. Les gardes ne cillèrent pas quand ils me virent passer à moitié couché sur le volant, puis m'extraire péniblement du véhicule et mettre dix minutes avant de trouver la clé de la porte d'entrée. Chez moi, je ne trouvai toujours pas le courage d'appeler Sounaïma. Je pris une bouteille de chablis au réfrigérateur, deux verres et un D4 bien humidifié de Partagas dans ma boîte à cigares avant d'aller directement à mon bureau et de m'installer sur un fauteuil face à la Maîtresse idéale que je boudais un peu depuis quelque temps.

La Maîtresse idéale ne me tenait jamais rancune de mon manque d'attention. Pas plus qu'elle ne me reprochait jamais aucune de mes frasques. Et elle supportait même la fumée de mes havanes. Je lui servis son vin blanc préféré et nous abordâmes vite la disparition de Yasmina. « Tu vois, lui dis-je, les jeunes filles bon chiite bon genre de l'île ne disparaissent pas un beau jour sans laisser de trace. Le pays est beaucoup trop petit, trop fliqué aussi et, finalement, assez peu peuplé. Tout s'y sait très vite. Yasmina est forcément encore là. Mais pas la moindre piste. Matthews m'a suggéré d'enquêter du côté des palais. Et Babak m'a opportunément prévenu que Jehan, l'actrice égyptienne que Yasmina avait tant cherché à rencontrer au Caire, était descendue incognito dans un hôtel de Manama. »

Je sifflai mon verre, tirai sur mon cigare et continuai mon monologue. La Maîtresse idéale n'avait pas encore touché le sien. Assise sur le bord du fauteuil, elle me regardait les yeux mi-clos et sans jamais bouger. Après avoir de nouveau rempli mon verre de vin, je continuai : « Bon, tu as compris où je veux en venir. Est-ce que tu crois qu'il y a un rapport entre l'arrivée de Jehan et la disparition de Yasmina ? »

Elle prit son temps pour faire connaître sa réponse. Pour elle, cela ne faisait aucun doute. « Une autre question : je ne peux pas expliquer pourquoi mais j'ai l'impression qu'il est arrivé malheur à Yasmina. Tu es de mon avis ? »

Elle était encore plus pessimiste que moi. Ce qui semblait la perturber beaucoup, c'était que Yasmina n'avait pas appelé Eschrat alors que les deux sœurs étaient très liées et pouvaient compter l'une sur l'autre.

Après, j'abordai les événements de l'après-midi. Je lui racontai le viol de Tarek et l'éclair noir de douleur qui avait traversé la pièce lorsque j'avais coincé le sexe du salopard dans le tiroir du bureau. J'avais peur d'être rongé jusqu'à la moelle par cette scène qui passait et repassait sans cesse devant mes yeux. Je lui confiai encore ce que je n'aurais jamais dit à personne, même à mon meilleur ami, à savoir que j'étais seul, très seul et que ma fille me manquait terriblement. À ce moment, il me sembla qu'elle desserrait les lèvres et esquissait un très rapide sourire, qui voulait dire : *Bien fait, bien fait pour toi, tu l'as bien cherché.*

J'allais sortir lorsqu'elle me demanda de lui jouer un peu de guitare. Sur la belle Conde Hermanos que j'avais héritée de mon père, j'essayai un fragment du *Concierto* d'Aranjuez, puis *Besame mucho*, mais j'étais trop ivre, sans compter que j'avais un peu perdu la main. Je fis claquer les cordes désagréablement. Je m'obstinai avec un *Aire de tango* composé par le merveilleux Argentin Luis Salinas mais ce fut pire encore. Je remis la Conde Hermanos dans son étui sur lequel le taouz avait déposé une fine pellicule de poussière que je n'eus pas le courage d'essuyer.

Je finis mon verre, puis celui de ma compagne et toute la bouteille. J'éteignis ensuite la lumière et sortis du bureau que je refermai à clé. La nuit, ou ce qu'il en restait, m'attendait. Comme le vin blanc m'avait rendu complètement ivre, je savais qu'elle serait mauvaise. Elle fut pire.

Chaque fois que j'allais m'assoupir, l'éclair noir traversait la pièce accompagné du cri inouï. Avec l'aube, le sommeil finit par gagner la bataille. Mais il fut haché de scènes terribles. Elles se déroulaient dans un palais sous le regard de serpent de Matthews qui m'appelait « mon cher ami » ou « monsieur le policier français ». Dans une vaste pièce lambrissée d'or, une bande de hyènes était venue s'abreuver dans un bassin qui ressemblait au patio de Los Leones de l'Alhambra de Grenade, la ville de mon père, que l'on entendait jouer à la perfection sur la Conde Hermanos. Après avoir bu, elles se mirent à rire à pleine gorge de ce rire curieux, à la fois léger et sardonique, qui fait parfois penser à celui des enfants. Puis, elles s'attaquèrent à la Maîtresse idéale, assise dans un coin du palais, déchiquetant ses vêtements. Pourtant, elle ne cessait de sourire et de répéter : *Tu l'as bien cherché, tu l'as bien cherché.*

DEUXIÈME PARTIE

6

Le dernier rêve fut le plus terrible. Dans le palais doré, sous des lampadaires en cristal, Yasmina toréait les hyènes avec son abaya noire. Elle portait sa minijupe noire et l'on voyait ses seins sous le chemisier blanc, de petits seins tout ronds comme ceux de Sounaïma. Les hyènes bavaient de rage. Elles étaient hautes avec des muscles tout en longueur et des gueules puissantes. Pour la première fois, je remarquai qu'elles avaient les pattes arrière plus courtes que celles de devant. Yasmina avait une jolie *faena*, légère, gracieuse et savait envelopper les monstres de sa cape noire, ce qui lui permettait d'esquiver leur charge et de leur échapper. Dans un état de semi-conscience, je me rendais compte que cela ne pouvait pas durer. J'espérais me réveiller avant le moment fatal. Mais celui-ci se produisit avant que je me réveille complètement.

Plus vicieuse que ses sœurs, une hyène agrippa l'abaya avec sa mâchoire et l'arracha des mains de Yasmina. Et ce fut comme si la jeune fille était nue devant elles. Les monstres carnassiers se mirent à rire et à rire encore et encore d'une façon à la fois obscène et enfantine.

J'étais terrorisé. Heureusement, un hurlement, terrible, inhumain déchira le ciel d'or du palais et épouvanta les hyènes. Je savais qu'elles allaient revenir, qu'elles ne renonçaient jamais quand elles avaient acculé une proie. Je ne voulais plus entendre l'horreur du cri, qui était peut-être le mien, mais je le voulais quand même pour qu'il tienne à distance les hyènes de la nuit. Il n'y eut pas d'autre attaque mais une main qui me secouait gentiment et une voix inquiète qui répétait avec toute la douceur du monde : « Réveillez-vous, Sir. Vous êtes dans un mauvais rêve.

– Ça va, Marita, ça va.

– Vous avez crié très fort, Sir. Je vous ai entendu jusque dans la cuisine. J'ai eu très peur.

– Ce n'est rien, Marita, rien. Juste un cauchemar. Le petit déjeuner est prêt ?

– Sir, il est presque midi !

– Ah ! Prépare-moi quand même un bon café.

– Tout de suite, Sir. Vos téléphones n'ont pas arrêté de sonner depuis huit heures ce matin. Le portable et les deux autres lignes.

– Bon Dieu ! »

Je me précipitai sur le portable. Il y avait plusieurs messages de Soumaïna qui m'accablait de reproches et de Matthews qui ne précisait pas pourquoi il cherchait à me joindre. Sa voix était passablement irritée, sans doute parce que je ne répondais pas. Sur son dernier appel, il y a moins d'une heure, il ajoutait quelques mots laconiques : « Monsieur le policier français, je vous cherche partout. C'est urgent. Vraiment urgent. Pour l'affaire qui vous concerne et qui, malheureusement, me concerne aussi maintenant. »

J'appelai Matthews qui répondit dès la première sonnerie. Il y eut d'abord un blanc sur la ligne de quelques secondes. Lorsqu'il voulut parler, mon instinct de flic m'avait déjà dit que l'on avait retrouvé Yasmina et pas forcément en bon état.

« On a découvert ce matin un cadavre de jeune fille sur le rivage près du grand pont qui va vers l'Arabie Saoudite. On peut craindre qu'il s'agisse de…

– On peut craindre ou c'est sûr ?

– Je le saurai dans moins de dix minutes. Les parents de la jeune fille sont actuellement à la morgue pour l'identification du corps. Mon adjoint, le colonel Blake, qui est chargé des enquêtes criminelles du CID, se trouve sur place. Il téléphonera…

– Elle était habillée comment ?

– Une longue robe. Vous savez, ces robes d'intérieur qui descendent jusqu'au sol et sont brodées autour du cou et aux manches, les femmes d'ici les portent lorsqu'elles sont en famille.

– Ça ne colle pas avec Yasmina. Quand elle est partie de chez elle, elle avait une minijupe, une abaya et n'avait aucun vêtement de rechange. C'est peut-être pas elle. La jeune fille que l'on a retrouvée, elle avait quoi aux pieds ?

– On n'a pas retrouvé de chaussures. Attendez un instant. On m'appelle sur une autre ligne. »

Trois minutes passèrent. Le temps de fumer la moitié d'une cigarette. Matthews revint en ligne et toussota. « Aucun doute. Ils l'ont reconnue. Malheureusement, c'est bien elle. »

Il y eut comme un coup de gong qui éclata dans ma tête. Mais ce qui s'était cassé, c'était quelque chose à l'intérieur de ma poitrine. Ce n'était pas la première fois mais cela faisait toujours mal, pas physiquement mal, autrement, plus en profondeur, comme si c'était l'âme que l'on taguait à tout jamais avec de la boue et à la pierre ponce.

Je dus bloquer ma respiration pendant quelques secondes avant de pouvoir demander :

« Où est-ce qu'on l'a retrouvée ?

– Dans une petite crique déserte. Près d'une des premières piles du grand pont. C'est un expatrié anglais, un informaticien employé à l'aéroport, qui profitait d'une accalmie dans la tempête pour faire son jogging, qui l'a aperçue tôt ce matin. Comme le vent a soufflé du nord-ouest toute la nuit, c'est possible que…

– Abîmé, le cadavre ?

– Pas beaucoup, d'après le colonel Blake. Elle séjournait dans l'eau depuis très peu de temps. Les poissons n'ont pas eu le temps de la défigurer.

– Des traces de coups ?

– Trop tôt pour le dire.

– Les causes de la mort ?

– Noyade, toujours selon le colonel Blake. Probablement accidentelle.

– Vous vous foutez de moi, Matthews, ou quoi ? C'est pas la saison des baignades. Et c'est pas l'endroit. Et puis encore, c'est pas le genre des petites chiites de l'émirat de faire trempette toutes seules. Et ne me dites surtout pas qu'elle a pu tomber du pont.

– Calmez-vous, voyons. On ne sait encore rien. De toute façon, il y aura enquête.

– Et autopsie ?

– Si la famille le permet.

– Et si la famille ne le permet pas le CID peut toujours pratiquer une autopsie en douce avant de lui rendre le corps.

– Je…

– Fermez-la, Matthews. Vous savez plus de choses que vous ne voulez m'en dire. Vous ferez une enquête ou pas, je m'en tape. Moi, je ferai la mienne. Dites-moi quand même si vous décidez d'effectuer une autopsie. »

Nous raccrochâmes. Depuis l'entrée du salon, Marita me regardait bizarrement. Je la renvoyai sèchement à sa cuisine préparer du café. Ensuite, je m'habillai sans même passer par la salle de bains. J'hésitai à appeler Eschrat, il fallait du courage et je n'en avais plus. J'avais échoué lamentablement à retrouver sa petite frangine. Sans doute Yasmina était-elle encore vivante lorsqu'elle avait fait appel à mes services. Certes, elle s'y était prise tardivement mais n'empêche que j'avais traîné. Maintenant, j'avais un poids de culpabilité sur l'estomac qui m'interdisait d'avaler quoi que ce soit, même un simple café. Je réussis quand même à absorber quelques cachets dilués dans de l'eau sucrée pour chasser le mal de tête provoqué par mes libations nocturnes. C'est à ce moment-là que je me souvins des rêves de la nuit et de leur message prémonitoire. Je revoyais les hyènes passer et repasser devant mes yeux sans qu'aucune pensée puisse les chasser. C'est ce qui me poussa à sauter dans ma voiture.

Je retrouvai la voie express qui mène à Boudaya, dépassai la localité et longeai la partie nord de l'île par une petite route sinueuse qui traversait des palmeraies moribondes et des hameaux chiites, gris, poussiéreux, où traînaient de petites bandes d'adolescents désœuvrés, en panne de présent et d'avenir. Le taouz se tenait tranquille et le ciel avait ramassé, Dieu sait où, un peu de bleu pour maquiller sa pâleur de grand malade.

Bientôt, je trouvai une bretelle qui permettait d'accéder au pont reliant l'île au royaume saoudien. C'était un ouvrage d'art magnifique, long de vingt-six kilomètres, qui avait coûté quelques milliards de dollars, demandé des années d'études et un travail formidable pour sa construction. De loin, on aurait dit un long trait blanc courant d'îlot en îlot, comme un ricochet qu'une caméra aurait suivi et figé en même temps. La frontière se trouvait à peu près au milieu du pont.

Une fois sur le pont, je m'arrêtai à côté d'un coupé Aston Martin DB7 d'une belle couleur bordeaux. À côté de la voiture, le colonel Blake regardait en direction de la petite crique, celle probablement où l'on avait retrouvé le cadavre de Yasmina, à quelques centaines de mètres en contrebas. De loin, on apercevait sur l'eau des nappes stagnantes de pétrole et d'huile. Un sentier suivait la berge sablonneuse où pas un seul buisson n'avait réussi à s'agripper. Une camionnette de police était stationnée sous le seul arbre du coin et deux Occidentaux, à l'évidence des flics, arpentaient le rivage à la recherche d'indices. Encore plus loin, on découvrait quelques belles villas blanches, bâties aussi près que possible du bras de mer.

Blake s'était retourné et m'avait regardé approcher d'un air faussement indifférent tout en mâchouillant une allumette. Il ne faisait guère plus qu'une dizaine de degrés mais il portait une chemise kaki dont les deux boutons supérieurs étaient ouverts. De même que Matthews, il avait servi l'armée britannique comme officier de renseignements. Il avait aussi appartenu pendant de longues années aux SAS. Dans l'archipel, on disait qu'il parlait plusieurs des dialectes arabes de la Péninsule. Plus jeune que son chef, il devait avoir un peu plus de cinquante ans. Quelque part, ça me faisait mal de savoir qu'il bossait ici comme chien de garde parce qu'il ne voulait pas retrouver une vie casanière dans un bureau quelconque de l'humide Angleterre et un salaire avec un zéro en moins.

C'était un immense gaillard de près de deux mètres, avec des épaules larges comme un arc de triomphe et un beau visage buriné, des yeux d'un bleu délavé, un nez court et droit, un front haut, qu'on aurait dit raboté par les vents de sable de tous les déserts. Sa chevelure, poivre et sel, assez fournie, tombait de chaque côté d'une raie tracée à la diable et ne faisait pas du tout martial. Je lui rendais à peu près dix centimètres et autant de kilos. Comme Matthews, sa poignée de main était une machine à broyer les phalanges. Il vit que j'étais blessé et, à la différence de son supérieur, se garda d'appuyer sur la plaie.

« Matthews m'a dit que vous la recherchiez depuis plusieurs jours. Vous savez sûrement des choses que j'ignore.

– Je n'ai rien appris que vous ne sachiez déjà.

– Qu'en savez-vous ? Mais faisons comme si. Au moins, vous vous posez des questions, non ?

– Ouais. Quand elle est partie de chez ses parents, elle portait une minijupe noire et un chemisier blanc et on l'a retrouvée habillée avec une robe arabe traditionnelle. Seconde question : cela faisait au moins six, voire sept jours qu'elle avait disparu. Or vous avez dit à Matthews qu'elle était restée très peu de temps dans l'eau. Donc le grand plongeon remonte sans doute à cette nuit. Qu'est-ce qu'elle a fait tous ces derniers jours et où était-elle ? »

Blake ne répondait rien. Il avait l'air curieusement absent mais, en même temps, son front était traversé par des sillons profonds, comme si de graves soucis le tourmentaient ou qu'il se battait avec lui-même. Et il massacrait son allumette avec ses dents.

« Vous allez mener une vraie enquête sur la petite, colonel Blake ?

– Je ne vous permets pas d'en douter.

– Mille excuses. Je peux vous poser une autre question ?

– J'aime bien les questions. Ce que je n'aime pas, c'est y répondre. Essayez toujours…

– Sous la robe, qu'est-ce qu'elle portait ?

– Culotte et soutien-gorge.

– Mais encore ?

– Secret de l'instruction, comme on dit dans votre pays.

– Et si on fait donnant, donnant ?

– Je croyais que vous n'aviez rien à m'apprendre.

– Je peux trouver quelque chose…

– Désolé, Frenchie, on n'est pas au souk. On ne fait pas de marchandage sur le dos d'une gosse noyée. Il y a une enquête et tout ce que vous savez, tout, vous m'entendez, vous avez l'obligation de me le communiquer. C'est la loi, même ici. Et c'est une obligation morale, même ici. Mais moi, je n'ai pas à vous refiler quoi que ce soit.

– On est entre flics, Blake !

– Pas du tout ! Vous êtes un flic et moi je suis un militaire. Et je ne m'appelle pas Blake mais colonel Blake.

– OK, colonel Blake. Mais j'ai pas bien saisi si vous aviez acquis votre grade dans l'armée britannique ou dans les glorieuses Forces de défense de l'émirat qui n'ont jamais perdu une seule bataille. »

Je m'attendais qu'il réagisse, sursaute, fasse la grimace, voire blêmisse, même si cela ne pouvait guère se voir tant sa peau était tannée, cuivrée même. Je lui avais lancé une insulte : les Forces de défense de l'émirat n'avaient jamais perdu une bataille parce qu'elles n'en avaient jamais livré. Il resta simplement deux ou trois secondes à hocher la tête comme si une contrariété, plus grave, plus lourde, le tracassait. Moi, j'avais envie de l'affronter, parce qu'il appartenait au CID et que ça me faisait du bien d'oublier, ne serait-ce qu'un court moment, le corps de la petite qu'on avait trouvé en bas du pont. Mais je ne comprenais pas pourquoi il se montrait aussi agressif à mon égard.

Il finit par me répondre :

« Vous jouez au fortiche, Frenchie, parce que vous vous sentez encore intouchable. Même après ce qui est arrivé à votre jardinier. Mais, un jour, si vous continuez comme ça, vous n'aurez plus de protecteur. Et on verra si…

– Blake, pardon, colonel Blake, votre chef m'a déjà dit tout ça. Le problème, c'est que vous, les officiers britanniques, vous n'avez jamais su fonctionner sans modèle. Or votre monarchie se délite et vous n'avez plus de grand homme présentable. Relisez vos grands anciens au lieu de servir de petites causes minables en faisant semblant d'y croire. Tenez, vous avez eu ce Premier Ministre génial qui s'appelait Disraeli, du temps de la reine Victoria. Il écrivait des romans à succès et fut champion de boxe. Avec lui, jamais l'Empire britannique n'avait été aussi grand, brillant, prospère. Vous connaissez sa devise ? "La vie est trop courte pour être petite." Méditez ça, co-lo-nel Blake. »

L'officier me suivit jusqu'à ma voiture. Il cracha sur le sol ce qu'il restait de l'allumette. « Foutez le camp, Frenchie. Et épargnez-moi vos citations merdiques. Vous êtes pire que nous. Comme vous l'avez sous-entendu, vous n'êtes ici que pour le fric et parce que vous avez des problèmes avec la justice de votre pays. Moi, même si ça vous fait rigoler, je crois à la mission que j'ai à remplir ici. »

Blake fit quelques pas en arrière et revint sur ses pas. J'étais déjà dans la Chevrolet et je baissai ma vitre pour l'écouter :

« Vous allez enquêter ?

– À votre avis ?

– On va voir jusqu'où vous irez, petit Frenchie, et si vous avez assez de couilles pour aller jusqu'au bout. Si vous échouez, c'est que vous êtes un minable parce que je vais quand même vous aider : la pauvre gamine, c'est comme si elle avait été forcée par une harde. Son corps était couvert de traces de coups, d'ecchymoses, de morsures aussi, notamment sur les seins. On aurait dit qu'elle a été commencée par des sangliers et finie par des hyènes. Ils se sont bien amusés avec elle, vous pouvez me croire. Mais je ne vous ai rien dit. Et je continue de penser que vous n'irez pas jusqu'au bout parce ce que vous n'êtes qu'une vieille merde de flic français.

– Je vous remercie, Blake. Faites encore quelques progrès dans vos insultes et vous finirez par devenir un gentleman. »

Je redémarrai mais je n'avais aucune envie de regagner Manama. Je suivis le grand pont qui menait à l'Arabie Saoudite sans trop songer à l'endroit où j'allais. Une dizaine de kilomètres plus loin, j'arrivai à la frontière. Je faillis faire demi-tour mais, subitement, je sus où je devais me rendre. Je présentai ma carte à un flic de l'émirat qui s'inclina bien trop bas, puis à une barbouze en civil, un Saoudien cette fois, qui se mit au garde-à-vous. Il fit signe à ses hommes d'ouvrir la barrière, me permettant de dépasser la longue file des véhicules qui attendaient d'être contrôlés. Plusieurs conducteurs étaient en difficulté. Ils avaient picolé toute la nuit et les flics saoudiens leur faisaient ouvrir la bouche pour renifler leur haleine. S'ils avaient de l'argent, les choses pouvaient s'arranger. Dans le cas contraire, ils allaient goûter pendant quelques jours aux geôles du royaume et si c'était des immigrés au fouet de ses bourreaux. C'était même arrivé à un Philippin qui avait acheté dans l'émirat des chocolats en ignorant qu'ils étaient fourrés à la liqueur. Il avait écopé d'une trentaine de coups.

Après avoir quitté le pont et dépassé la ville pétrolière de Dharan, je suivis pendant un quart d'heure une autoroute. Je bifurquai ensuite pour emprunter une piste assez bonne qui s'enfonçait dans un désert plat et caillouteux. Vingt kilomètres plus loin, j'arrivai près d'un campement composé de trois grandes tentes modernes de couleur beige disposées autour d'un corral et d'un puits. Il y avait aussi deux baraques en torchis de couleur ocre. J'arrêtai la Chevrolet brutalement, ce qui souleva un nuage de poussière. Abdallah, qui avait entendu le coup de frein, sortit d'une des tentes pour venir à ma rencontre. C'était un Jordanien d'une quarantaine d'années, grand et émacié, avec une longue cicatrice qui lui barrait la joue. Il était vêtu d'une disdacha grise, décousue sous un bras, et marchait pieds nus. Il voulut me baiser l'épaule en signe de respect mais je lui tendis la main. Son anglais était des plus rudimentaires mais il parvenait à se faire comprendre.

« Prenez café et Majd al-Chams venir.

– Je ne suis pas si pressé, Abdallah. »

Un palefrenier pakistanais, à peine un adolescent, s'approcha et il l'envoya chercher Majd al-Chams qui paissait un peu plus loin dans une prairie artificielle entretenue à grands frais. Il y avait là une dizaine de chevaux. Ils appartenaient à Wahad, un jeune prince saoudien, qui les gardait pour la frime et le prestige et ne les montait jamais. C'est Abdallah qui s'en occupait. Auparavant, il avait été le cavalcadour d'un prince saoudien du premier cercle. Mais il avait déplu pour une raison que j'ignorais. Cela lui valait de s'occuper des chevaux d'un prince de moyen lignage et cet exil dans un camp à la limite du Nedjd.

Wahad, je l'avais tiré d'une sale affaire un an plus tôt. Au cours d'une beuverie à Manama, il s'était laissé entraîner par deux putes ukrainiennes qui l'avaient d'abord soûlé jusqu'au coma avant de lui soutirer tout son fric, ses papiers, l'inévitable Rolex en or et diams et, plus grave, une lettre confidentielle du roi qu'il devait remettre à un religieux égyptien de passage dans l'archipel. J'avais retrouvé sans trop de mal les deux filles, puis le passeport, la montre, la missive et ce qu'il restait de l'argent. J'avais aussi fait en sorte que l'affaire ne s'ébruite pas et, surtout, ne parvienne pas aux oreilles du souverain saoudien. Depuis, j'étais son pote et il avait voulu me combler de cadeaux. J'avais fini par céder et accepter Majd al-Chams.

Majd al-Chams : la Gloire du soleil.

L'étalon se serait senti à l'étroit dans un centre équestre de l'émirat des Deux-Mers. Alors, j'avais préféré le laisser ici en pension et je venais une ou deux fois par semaine le monter. Le camp n'était habité en permanence que par quelques serviteurs de Wahad. Comme tout prince saoudien, fût-il de second rang, il se devait de posséder une magnifique demeure à Riyad, une autre à Djeddah avec vue sur la mer Rouge, un appartement de quatre cents mètres carrés dans le XVIe à Paris ou dans un coin chic de Londres, un autre à New York, un pied-à-terre à Marbella, un parc automobile d'une dizaine de voitures de luxe, dont l'inévitable Mercedes 600 et la BMW Z1, mais aussi des tentes et un camp pour montrer qu'il avait gardé une relation étroite avec le désert. C'est là que Majd al-Chams avait grandi. Il y était bien soigné par des hommes qui aimaient les chevaux même si leur qualité de domestiques leur interdisait de les monter. Pendant qu'ils le préparaient, je m'allongeai sur des tapis aux couleurs criardes dans l'immense tente des invités, vierge de tout mobilier. Un serviteur noir m'apporta du café à la cardamome. J'allumai une cigarette et essayai de ne pas trop penser.

Le café bu, j'allai prendre des bottes, un pantalon et une veste de chasse entreposés en permanence dans le coffre de la Chevrolet. Puis, je m'équipai. Quelques minutes plus tard, la Gloire du soleil était devant la tente.

Un certain Ibn Rachid de Kairouan a dit, vers l'an 1060, que les Arabes avaient trois occasions de s'adresser des félicitations. Pour la naissance d'un garçon, l'émergence d'un poète dans la tribu ou la venue au monde d'un poulain. En voyant la robe bai brûlé de l'étalon avec des reflets doux, comme tranchés au couteau de chasse par une crinière et une queue noires légèrement bleutées comme l'anthracite, sa longue encolure qui lui servait de balancier, sa poitrine grande ouverte, le relief saillant des muscles, la géographie des nerfs qui tressaillaient sans cesse comme des frissons de vent sur un étang, permettant des influx immédiats au moindre danger, et le chanfrein si particulier du cheval arabe, légèrement creusé et faisant penser à un hippocampe, on comprenait pourquoi. En réalité, je me foutais pas mal d'Ibn Rachid de Kairouan que j'avais convoqué dans mes pensées uniquement pour oublier ce que m'avait dit Blake. Il avait parlé de sangliers, de hyènes…

Abdallah et le palefrenier immobilisèrent Majd al-Chams pendant que je me hissais sur lui.

« Le taouz, Abdallah, il va revenir quand ? »

Le Jordanien leva ses deux mains pour dire que c'était la volonté de Dieu. Je répétai ma question et il finit par répondre.

« Pas venir. Pas maintenant. Cette nuit ou demain, peut-être. »

En montant, j'avais accroché par inadvertance ma main droite à l'étrivière et la plaie que j'avais aux phalanges s'était rouverte. Je fis signe à Abdallah de ne pas s'inquiéter lorsqu'il me montra le sang qui perlait.

Quelques instants plus tard, j'étais seul. Majd al-Chams était parti directement au galop et ses sabots mordaient le sable dur qui recouvrait le plateau granitique avec un appétit immense. Regardant derrière moi, je vis que les tentes étaient déjà très loin et que j'étais entré dans un autre monde. Le terrain était plat, morne, quasiment sans végétation et uniformément gris. Rien ne permettait de s'y repérer si ce n'est un maigre soleil voilé et une traînée rosâtre dans le ciel, à l'ouest. C'était un monde vide, le monde du vide. Et celui du silence.

Majd al-Chams galopait depuis quelques minutes seulement et nous avions franchi des siècles, sans que l'on sache si on allait vers le futur, le passé ou le néant. Le martèlement des sabots résonnait avec une telle force qu'il donnait l'impression d'ouvrir la terre et que la vérité allait en jaillir. Des images tapaient dans ma tête au rythme de la course. Je les fuyais mais elles ne se laissaient pas distancer. Il fallut encore quelques minutes pour que l'ivresse, jaillie des sabots de l'étalon, remonte le long des jambes, saisisse les reins, le ventre, le cœur et irradie la tête. Elle dura longtemps, jusqu'à ce que le cheval donne les premiers signes de fatigue. Nous passâmes alors à un galop léger pendant que j'essayai de m'orienter par rapport au soleil à demi mort et qui, ce matin, brûlait à peine.

Il nous fallut encore à peu près une heure pour arriver jusqu'à une minuscule palmeraie que les hommes avaient complètement abandonnée quand le pétrole avait jailli plus à l'est et que les sables avaient étouffée. Les puits avaient été comblés et les palmiers étaient à moitié ensevelis. J'hésitai à descendre dans la crainte que l'étalon n'en profite pour s'échapper et rentrer au camp.

Je finis par m'y résoudre. Sentant mon inquiétude, Majd al-Chams donna, pour la première fois depuis que nous avions changé de siècle et de monde, des signes d'énervement. Je l'attachai avec les rênes à un tronc desséché et m'éloignai. Assis en bordure de l'ancienne palmeraie, je me reposai un long moment, laissant l'étalon manifester son désir de regagner le camp en frappant le sol. Après, je me levai, me mis face au vent et pressai aussi fort que possible sur mes phalanges toujours infectées. Si les hyènes étaient dans les parages, elles allaient capter l'odeur toujours un peu cuivrée et écœurante du sang et elles en seraient enivrées. Elles feraient route jusqu'ici et je les verrais, aussi bien que dans les rêves de l'aube. J'étais disposé à les attendre le temps qu'il faudrait.

Ce furent les hennissements de Majd al-Chams qui me tirèrent de ma somnolence. Je m'étais allongé sur le sable sous un palmier pas tout à fait mort, près des planches à moitié pourries qui bouchaient un ancien puits. Je me dressai sur un coude et regardai autour de moi. Il me fallut un long moment pour les apercevoir dans l'immensité vide qui entourait la palmeraie morte. Elles allaient toujours en bandes et j'en comptai sept dans celle qui croisait, prudemment, au large de l'ancienne oasis. Elles étaient grises, à peine plus foncées que le sable du désert. Elles ne furent pas longues à se rapprocher, dessinant de grands cercles. Elles n'étaient pas aussi grosses que leurs cousines d'Éthiopie qui, lorsque la sécheresse réduisait leur territoire de chasse, osaient s'attaquer aux lions, leur livrant de mémorables batailles. Mais celles-ci étaient néanmoins tout à fait capables de venir à bout d'un homme épuisé ou malade. Et, bien sûr, d'emporter une gamine et de la déchiqueter.

En dépit des hennissements de peur de Majd al-Chams, elles hésitaient à pénétrer dans la palmeraie. Sans doute sentaient-elles ma présence, ce qui les faisait reculer après chaque progression. L'une d'elles poussa en éclaireur jusqu'aux premiers buissons d'épineux qui bordaient la palmeraie avant de revenir très vite sur ses pas. Malgré leurs préférences pour la charogne, les plaintes effrayées du cheval devaient aiguiser leur appétit au point de les rendre folles. Je savais, pour les avoir nourries pendant une mission en Afrique, la force extraordinaire de leurs mâchoires et la secousse qu'elles imprimaient à votre bras quand elles arrachaient la viande que vous leur tendiez.

Je ne bougeais toujours pas. Je les regardais simplement courir et bondir, essayant d'appréhender comment elles se comprenaient entre elles et jaugeaient le danger que je pouvais représenter. Je les écoutais aussi tirer dans l'espace vide de grandes rafales de ce rire enfantin et démoniaque, qui allait toujours decrescendo. Un proverbe somalien disait que « le meilleur de la hyène, c'est son rire ». Je me demandai ce qui, chez elle, était le pire. Dans quasiment tous les pays où on la trouvait son nom était associé à quelqu'un de mauvais ou quelque chose de diabolique.

Chacune avait une forme de personnalité. Certaines étaient plus couardes ou plus audacieuses et toutes ne couraient ni ne riaient exactement de la même façon. Ne parvenant plus à supporter les hennissements d'effroi que poussait Majd al-Chams, je ne pus attendre qu'elles approchent davantage. Je sortis l'arme que j'avais emportée et visai la hyène la plus proche qui était à l'arrêt. Le Beretta était beaucoup trop imprécis pour que j'aie la moindre chance de la toucher. La balle passa à plus d'un mètre d'elle. Le coup de feu dispersa immédiatement toute la bande.

Deux minutes plus tard, le désert était redevenu cette part vide, intensément et immensément vide, du monde. Mais j'y avais trouvé les forces qu'il me faudrait pour chasser une autre tribu de hyènes, celles qui se cachaient peut-être dans les palais, peut-être ailleurs, et qui portaient des masques pour qu'on ne les reconnaisse pas.

7

Il était dix-neuf heures quand je regagnai Manama. Comme l'avait prédit Abdallah, le taouz n'avait toujours pas repris et les magasins étaient bondés d'immigrés qui profitaient de l'accalmie pour faire des courses. Je gagnai mon bureau dans la tour de la rue Tijara. J'avais prévenu Joseph que j'arrivais et lui avais demandé de me préparer du café.

Et le café, c'était Jehan qui le buvait. Elle patientait dans la salle d'attente, assise dans un grand fauteuil de cuir sombre. Je la saluai en traversant la pièce tout en faisant semblant de ne pas la reconnaître ni de remarquer combien elle était belle. Elle répondit à mon salut et ses yeux se fixèrent sur moi. Cela dura le temps de voir comment j'étais foutu – c'est-à-dire beaucoup plus longtemps que ce que les mamans d'ici recommandent à leurs filles. Il y eut un regard pour ma gueule avec un temps d'arrêt sur les yeux, un autre pour mes épaules qui parurent lui plaire, un troisième pour mon ventre et un dernier pour jauger l'ensemble. Je savais déjà qu'elle se demandait si j'allais être à la hauteur du boulot qu'elle allait me confier et dont je pouvais déjà deviner la nature.

Je la fis patienter quelques minutes le temps de passer plusieurs coups de téléphone. Le premier fut pour ma fille et j'eus la chance de la trouver à la maison. En l'appelant, mon cœur s'était mis à battre avec une célérité inhabituelle et j'avais le souffle court. Pourtant, tout allait bien et Ysé avait même, exceptionnellement, de bonnes notes à m'annoncer. Le deuxième appel fut pour Sounaïma qui mit du temps à accepter que je passe la voir au Sheraton en début de soirée. Ensuite, j'appelai Joseph sur la ligne intérieure, qui m'informa que la jeune femme s'était présentée sans même téléphoner pour annoncer sa visite. Elle avait simplement dit qu'elle voulait absolument me parler et qu'elle attendrait mon retour le temps qu'il faudrait. J'allumai une cigarette et la fis entrer.

Comme l'avait dit Imad, ce n'était pas une beauté fatale bien que tout chez elle fût proche de la perfection. Peut-être parce qu'il y avait quelque chose de trop sage et de retenu chez elle, un manque de sensualité même si la bouche était pulpeuse avec des lèvres pleines et bien ourlées. Les yeux, d'un noir soutenu, qui encadraient un nez très fin, probablement refait, brillaient comme des perles et les sourcils faisaient penser aux courbes de certaines dunes de sable que le vent a mis des siècles à dessiner. Les cheveux, très bruns, n'avaient pas l'ampleur des crinières habituelles des actrices égyptiennes. Elle était de petite taille. Le corps, sous le manteau de soie prolongé d'un capuchon, se laissait peu apercevoir mais la poitrine n'avait pas l'air d'être opulente. Ce qui séduisait, également, c'était la finesse quasiment magique des attaches et cette impression de fragilité qui émanait de tout son être. Il y avait en elle quelque chose de la jeune fille qui hésite à devenir femme et je comprenais pourquoi elle avait enflammé les mâles du Golfe. Elle avait une petite trentaine d'années mais son maquillage, un peu trop appuyé, la vieillissait légèrement.

Nous nous observâmes un moment et je constatai une nouvelle fois que les apparences étaient trompeuses et qu'elle ignorait la timidité. Son regard était franc, direct. Je la sentais loyale mais je faisais souvent erreur lorsqu'il s'agissait d'une femme. Je l'invitai à s'asseoir en lui désignant un fauteuil. Elle parla la première avec une voix très douce et dans un anglais un peu hésitant, avec un accent prononcé. En même temps, ses yeux s'embuèrent, de façon inattendue.

« Je ne suis pas sûre que vous soyez l'homme qu'il me faut. Je ne suis pas sûre non plus que cet homme existe… du moins dans ce pays. »

Je n'avais rien à répondre. J'attendis la suite. Discrètement, d'une poussée du pied, j'avais mis en marche le magnétophone.

« Vous savez qu'on a retrouvé ce matin le corps d'une jeune fille. Et cette jeune fille, on vous avait demandé de la rechercher, n'est-ce pas ?

– Exact.

– Il était sans doute trop tard quand on vous a confié cette mission. Peut-être avez-vous cru qu'il s'agissait d'une fugue amoureuse et vous avez pris votre temps. Est-ce que je me trompe ?

– Je n'ai pas à vous répondre. Vous n'êtes pas ma cliente et je n'ai de comptes à rendre qu'à la personne qui m'a chargé de l'enquête.

– Eschrat aurait dû être là avec moi mais le chagrin l'a complètement détruite et elle n'a pas pu venir. Est-ce que vous savez que j'étais amie avec Yasmina ?

– Je l'ai appris. Vous vous êtes vues l'an dernier au Caire. »

Elle parut surprise de ce que je savais et son regard se troubla.

« Vous savez qui je suis ? »

Je me contentai d'incliner la tête. Elle poursuivit :

« Ces lettres m'avaient touchée. Elle avait commencé à m'écrire à un moment très difficile pour moi. Vous savez peut-être que j'ai dû interrompre ma carrière à la suite d'une grave maladie. On a dit beaucoup de choses fausses sur moi pendant les deux années où je n'ai pas pu travailler. On a même prétendu que j'avais le, le…

– Le sida.

– Oui. Quand on est actrice, on suscite beaucoup de jalousie. On a profité de mon absence pour me faire tout le mal que l'on pouvait…

– Cela ne m'étonne guère.

– Dans ces circonstances, les lettres de Yasmina m'ont été d'un grand réconfort. C'est pour cela que j'ai accepté de la voir lorsque je suis revenue au Caire après mon séjour dans une clinique anglaise. Et j'aurais aimé l'aider à devenir actrice. Je suis sûre qu'elle en avait le talent.

– Et maintenant ?

– Je veux savoir ce qu'il lui est arrivé. C'est pour cela que j'ai pris contact aujourd'hui avec Eschrat en apprenant la nouvelle à la radio. Elle m'a raconté qu'elle vous avait chargé de retrouver sa sœur. C'est elle qui m'a donné l'adresse de votre bureau.

– Qu'est-ce qu'a dit la radio ?

– Qu'on l'avait retrouvée noyée sur le rivage. Rien de plus. Mais on pouvait comprendre qu'elle avait sauté du pont et qu'elle s'était sûrement suicidée. Eschrat n'y a pas cru une seule seconde. Et moi non plus !

– Pourquoi ?

– Parce que Yasmina aimait beaucoup trop la vie, parce qu'elle avait des ambitions, parce qu'elle voulait se marier et avoir des enfants, parce qu'elle aimait aussi beaucoup sa sœur et que jamais elle n'aurait voulu lui faire de chagrin. Et il y a beaucoup d'autres raisons. »

Des larmes s'étaient mises à glisser doucement sur les joues de Jehan pendant qu'elle parlait. Elle sortit un minuscule mouchoir brodé d'un superbe sac en cuir rouge qui avait dû coûter vingt ans de salaire d'un immigré indien. J'attendis une petite minute que l'actrice se tamponne délicatement les yeux. Après, je posai la question qui m'obsédait depuis un moment.

« Vous n'étiez pas venue ici pour voir Yasmina ?

– Je suis ici pour une tout autre raison. Mais j'avais bien sûr l'intention de la rencontrer. Malheureusement, elle avait déjà disparu quand je lui ai téléphoné. En tout cas, son portable ne répondait pas.

– C'était quand la première fois que vous l'avez appelée ?

– Il y a quatre ou cinq jours, je ne sais plus exactement. Hier, j'ai téléphoné au domicile de sa famille et je suis tombée sur sa sœur. C'est à ce moment-là que j'ai appris sa disparition.

– Eschrat ne m'a pas parlé de votre appel.

– Parce que j'ai téléphoné après vous. Elle venait juste de vous avoir.

– Pourquoi vous a-t-elle parlé de moi ?

– Elle était très angoissée. Elle avait un besoin immense de se confier. Comme elle n'a pas beaucoup d'argent, je lui ai proposé de prendre l'enquête, votre enquête, à ma charge. J'ai fini par la convaincre d'accepter.

– Vous n'avez donc pas vu Yasmina depuis votre arrivée ?

– Non, bien sûr que non. Je ne suis arrivée que quelques jours avant qu'elle…

– Si vous n'êtes pas venue pour voir Yasmina, est-ce que je peux vous demander ce qui vous a amenée par ici ? »

La question la dérangeait. Je préférais ça. Depuis le début de la conversation, Jehan se montrait trop sûre d'elle. Le chagrin, pour peu qu'il soit sincère, aurait dû la faire hésiter davantage. Cette fois, elle prit tout son temps pour répondre. Et elle le fit d'un ton un peu agressif.

« Visite privée.

– Visite privée ? Ça ne veut rien dire.

– J'ai un ami ici.

– Et alors ?

– Il occupe un poste politique important et, en plus, il est marié. C'est pour cela que je suis ici incognito. »

Nous nous regardâmes encore un long moment jusqu'à ce qu'elle finisse par baisser les yeux. Je n'avais rien pu y lire. Elle ne me dirait rien non plus de la terrible aventure qui lui était arrivée et qu'elle gardait secrète. Et pas davantage des véritables raisons de sa venue dans l'archipel ou sur la nature exacte des liens qui l'unissaient à la jeune morte.

« Je veux savoir ce qui est arrivé à Yasmina. À partir d'aujourd'hui, c'est moi qui vous emploie. Je vous paierai… quelle que soit la somme que vous demanderez.

– Vous allez trop vite. Je n'ai pas dit que j'acceptais.

– Vous me décevriez beaucoup si vous refusiez. Et vous ne me semblez pas être quelqu'un qui s'arrête en chemin quand… »

Jehan avait brusquement changé de voix. Le chagrin avait laissé la place à une note d'autorité teintée d'un soupçon de séduction presque magnétique. Rien jusqu'ici n'avait dû lui permettre de douter de ses capacités à faire plier les hommes. Je comptai jusqu'à vingt avant de lui répondre :

« Je vais poursuivre l'enquête mais à mon compte. Je n'ai pas besoin d'argent. Je vous tiendrai au courant. Vous avez un téléphone où je peux vous joindre ? »

Elle parut subitement très gênée. « C'est moi qui vous appellerai », finit-elle par dire.

La minute suivante elle était repartie, me laissant à peine le temps de la raccompagner jusqu'à l'ascenseur. Elle s'y engouffra après m'avoir serré rapidement la main. On avait l'impression d'une femme qui s'est subitement rappelé que sa voiture est mal garée et risque de la retrouver à la fourrière. Elle avait d'ailleurs sorti machinalement les clés d'un véhicule. Cela me fit penser à ce que m'avait rapporté Homayoun, le jardinier du British Council. Il croyait avoir vu Yasmina monter à bord d'un coupé rouge peut-être conduit par une femme.

Jehan était-elle venue me voir avec cette même voiture ? Sans doute pas mais j'aurais dû quand même m'en assurer et j'avais manqué de réflexe en ne courant pas derrière elle. Peut-être aussi que le vieux

Pakistanais s'était trompé. Ou que la conductrice était une autre femme.

J'appelai Joseph et lui demandai d'aller traîner discrètement le lendemain du côté de l'hôtel Ambassador à la recherche d'un coupé rouge et d'une dame qui ressemblerait à ma visiteuse. Il me répondit quelque chose que je ne compris pas. Mais, à voir sa tête, il était enchanté de se voir confier ce genre de boulot.

Maintenant, j'avais le temps avec moi. Le prince héritier ne rentrerait que dans un mois des États-Unis. Je sortis d'un tiroir une bouteille d'un Glenlivet qui tapait 57,6 degrés. En buvant, j'écoutai plusieurs fois la conversation avec Jehan enregistrée sur la bande. Rien ne sonnait faux dans ce qu'elle disait mais rien ne sonnait juste non plus. Seul son chagrin paraissait sincère mais je devais me méfier de mes impressions. Ensuite, j'appelai Matthews. Il m'annonça qu'il n'y aurait pas d'autopsie.

« Comme je le prévoyais, la famille s'y est refusée pour des raisons religieuses. Le corps de la défunte porte des traces de coups mais ceux-ci semblent avoir été portés avant sa mort, qui sait peut-être avant sa disparition. C'était peut-être son père qui la frappait pour l'empêcher de sortir. Cela pourrait expliquer qu'elle se soit sauvée de chez elle.

– Vous vous foutez de moi, Matthews ! Qu'est-ce qu'elle a fait pendant les six jours qui ont précédé son grand plongeon ? Pourquoi glandait-elle la nuit près du pont ? Et qui lui a donné ces vêtements et où sont ceux qu'elle portait en partant de chez elle ? Vous avez une explication à tout cela ?

– Calmez-vous ! Je vous l'ai déjà dit : ce n'est pas parce qu'il n'y a pas d'autopsie qu'il n'y aura pas d'investigation. C'est le colonel Blake qui s'en occupe. C'est un excellent enquêteur. Il saura prouver s'il y a suicide ou non. D'ores et déjà, on sait qu'elle ne savait pas nager. Ce n'est pas une surprise en soi puisque les jeunes chiites, ici, ne se baignent jamais…

– Vous fatiguez pas, Matthews. Vous gaspillez de la salive et ça me fait mal pour vous, je sais bien que les Écossais n'aiment pas dilapider leurs biens. »

Je raccrochai et, sans que je m'y attende, un poids énorme me tomba dessus. Je me sentais écrasé de partout, broyé physiquement autant que moralement, et il me semblait accuser vingt ans de plus. J'avais envie de vomir et de me vider jusqu'au fond des tripes. Je me traînai jusqu'à la fenêtre dans l'espoir de respirer une brise de mer mais la ville était de nouveau envahie par un brouillard humide et sale, traversé de phares de voitures qui faisaient tourbillonner de fines particules de poussière.

À mes pieds, la ville brûlait mais elle brûlait mal tant la brume mouillait de fausses larmes les lumières qui suintaient des réverbères. Dans les zones d'ombre, je ne pouvais m'empêcher de chercher les hyènes de la nuit, celles qui avaient achevé Yasmina, comme avait dit Blake, qui lui avaient déchiré le corps. Les cauchemars revenaient et passaient devant mes yeux sans que je puisse les chasser. La fatigue et l'alcool faisaient naître des hallucinations. J'avais beau secouer violemment la tête, elles persistaient. J'avais peur de les traîner jusqu'à la fin de mes jours, comme le cri du violeur qui revenait sans cesse traverser l'espace et éclater sur un mur.

Ce fut la sonnerie du téléphone qui m'arracha au monde des hyènes. Joseph me passa une communication. C'était Sounaïma.

« T'es encore au bureau ? Pourquoi t'as éteint ton portable ?

– Je ne sais pas. Je ne m'en étais pas rendu compte. Il est quelle heure ?

– Dis, à entendre ta voix, on dirait que ça ne va pas fort. Qu'est-ce qu'il y a ?

– Rien. Fatigue, coup de blues, un peu de déprime, c'est tout.

– Viens vite ! Et tu feras un effort pour ne pas trop boire. »

Au bar du Sheraton, à cause du taouz qui menaçait à nouveau la ville, il n'y avait presque personne. En me voyant entrer, Sounaïma me servit un verre de Macallan. Je m'assis à ma place habituelle, face au rivage du Golfe et aux lumières du grand boulevard.

« T'as l'air bizarre, tu sais. On dirait que tu as vu un monstre, dit-elle en anglais, en me regardant d'un air inquiet.

– Je suis simplement crevé.

– Avec l'alcool, ça ne va pas s'arranger.

– Tu me laisses vivre ! »

Elle fit comme si elle était vexée et s'éloigna servir un des rares clients. Cinq minutes plus tard, elle revint s'installer en face de moi.

« T'es au courant pour la fille ?

– Quelle fille ?

– Une jeune fille qui avait fait une fugue et qu'on a retrouvée noyée. La radio, dans son programme en anglais, en parle à chacun de ses bulletins. Ce qui est étrange, c'est la façon dont le type qui présente les infos s'y prend pour laisser entendre qu'il s'agit d'un suicide sans dire que c'est un suicide.

– Pourquoi tu dis que c'est étrange ?

– Parce qu'on est dans un pays musulman et que le suicide est un sujet tabou, en particulier celui d'une adolescente. De lui-même le présentateur n'en aurait pas parlé, même à mots couverts, parce qu'il se serait fait virer. C'est donc que les autorités lui ont demandé. Et si elles font ça, c'est qu'elle ne s'est sûrement pas suicidée. Tu ne crois pas ?

– C'est très bien raisonné, Sounaïma. »

Nous bavardâmes un moment. Ensuite, j'attendis qu'elle termine son service en fumant, en buvant, en picorant des noix de cajou et en regardant en direction de la mer et du rivage zébré de lumières par les réverbères de la voie express. Les hyènes de la nuit ne se montrèrent pas mais je savais qu'un jour ou l'autre je les débusquerais. Celles du jour, je les avais attirées jusqu'à moi. Je réussirais à faire de même avec celles qui guettaient dans l'ombre.

Sounaïma finit son service vers minuit. J'avais enfin accepté que l'on nous vît sortir ensemble. Dans l'ascenseur, je l'avais rarement vue aussi radieuse. Ça tombait mal, il me semblait ne jamais être tombé aussi bas, même lorsque je m'étais fait virer de la flicaille française.

Le taouz avait rassemblé ses forces. On le voyait à travers les phares de la Chevrolet. Un nouveau monde se créait, très différent de celui que j'avais abordé cet après-midi en allant à la recherche des hyènes du désert.

Sous la poussée du vent, les forces barbares venues du vide extrême de la terre déferlaient dans la nuit épaisse de janvier. Tout se télescopait, se confondait, se brouillait. Sur la voie express, le halo d'un lampadaire accrochait de temps à autre un tourbillon de sable et l'habitait un moment, lui donnant l'air triste d'un fantôme. On traversait des rideaux de brouillard gris, parfois rougeâtre ou brun quand le taouz s'était poudré d'autres poussières ramassées sur sa longue route. Et, soudain, comme jailli des cryptes profondes du désert et saisi par les phares fugitifs, tout un peuple d'âmes mortes se devinait dans la valse désordonnée et folle des buissons d'épineux sur le macadam. Plusieurs fois, il me sembla les apercevoir, les hyènes au pelage gris sale, tapies dans la nuit, tantôt sauvage et dure, tantôt électrique à l'approche des réverbères. Je cherchais leurs yeux jaunes. Mais elles devaient cavaler en entendant la voiture et regagner leurs tanières, les failles de la nuit et les fissures des âmes.

« Tu ne vas pas bien ? » s'inquiéta Sounaïma à qui je n'avais pas parlé depuis que l'on était montés dans la voiture.

Je ne répondis pas.

Il fallait être fou pour ne pas comprendre qu'il y avait plusieurs mondes qui se livraient bataille. Ce soir, les hyènes étaient dans la ville ou à ses abords, je ne savais où, mais elles étaient là, avides, affamées, prêtes à tous les carnages. Elles avaient profité de la tempête pour quitter leur antre au fond du désert et se glisser dans notre monde au ventre mou.

« Tu es sûr que tu vas bien, dis ? Parle-moi.

– Je vais très très très bien. »

Non, je n'allais vraiment pas bien et j'avais manqué la bifurcation qui conduisait chez moi, poursuivant en direction du grand pont. C'est Sounaïma qui s'en aperçut et me fit faire demi-tour.

À l'entrée du compound, les gardes pakistanais s'étaient réfugiés dans leur guérite. Et lorsqu'ils vinrent vérifier qui étaient les passagers de la voiture et ouvrir la barrière, ils me parurent sur le qui-vive. Peut-être que les hyènes de la nuit rôdaient aussi par ici.

Sur le chemin qui conduisait du garage à la maison, nos pas s'imprimèrent sur le sol recouvert de poussière. Une fois à l'intérieur, Sounaïma voulut aller se coucher alors que j'aurais préféré m'asseoir dans un fauteuil, un verre à la main. Plus tard, je ne parvins pas à lui faire l'amour. Dans l'obscurité de la chambre, d'autres visages se superposaient au sien. Celui de Yasmina. Celui de Jehan... À un moment, je dus m'assoupir et, rêvant à voix haute, demander à l'actrice où elle avait garé sa voiture rouge et si elle avait trouvé son chemin dans la tourmente. En tout cas, dans mon demi-sommeil, j'entendis Sounaïma se moquer gentiment

« C'est pas en pensant à des voitures ou à la tempête que tu vas bander, mon chéri. »

Je finis par m'endormir vraiment. Pas très longtemps. À quatre heures du matin, j'étais réveillé. Je pris une bouteille de chablis et deux verres dans la cuisine avant d'aller dans la pièce voisine converser avec la Maîtresse idéale qui ne dormait pas non plus. Je repris la Conde Hermanos pour lui interpréter une *solea* que mon père avait composée. Je ne fus par meilleur que la veille. Alors, elle me conseilla de retourner au pont, ce que je fis une heure plus tard. Une fois arrivé, je me garai à peu près à l'endroit où j'avais discuté avec Blake. Sur le grand pont, il n'y avait plus aucune circulation.

Le taouz se déchaînait et mon imagination essayait de me convaincre que l'immense ouvrage tremblotait un peu sur ses fondations. En réalité, les lumières de l'île vacillaient dans le brouillard. Je demeurai là, un long moment, accoudé à la balustrade, une cigarette éteinte entre les lèvres. Est-ce qu'il était aussi cinq plombes et quelques quand elle avait sauté ou quand on l'avait poussée ? Je me mis à injurier à haute voix tous ceux qui me semblaient saboter l'enquête.

« Blake, sale con de colonel, tu vas les mener à bien tes putains de recherches. Matthews, sale chien de mercenaire, tu vas l'ordonner ton autopsie de merde… »

Je me demandai ce qu'elle avait ressenti quand elle était tombée. Et si une fois dans l'eau poisseuse et puante de mazout, elle s'était battue pour ne pas sombrer tout de suite.

Après être remonté en voiture, je fis demi-tour et repris la bretelle qui me ramena sur la route de la côte. Là, un chemin conduisait à la petite crique où le jogger matinal avait retrouvé le corps. L'endroit était un peu plus abrité, peut-être par le pont qui devait faire écran au vent. La mer battait doucement le rivage désolé et souillé. On aurait dit qu'elle lui balançait des claques molles.

Je pris une torche et commençai à fouiller les abords de la crique, sans savoir ce que je cherchais, tout en me posant la même question : est-ce que Yasmina avait vraiment sauté du pont et, si oui, qui l'avait déposée à cet endroit ou comment avait-elle fait pour s'y rendre ?

Espérer dénicher le moindre indice dans le noir aurait été parfaitement ridicule. En fait, je voulais juste m'imprégner de la présence des lieux, les flairer comme un animal ou effleurer un signe de son passage. Je finis par m'asseoir entre une flaque d'eau sale et une bouteille en plastique à moitié enterrée dans laquelle le vent soufflait. Là, j'attendis que le jour finisse par se lever.

Au bout du terrain vague, on apercevait un sentier de sable mou qui serpentait entre de petites dunes basses et grises que le vent ébouriffait lorsqu'il soufflait très fort. C'était tout aussi dégueulasse que la grève. Faute de savoir où aller, je le suivis, profitant de ce que le taouz observait une trêve. Il finit par me mener à une palmeraie sous laquelle s'abritaient des baraquements en contreplaqué avec des toits de zinc. À la faveur de l'accalmie, des hommes, environ une vingtaine, étaient sortis et s'affairaient autour de deux réchauds à bois sur lesquels étaient posées de grosses théières en aluminium. Autour du premier foyer, on devinait des immigrés du sous-continent indien, des Tamouls d'Inde ou du Sri Lanka. Un peu plus loin, devant le second foyer, on distinguait des sikhs, aisément reconnaissable à leurs barbes et à leurs turbans colorés ; ils n'étaient que cinq ou six et devaient être employés à garder les derniers troupeaux de dromadaires de l'île.

Dès que les premiers me virent, leur instinct leur fit comprendre que j'étais flic. Je les vis porter la main à la poche arrière de leurs pantalons et sortir la carte plastifiée qui certifiait qu'ils étaient en règle et avaient un emploi. Je m'approchai, répondis à leur salut et demandai si l'un d'entre eux parlait anglais. Un jeune homme d'une vingtaine d'années, aux cheveux noirs et à la peau très sombre, se désigna en levant le bras.

« Vous avez déjà eu la visite d'un policier ?

– Oui, policier anglais venu. Il pose les questions. Il montre photos de fille.

– Je suis d'un autre service et j'enquête sur la même affaire. Je vais vous interroger à mon tour. »

Le jeune homme traduisit pour ses copains qui se contentèrent de hocher la tête.

« Vous savez qu'une jeune fille est morte noyée près d'ici. Est-ce que vous avez vu ou entendu quelque chose, cette nuit-là ? »

Les hommes des baraques firent signe que non.

« Non, Sir. Ils rien vu, rien entendu, confirma le traducteur.

– Et vous n'avez jamais aperçu une jeune fille, seule ou pas, traîner par ici ?

– Non, Sir. »

Tous les hommes regardaient le sol de la même façon ou fixaient un point imaginaire dans l'espace. Ils craignaient qu'on leur colle une sale affaire sur le dos. Un seul parmi eux ne savait trop où poser les yeux. C'était un grand type famélique, à la peau claire, aux orbites creusées par la fatigue et auquel il manquait presque toutes les dents. Il était beaucoup plus âgé que ses copains. Je me tournai vers lui, attrapai son regard qui cherchait à s'échapper, et lui lançai : « Toi, t'as vu quelque chose ? »

Après la traduction, le grand maigre fit encore signe que non. L'angoisse se lisait dans ses yeux.

« Moi, je suis sûr que si. Tu vas venir avec moi à la police. Donne-moi tes papiers. »

Cette fois je vis la peur dans son regard. Des perles de sueur apparurent sur son front. Il s'adressa d'une voix suppliante à celui qui traduisait.

« Il veut pas aller le commissariat. Il va dire tout mais il veut pas le commissariat. Lui très peur des policiers d'ici. Ils prennent ses papiers et chassent lui.

– Il n'est pas en règle, c'est ça ? »

Le traducteur ne répondit pas. Je lui demandai d'éloigner les autres. Immédiatement, le type squelettique, qui s'appelait Rajan, se mit à parler.

Il avait bien vu une jeune fille. Mais c'était il y a plus d'un an, un matin, très tôt. Elle fuyait, véritablement terrorisée. Elle était bien plus qu'exténuée, complètement à bout de forces. Elle avait demandé à se cacher dans un des dortoirs pendant quelques jours. Ce n'était pas les mêmes travailleurs que ceux qui vivaient ici aujourd'hui. Ceux d'avant étaient quasiment au terme de leurs contrats. Cela faisait trois ans qu'ils n'étaient pas rentrés dans leur pays et n'avaient pas touché une femme. Aussi, certains avaient accepté qu'elle reste et qu'en échange d'une paillasse ils puissent profiter d'elle. Ceux qui n'étaient pas d'accord craignaient qu'elle ait fait quelque chose de grave et soit recherchée par la police. Les derniers, enfin, disaient que c'était mal d'abuser de sa détresse parce qu'elle avait… parce qu'elle avait…

« Parce qu'elle avait quoi ? »

À ma demande, le traducteur dut poser plusieurs fois la question avant que Rajan finisse par répondre :

« Bébé. Elle avait bébé.

– Elle s'enfuyait avec un bébé, c'est ça ? C'était le sien ?

– Rajan dit que oui. Très petit bébé. Quelques jours seulement.

– Comment peut-il en être sûr ?

– Il a vu la fille donner son lait.

– Et la fille, elle n'était pas d'ici ?

– Rajan dit que fille est philippine.

– Est-ce qu'il se souvient des vêtements qu'elle portait ? »

Rajan hésita quelques secondes avant de déclarer se souvenir qu'elle portait une longue robe brodée et qu'elle allait pieds nus.

Finalement, à l'issue d'une longue discussion, les habitants des baraquements avaient refusé de la cacher. Ils lui avaient juste donné de l'eau, des biscuits et la fille était repartie avec son enfant. Ils ne l'avaient jamais revue. Le lendemain matin, trois hommes en civil, peut-être des flics, peut-être pas, étaient venus leur demander s'ils avaient vu la fugitive. Ils avaient aussi fouillé les dortoirs. Qui étaient ces hommes, Rajan n'en avait aucune idée. Lorsqu'ils étaient passés au camp, il se trouvait à son travail.

Je remerciai le traducteur, à qui je laissai mon paquet de cigarettes et quelques billets, et rassurai son compatriote. Avant de partir, je demandai à visiter une baraque. Je voulais seulement entrer dans cet autre monde que je ne connaissais pas, et peut-être y découvrir des pièces du puzzle qui me manquaient pour reconstituer les circonstances de la disparition de Yasmina.

C'était un monde de promiscuité absolue. Des couchettes et des lits de camp partout, serrés les uns contre les autres. Leurs maigres bagages, les immigrés les fourraient sous les lits. Des cordes à linge, surchargées de sous-vêtements et de maillots, traversaient la pièce. Au plafond, une seule ampoule pour une quarantaine de personnes. Dès le mois d'avril, il devait faire une chaleur atroce dans la baraque au toit de tôle ondulée et il n'y avait ni air conditionné ni ventilateur. J'en fis la remarque aux quelques Indiens qui m'avaient suivi et m'observaient avec méfiance. D'abord, personne n'osa me répondre. Puis, un petit bonhomme d'une quarantaine d'années à la tignasse noire huileuse, mince et sec comme une mine de crayon, habillé d'un tricot blanc et d'un short vert, se décida. Lui aussi savait un peu d'anglais qu'il parlait de façon nasillarde.

« Patron pas voulu. Nous acheter appareil pour air conditionné et nous payer électricité, mais patron dire non. Nous vouloir vraiment mais patron dire encore non, non et non. Nous dire à patron : OK, boss, OK, pas de problème, boss. Sinon patron nous chasser du travail et du pays. Et nous faire payer l'avion du retour chez nous. »

Je continuai d'interroger le petit homme originaire du nord-est de l'Inde. Je voulais entendre ce que je savais déjà sur l'imagination illimitée de l'homme dès qu'il s'agit d'exploiter son prochain. Les rivages du Golfe avaient toujours été des terres à esclaves. Ceux d'aujourd'hui ne venaient plus d'Afrique de l'Est mais du sous-continent indien, de Thaïlande ou des Philippines. Leur sort s'était amélioré puisque, théoriquement, ils étaient volontaires, prenaient l'avion, touchaient quelque argent, étaient épargnés par le fouet et n'étaient plus vendus sur les marchés. Mais les nouveaux maîtres, qui ne s'appelaient plus esclavagistes mais *sponsors*[1], n'avaient pas plus de considération pour eux que les anciens. Leur premier geste, quand débarquait un convoi d'immigrés dans un aéroport du Golfe, était de soustraire les passeports des nouveaux arrivants, les privant de toute possibilité de sortir du pays avant la fin de leur contrat, confisquant du même coup tout sentiment de liberté. Ensuite, ils regardaient les filles, séparaient les jolies des moches, orientant les premières vers les bars et les boutiques de luxe. Bien sûr, pas question de parler fric ni conditions de travail. Les immigrés du Golfe touchaient en général trois à quatre fois moins que ce qui leur avait été promis lors de l'embauche. Mais l'argent que l'on amputait à des salaires déjà dérisoires, multiplié par quelques millions d'exploités, enrichissait toute une faune de charognards parmi lesquels il fallait distinguer les rabatteurs, les intermédiaires, les sponsors, les flics de l'immigration qui, tous, pompaient lourd en échange d'un visa, d'un permis de travail ou d'un logement pourri. Déjà, les trois premiers mois de travail étaient retenus pour rémunérer les sponsors.

En général, New Delhi, Manille, Dacca ou Colombo ne bronchaient pas devant le sort qui était fait à leurs ressortissants. Quand ils n'étaient pas complices, ils feignaient l'ignorance.

Le petit homme sec me raconta tout ça sans que je puisse percevoir dans sa voix le moindre sentiment de révolte. Pour lui, c'était l'ordre naturel des choses. Il s'interrompit quand, dehors, un bruit de camion se

1. Au sens anglais du terme. Personne ou organisme se portant garant, auprès des autorités, du séjour et du travail d'un étranger ou d'une société étrangère.

fit entendre. Tout le petit groupe qui m'entourait se dépêcha de sortir pour s'y entasser. Personne ne ferma la porte à clé et je m'aperçus qu'il n'y avait pas de serrure. Dans les valises en plastique *made in China* qui s'entassaient sous les lits, il n'y avait sûrement pas grand-chose à piquer. À part quelques chaînes hi-fi portables de la dernière qualité. Le peu que les hommes des baraques gagnaient était envoyé aussitôt à leurs familles.

Allongé sur un lit de camp, qui avait manqué basculer lorsque je m'y étais installé, je songeais à la fille qui était passée furtivement par le camp. Je me demandais ce qu'il était advenu d'elle et de son bébé. J'essayais aussi d'imaginer ce qu'elle fuyait et qui étaient les hommes qui la traquaient. Et si son histoire avait un rapport avec celle de Yasmina qui était morte à environ un kilomètre de là.

J'avais encore une autre question sans réponse : si elle avait obtenu de pouvoir se planquer quelques jours dans le dortoir, combien d'hommes auraient voulu tarifier cet asile incertain en se payant directement avec son ventre ?

Vers huit heures du matin, je regagnai la petite crique. Il y avait une autre voiture à côté de la mienne, un coupé Aston Martin. Blake n'était pas loin. Je le trouvai assis sur le capot de ma Chevrolet en train de mâchonner une allumette.

« Laissez cette voiture tranquille, colonel, elle ne vous a rien fait.

– C'est pas une voiture, c'est du chewing-gum sur quatre roues avec un emballage chromé. Comment pouvez-vous conduire un truc aussi mou ? »

Je n'avais pas envie de lui répondre. J'avais encore dans la tête l'image de la fille en cavale avec son bébé dans les bras. Mais Blake ne voulait pas me lâcher.

« Un truc tout mou, ça va avec un machin tout flasque, non ?

– Je constate, colonel Blake, que vous êtes mieux informé sur mon intimité que sur le reste. C'est votre femme qui vous a raconté ? »

Blake n'avait pas beaucoup d'humour. En plus, on disait que sa femme, que je n'avais jamais vue, était plutôt jolie et que le couple battait de l'aile. Il déchiqueta l'allumette entre ses dents et se montra méchant.

« Et si on parlait plutôt de votre copine du Sheraton, Frenchie. À une époque, elle avait de curieuses fréquentations.

– Tout le monde ne peut pas fréquenter des colonels écossais. »

Blake se calma aussi vite qu'il s'était énervé. Il descendit du capot de ma voiture, chercha dans sa poche une autre allumette à torturer et dit :

« Vous revenez des baraques. Vous avez appris quelque chose là-bas ?

– Absolument rien. Et vous ?

– Elle n'a pas mis les pieds dans ce coin. Ce qu'on peut dire, c'est qu'elle est arrivée, probablement en pleine nuit, à pied ou dans une voiture dont le conducteur l'a déposée sur le pont. Ensuite, à un moment ou à un autre, elle a sauté.

– Ou on l'a jetée par-dessus la rambarde.

– On ne peut pas savoir. En tout cas, elle est morte noyée. On a fait un rapide examen du cadavre avant de le remettre à la famille. À cause de l'eau plutôt froide, la rigidité cadavérique ne permet pas d'établir avec certitude l'heure de sa mort. Disons qu'elle est morte entre minuit et trois heures du matin.

– Et quoi d'autre ? Sa robe, est-ce qu'on sait d'où elle venait ?

– C'est un vêtement très ordinaire, que les femmes portent à la maison, pas pour sortir. Il a pu être acheté au souk de Manama, dans une boutique ou un supermarché.

– Colonel Blake, on n'est pas spécialement potes si j'en crois tout ce que vous me balancez à la figure. Si vous m'attendiez, c'est soit pour me casser la gueule après les révélations de votre femme, soit pour me filer une info. Je me trompe ? »

Il fit semblant de ne pas avoir entendu mon bobard sur son épouse. Il lâcha simplement :

« La robe a très bien pu provenir aussi d'un hôpital ou d'un centre de soins. C'est le genre de fringues que l'on donne aux malades.

– Un établissement privé ou public ?

– La robe était de la meilleure qualité, Frenchie. Disons, plutôt privé.

– C'est tout ?

– Vous vous foutez encore de ma gueule ? Est-ce que vous m'avez déjà filé la moindre info ?

– Les policiers français sont nuls, tout le monde sait ça, Blake.

– Colonel Blake, si ça ne vous écorche pas la gueule, salopard de flic français. »

À peine sa phrase terminée, il tourna les talons, monta dans son coupé qui démarra aussitôt dans un joli bruit de moteur, me plantant là sur la grève rongée par la pollution et les déchets. Finalement, ce n'était pas un si mauvais type, ce Blake. À un détail près :

avec lui, il valait mieux ne pas être réincarné en allumette.

Un peu plus tard, j'étais de retour au compound. Sounaïma prenait son petit déjeuner dans le salon. Elle avait l'air d'avoir bien dormi. Pourtant, il y avait de l'ouragan dans ses yeux et il éclata dès que je m'assis en face d'elle.

« D'abord, tu pourrais venir m'embrasser et me demander comment je vais, commença-t-elle.

– Ensuite ?

– Me dire avec qui tu as bu du vin blanc et pour qui tu as joué de la guitare cette nuit dans la pièce à côté ? »

J'avais dû oublier de fermer à clé mon bureau.

« Pour personne.

– Menteur ! Il y a deux verres et je t'ai entendu parler depuis la chambre. Je suis certain que c'était une femme. On sent encore son parfum.

– C'est une vieille amie.

– Explique ! »

Lui expliquer quoi ? que la Maîtresse idéale résumait les échecs de ma médiocre vie sentimentale, qu'elle possédait toutes les qualités et aucun des défauts des femmes que j'avais connues, qu'elle écoutait aussi mes confidences sans broncher, me donnait des conseils, la nuit, lorsque je venais la voir avec quelques whiskies dans le nez, me consolait le cas échéant et ne me faisait jamais de reproches sur ma façon de vivre ?

Sounaïma ne m'aurait sûrement pas cru. C'est donc une autre histoire que je lui servis. Ni vraiment vraie, ni vraiment fausse.

« Parfois, pour mener à bien une enquête, j'ai besoin de m'adresser à quelqu'un. C'est comme ça, une sorte de tic si tu préfères...

– C'est quoi une tique ? C'est pas une sorte de... parasite que les chiens attrapent ?

– Si, mais ça existe aussi chez les hommes, c'est une sorte de... parasite nerveux. Je ne connais pas le nom en anglais.

– Continue...

– Certains demandent conseil à leur femme ou à un copain. Moi, je m'adresse à une sorte de fantôme et des fois, en lui parlant, tout s'éclaire. »

Sounaïma fit une mimique très dubitative. Heureusement, le téléphone sonna. C'était Joseph. Il avait l'air heureux d'un chat qui a tué sa première souris. À cause de son accent épouvantable, je dus lui faire répéter plusieurs fois chaque phrase.

« Une dame a été vue dans un coupé rouge qui tournait autour de l'hôtel. C'était peut-être Mlle Jehan.

– Quand ?

– Peut-être deux semaines ou dix jours.

– Bravo, Joseph. Comment t'as appris tout ça ?

– Il y a deux Indiens du Kerala qui viennent d'être embauchés comme gardiens à l'hôtel. Je n'ai eu qu'à leur demander...

– Discrètement ?

– Oui, Sir.

– Est-ce qu'ils savent qui est cette dame ?

– Non. Ils ne l'ont vue que très rapidement sur le parking. Mais jamais à l'intérieur de l'hôtel. À moins qu'elle y soit entrée quand ils n'étaient pas de service. Ce qu'ils ont remarqué, c'est surtout la voiture qui est très belle, c'est pourquoi ils s'en souviennent encore.

Mais ils n'ont pas bien vu la conductrice. Peut-être qu'elle portait un foulard. Et ils ne peuvent pas savoir si c'était Mlle Jehan. Ce sont des Indiens comme moi : ils ne comprennent pas l'arabe et n'ont pas vu ses films.

– Ils ne savent pas quelle était la marque de la voiture ?

– Non, Sir. Ils ont seulement dit que c'était une belle voiture comme il y en a tant dans ce pays.

– Bon boulot, Joseph. Tu me raconteras tout un peu plus tard quand je passerai au bureau. »

Je raccrochai. Sounaïma faisait semblant de savourer son café.

« Tu ne vas pas être en retard à ton travail ? lui demandai-je.

– Qui est cette pouffiasse pour qui tu joues de la guitare la nuit dans ton bureau ? Je veux que tu me répondes... »

8

Après le petit déjeuner, je déposai Sounaïma à son appartement, puis filai à la salle de sport des officiers des Forces de défense. À cette heure, il n'y avait pratiquement personne. Je fis quelques centaines d'abdominaux, suivis de plusieurs dizaines de pompes avant de bander soigneusement ma main blessée et de mettre les gants. Je travaillai longtemps au sac, d'abord de façon violente et désordonnée, la rage qui m'habitait m'empêchant de trouver le bon rythme, avant d'arriver à un certain équilibre dans mes frappes. Lorsque la fatigue s'installa, j'étais parvenu à atteindre une sorte de paix précaire. Au début, c'était moi que je cognais à la volée. À la fin, le sac était redevenu le sac ou alors le visage en sang d'une ordure inconnue. Je m'obligeai à une vingtaine de minutes supplémentaires pour parvenir à un épuisement maximal, jusqu'à ce que je n'arrive plus à lever mes poings, jusqu'à ce que les muscles des épaules et des bras me brûlent, jusqu'à ce que dans ma tête, toutes les cases, les pleines comme les vides, n'aspirent plus qu'à une chose : le repos.

J'avais décidé de ne plus boire, ou plutôt de moins boire, d'arrêter de fumer, du moins progressivement, et même de commencer un régime amaigrissant. J'avais échoué à sauver une jeune fille et je n'allais pas m'en remettre facilement. Maintenant, il fallait que je découvre les raisons de sa disparition et de sa noyade et cela ne pourrait pas se faire sans une complète métamorphose, seul moyen de n'être pas emporté par la sarabande diabolique des remords. Je pris une douche et me rendis à la cafétéria mais ne pus me résoudre à commander du thé. Je pris un expresso sans sucre.

Pour gagner mon bureau, il me fallut longer la Corniche. À côté de l'endroit où Eschrat et moi nous étions rencontrés, il y avait un parking. J'arrêtai la voiture et marchai le long du rivage gris et désert.

Les vieilles douleurs revinrent au triple galop : j'avais triché avec le temps ; je n'avais pas assez foncé ; j'avais mené l'enquête en dilettante. Putain de bordel, et si c'était ma fille qui avait disparu et si le flic qui s'occupait de la retrouver avait traîné comme je l'avais fait, est-ce que ce fils de salaud ne mériterait pas que je lui déchire la gueule ? Je m'aperçus que je ressassais et que je n'avançais quasiment pas dans l'enquête.

Je voulus allumer une cigarette et dus m'y reprendre à trois fois à cause du vent qui soufflait en rafales. À midi, il éparpilla les appels nasillards des muezzins, donnant l'impression que des bandes de voyous se jetaient des insultes et des menaces à distance. Je poussai jusqu'au remblai qui s'enfonçait comme un bec-de-corbeau dans les eaux laquées du Golfe.

Aujourd'hui, le ciel cuisinait du gris, beaucoup de gris, comme s'il avait à nourrir des régiments de mauvais nuages, l'épiçant de quelques étranges pâleurs tirant sur le mauve. C'était un drôle de temps. On aurait dit que quelque chose se préparait, peut-être une tempête. On découvrait aussi, en levant la tête, des déchirures d'une clarté éblouissante qui témoignaient que le soleil, l'épouvantable soleil du Golfe, se tenait en embuscade, prêt à irradier l'archipel, à écraser la terre et les hommes, dès lors que le taouz aurait retiré ses derniers bataillons de sable lourd.

Je m'assis au même endroit que la dernière fois, près du bosquet de troncs en béton qui fixaient la terre et lui permettaient de gagner sur la mer. Les tiges de ferraille semblaient avoir poussé depuis la dernière fois. Je regardai la mer pour m'aider à réfléchir.

J'avais l'impression que tout le monde me mentait. Jehan mentait, je ne savais pas pourquoi mais elle mentait en prétendant être arrivée un peu avant la disparition de Yasmina. Matthews mentait aussi, ce qui n'était pas étonnant car il appartenait à l'ordre des grands menteurs, ceux qui pratiquent le mensonge d'État – ordre dont j'avais moi-même fait partie pendant deux septennats. Et Blake, est-ce qu'il mentait ? Je n'en étais pas vraiment sûr mais il cachait ce qu'il savait, lâchant quelques informations quand ça l'arrangeait.

Je contemplai la mer un bon moment, suivant chaque vaguelette dans sa course vers le rivage, comme si l'une d'elles allait finir par apporter la vérité. Ce ne fut pas le cas. En fait, je n'avais toujours pas de piste, si ce n'est celle du coupé d'une marque non identifiée de couleur rouge. Et ce n'était pas un boulot facile. Certes, les habitants de l'émirat n'étaient pas si nombreux et, parmi eux, beaucoup étaient des chiites pauvres et des immigrés misérables.

Mais les riches ne manquaient pas et la plupart d'entre eux affectionnaient les belles voitures et les couleurs voyantes.

Un rayon de soleil parvint à se faufiler à travers l'épaisseur grise du ciel, faisant luire comme du velours les nappes de pétrole stagnant à la surface de l'eau. Il illumina aussi les bâtiments blancs qui m'entouraient, en particulier le grand S de l'hôtel Sheraton. Il se posa ensuite sur un immeuble très haut, situé beaucoup plus loin. C'était l'Ambassador, l'hôtel où Jehan avait réservé une chambre.

Brusquement, je me demandai si je n'étais pas devenu un mauvais flic. Pas une seconde je n'avais cherché à savoir pour quelles raisons Jehan avait choisi cet hôtel. Selon Babak, elle n'était pas allée au Sheraton, pour ne pas risquer d'y être reconnue. Mais dans la même catégorie, celle des grands palaces, il y avait pas mal de choix. Avait-elle opté pour l'Ambassador par hasard ou parce qu'elle y avait des connaissances ? Parce qu'il était bien situé et pratique pour rencontrer son mystérieux ami ? Ou parce qu'il était proche du British Council où étudiait Yasmina ? Ou encore pour une tout autre raison ?

J'étais à peine de retour au bureau que Babak m'appelait. Sous prétexte de retrouver Jehan, il avait essayé de soutirer quelques informations à son copain le directeur de l'hôtel mais cela n'avait pas été facile. Celui-ci était devenu presque muet, comme s'il craignait de parler à présent.

« Pour que je le laisse tranquille, il m'a seulement confié que Jehan a bien une chambre à l'Ambassador mais qu'elle n'y vient jamais. Elle n'y a pas dormi une seule nuit. Mon pote dit aussi qu'il n'est plus certain de l'avoir aperçue.

– Cela semble impossible. Je viens d'apprendre que des employés de l'hôtel l'avaient vue sur le parking. À moins qu'ils se soient trompés et qu'il s'agisse d'une autre femme.

– Ce qui est étonnant c'est que mon copain le directeur ait été à ce point gêné lorsque je l'ai interrogé sur Jehan, qu'il se contredise aujourd'hui et semble regretter de m'avoir informé de sa venue. Peut-être qu'elle a changé d'avis au dernier moment, juste avant d'entrer à l'hôtel. Un employé que j'ai aussi interrogé se demande s'il ne l'a pas aperçue dans le parking au volant d'un superbe coupé rouge. Mais il ne peut pas dire si c'était vraiment elle car la conductrice portait un foulard.

– Des gardiens ont dit à peu près la même chose à Joseph. Ça lui servait à quoi cette chambre si elle ne l'occupait pas ?

– Aucune idée. Mais j'ai encore recueilli une information qui peut vous intéresser. Jehan n'est plus enregistrée à l'hôtel. Elle a réglé sa note hier matin. Elle l'a fait par téléphone en donnant le numéro de sa carte de crédit. »

Ce matin, le jeune chiite parlait français quasiment comme un agrégé et nous poursuivîmes dans cette langue.

« Est-ce que tu sais à qui appartient l'Ambassador ? Sûrement à un membre de la famille de l'émir, non ?

– Pas du tout. C'est la propriété d'un prince saoudien.

– Qui ?

– Le prince Moktar.

– Le prince Moktar ? Le numéro deux des services secrets saoudiens ?

– Je ne sais pas. Je ne connais pas bien l'organigramme du pouvoir saoudien.

– En tout cas, Babak, merci pour le tuyau.

– Vous êtes très perturbé par la mort de cette jeune fille.

– Pourquoi tu dis ça ?

– Parce qu'il y a quelque chose que vous auriez dû vérifier et que vous n'avez pas fait.

– Quoi ?

– Le visa.

– Le visa de Jehan ?

– Exact. Une étrangère voyageant seule ne peut pas entrer dans l'émirat sans visa. Soit c'est l'hôtel qui le lui a obtenu en qualité de sponsor, soit quelqu'un de suffisamment important.

– Et tu es en train de me dire que ce n'est pas l'hôtel ?

– Oui. Mon pote le directeur me l'avait laissé entendre la première fois que je l'ai vu. Aujourd'hui, il a prétendu qu'il ne se souvenait plus de ce détail.

– Babak, j'aime pas beaucoup les journaleux mais je fais une exception pour toi. »

Lorsqu'il eut raccroché, je rappelai les services de sécurité de l'aéroport sur la ligne spéciale et leur demandai de retrouver le formulaire d'entrée de Jehan, ainsi que la date exacte de son arrivée. Un fonctionnaire me promit de me rappeler une dizaine de minutes plus tard. En attendant, je broyai du noir. J'étais devenu un mauvais enquêteur avec des réflexes émoussés et un cerveau cramé par l'alcool et l'amertume. Je parvins cependant à ne pas ouvrir le tiroir du bureau, celui de la bouteille de Glenlivet.

J'allai jusqu'à la salle de bains me regarder dans le miroir et ce que je vis n'était pas réjouissant : des yeux injectés de sang, un teint jaune d'hépatique, des poches profondes comme des malles de poste, striées de ridules rougeâtres et des joues aussi gonflées et molles que des éponges.

J'entendis le téléphone sonner et regagnai mon bureau. Deux minutes plus tard, je n'avais plus besoin de chercher le coupé rouge. Le visa de Jehan lui avait été accordé à la requête du Criminal Investigation Directorate. Pas la peine de demander lequel des policiers du CID avait fait cette démarche. Ça ne pouvait être qu'un flic que je connaissais, un flic qui conduisait un coupé de couleur rouge.

J'avais eu cette voiture sous les yeux plus d'une fois et je n'avais pas fait le rapprochement.

Quels liens pouvaient unir Blake à Jehan ? Étaient-ils amis, amants ou simplement manigançaient-ils quelque chose ensemble ? Lui enquêtait sur la mort de Yasmina et elle m'avait chargé du même boulot. Et c'était encore lui qui m'avait fourni les rares informations me permettant d'avancer. D'un seul coup, je ne tenais plus en place. Il fallait que je sorte, que je retourne là-bas, près du pont. J'avais l'intuition que Jehan ou Blake m'y rejoindrait à un moment ou à un autre, qu'ils étaient l'un et l'autre détenteurs d'un trop lourd secret et allaient chercher à s'en décharger. Avant de sortir, j'appelai le Centre à Paris. Je n'y étais plus en odeur de sainteté mais j'y avais conservé quelques vieux potes, dont le commandant Duquesne.

« Alors, camarade, toujours à la solde des gros émirs friqués ? me lança-t-il.

– Plus que jamais. Et toi, toujours à la botte des petits marquis poudrés de la République ?

– Poudrés et foireux, camarade. Toujours à péter de trouille, tu devrais voir ça. En plus, ils nous ont collé des énarques comme interfaces, un mot dont ces crânes d'œuf raffolent. Toi, tu ne les as pas beaucoup fréquentés mais je peux te dire qu'avec eux c'est le summum de la pétoche. Mais je n'en ai plus pour longtemps. Je ne suis plus qu'à quelques encablures de la retraite. Après, vive la vie, putain ! Est-ce qu'il y aurait du boulot pour moi dans les eaux troubles du Golfe ? Tu m'avais dit en partant que la soupe y était bonne.

– Elle l'est mais je ne suis pas sûr de ne pas la trouver un peu trop brûlante d'ici peu.

– Dis, camarade, les soucis, t'en as déjà chez nous. T'en mets pas plein la tronche là-bas.

– T'en fais pas ! Tu peux me rendre un service ?

– Si c'est dans mes cordes…

– Ça l'est. Je voudrais savoir ce que les fichiers du Centre disent sur un certain colonel Gregory Blake, un ancien du SAS. Et sur le prince saoudien Moktar.

– C'est comme si c'était fait. Rappelle-moi un peu plus tard. »

À peine avais-je reposé le combiné que Joseph me passait une autre communication. C'était Robert Bouquerot. Il m'annonçait que la livraison du fric se ferait d'ici trois jours. Je n'aurais qu'à me rendre sur le pont, de l'autre côté du poste-frontière. Il me demanda si j'avais déjà ouvert un compte dans une banque offshore et je lui mentis en répondant que oui. Cela faisait drôle d'entendre le député chuchoter comme s'il croyait que parler tout doucement au téléphone nous éviterait d'être écoutés par quelques grandes oreilles. On aurait dit un môme qui confie à un pote qu'il a des antisèches pour l'interrogation écrite. Je me contentai de répondre que je serais au rendez-vous sans ajouter un mot de plus.

Je pris le temps de fumer une cigarette avant de quitter mon bureau. Dehors, le ciel était toujours du même gris opaque et le resterait toute la journée. Sur l'autoroute de Boudaya, il n'y avait quasiment aucune circulation à l'exception de quelques camionnettes japonaises ou coréennes qui tanguaient un peu sous les coups de boule du vent.

Parvenu près du pont, je stoppai la voiture près de la grève où l'on avait découvert le corps de Yasmina. La crique était toujours maculée de flaques de mazout et d'un goudron lourd qui s'accrochait aux pattes des aigrettes lorsqu'elles se posaient pour chercher pitance. Je gagnai à pied les baraquements. Les ruades du vent faisaient gémir les portes mal ajustées et grincer les toits de zinc et de tôle. Personne à l'intérieur du camp, pas même un malade. Ses occupants n'étaient pas encore rentrés du travail. Je continuai par une piste crevassée d'ornières, celle qu'empruntaient les camions qui venaient chaque jour les chercher. C'était sans doute ce même chemin qu'avait suivi la jeune mère en fuite. D'où venait-elle ? Le seul témoin avait confié qu'elle était arrivée complètement exténuée. Cela ne signifiait rien. Elle pouvait avoir marché longtemps ou couru comme une folle sur une courte distance avec son bébé dans les bras. Son épuisement pouvait être aussi la conséquence de son récent accouchement.

J'avais plus que jamais l'impression qu'une partie de la vérité se trouvait non loin des baraques. Yasmina était morte noyée dans une petite crique voisine et une autre jeune fille, avec un bébé, était venue chercher refuge ici. Ce qui était encore plus étonnant, c'est que l'une et l'autre portaient le même type de robe, une robe d'intérieur, de celles dont sont revêtues les patientes d'un hôpital ou d'une clinique.

Un peu plus loin, le chemin fit un coude et déboucha sur une petite voie goudronnée dont on devinait qu'elle conduisait à l'autoroute de Boudaya. De petites dunes de sable grisâtre, vaguement arrondies par les vents, composaient l'essentiel du paysage. Je marchai une longue demi-heure jusqu'à une palmeraie ensablée, en bordure de laquelle on découvrait d'autres baraques d'immigrés, encore plus tassées sur elles-mêmes que les précédentes. Là non plus, pas un chat. Le long de la route, de petits chemins sales et mal entretenus partaient dans toutes les directions. La fille pouvait avoir emprunté n'importe lequel. Je fis demi-tour. En revenant, je croisai un troupeau d'une vingtaine de chameaux que guidaient deux grands sikhs squelettiques avec des barbes noires impressionnantes. J'essayai de leur poser des questions en anglais mais ils ne me comprirent pas. Ils me firent simplement des signes amicaux de leurs grands bras maigres avant de s'esclaffer bruyamment pour une raison qui m'échappa ; peut-être parce que c'était la première fois qu'ils voyaient un Occidental à pied sur leur territoire.

Le soir finissait de tomber lorsque j'arrivai à la crique. Cette fois, Blake ne m'attendait pas, comme je l'espérais. Je m'assis sur le sable et téléphonai à Paris au commandant Duquesne qui me donna les informations qu'il avait trouvées sur le passé de l'officier britannique et le prince saoudien.

Le premier avait fait une belle carrière militaire, notamment pendant la guerre des Malouines contre l'Argentine ou la première guerre du Golfe provoquée par l'invasion du Koweït par Saddam Hussein. À la tête d'un commando de SAS, il avait été parachuté de l'autre côté des lignes ennemies pour de téméraires missions de renseignement. À peine avait-il regagné son régiment qu'on lui avait demandé de rempiler comme officier de liaison pour la division française Daguet lorsque celle-ci s'était enfoncée en profondeur sur le territoire irakien. Muté à un poste administratif en Angleterre, il avait préféré démissionner et rejoindre Matthews. Était-ce pour l'argent ou l'aventure que ce nouveau job lui promettait ? Dans l'émirat, la rumeur disait que sa très coûteuse Aston Martin DB7 servait à compenser ce qu'il n'était plus : il pilotait la voiture de James Bond parce qu'il ne pouvait plus se prendre pour James Bond.

Pour le prince Moktar, les informations étaient plus parcellaires. Comme il n'appartenait pas au premier cercle des dirigeants du royaume, il devait ses fonctions actuelles au zèle tout particulier avec lequel il avait mis fin aux réseaux d'opposants dans l'Est saoudien, une région pétrolière où vivaient en grande majorité des chiites, et dont l'émirat des Deux-Mers était le prolongement. Depuis ce succès, les analystes estimaient que le pouvoir saoudien l'avait chargé d'organiser l'infiltration des réseaux d'Al-Qaïda dans le royaume et qu'il avait également bien réussi cette nouvelle mission. On le décrivait comme un homme cruel, totalement dénué de scrupule, qui aimait le sale boulot, les intrigues de basse police et faire torturer les opposants, parfois jusqu'à la mort. Enfin, il haïssait les chiites en lesquels il voyait des traîtres inféodés à l'Iran et, pire encore, des hérétiques.

Je fumai une cigarette en réfléchissant à ce que m'avait appris Duquesne pendant que la nuit s'installait complètement sur la mer. Lorsqu'elle fut noire au point que l'on ne distinguait plus la frange d'écume des vagues, je repris une fois de plus la petite route qui menait au pont. Là, face à la côte à peine échancrée et au vent qui rabattait une pluie froide mêlée de sable, je m'accoudai à la lourde balustrade métallique et attendis que la circulation s'apaise peu à peu dans mon dos. Bientôt il n'y eut plus que de très rares camions qui fonçaient en direction du royaume des sables. Leurs grondements s'étiraient longtemps avant d'être avalés par la nuit.

Une longue heure passa. Le silence s'était fait aussi profond que l'obscurité et m'avait caché sa présence. Ce fut son odeur qui m'avertit qu'elle était là, à côté de moi. Une odeur piquante de sueur et une autre, exagérément forte, de savon, comme si elle avait utilisé celui-ci comme une pierre ponce pour récurer pendant des heures son corps, pour le raboter jusqu'à l'os. Cette dernière odeur cherchait à effacer la première sans y parvenir.

J'attendis qu'elle parle sans tourner la tête à aucun moment de peur qu'elle ne s'évanouisse si je la regardais. Cela prit du temps. Puis elle finit par murmurer quelques mots dans une langue que je ne saisis pas et qu'un semi-remorque mugissant de toute la puissance de son moteur emporta au moment même où elle les prononça. Lorsque le poids lourd se fut éloigné, laissant derrière lui du fracas et des crachats écœurants de diesel, elle s'était déjà enfuie. Mais je connaissais désormais l'endroit exact où on l'avait jetée dans le puits sans fond de la nuit. À moins qu'elle ne s'y soit précipitée elle-même.

Je repris ma voiture et fis demi-tour sur le pont. Il n'était pas trop tard pour partir à la recherche de Blake.

9

J'avais écumé tous les bars et les boîtes de l'île que Blake était susceptible de fréquenter. Un barman lui avait servi un whisky au Fiddler's Green, le pub irlandais du Diplomat Hotel. On l'avait aussi aperçu au Warbler, un bar où les fauteuils en cuir attiraient les gens de son âge. J'allais renoncer et faire la fermeture de celui du Sheraton lorsque je me souvins du 123, un endroit où j'avais peut-être une chance de le trouver.

Je repris la route du Roi-Fayçal, contournai l'Holiday Inn et pris la route du Vieux-Palais en direction du quartier diplomatique. La nuit, le long de la Corniche, les lumières de la ville étaient des lanières de feu qui cinglaient les eaux noires du Golfe, les zébrant de traînées d'or et de sang. Ici, tout avait poussé trop vite, les derricks, les banques, les palais et, pour finir, les gratte-ciel et les monuments. Si l'on creusait sous le béton, on trouvait les vestiges de très anciennes civilisations où l'on adorait d'étranges petits dieux, barbares et vilains. Aujourd'hui, dans la flambée violente des lumières, on ne célébrait plus qu'une seule divinité, l'idole aux grands yeux verts, la belle déesse dollar, mère de toutes les putains du monde, devant laquelle même les zélateurs d'Allah devaient se prosterner pour qu'elle apporte dorures et marbres à leurs mosquées. La ville de Manama brûlait de tous ses feux, comme une mégapole, comme une torchère dans la nuit, comme une fournaise de l'enfer, comme un fer rouge sur la peau à vif des esclaves.

Le 123 était au douzième étage d'une tour qui en comptait quelques-uns de plus. Je frappai à la porte et l'on voulut bien m'ouvrir. C'était un appartement de trois pièces transformé en bar privé. Dans la première, il y avait le comptoir en faux acajou derrière lequel opérait une Anglaise rousse entre deux âges, plus ronde que gironde, dont la lourde poitrine moulée dans un débardeur violet avait, après des années de chute libre, besoin d'urgence d'un parachute ascensionnel. Dans la deuxième, on trouvait un billard américain autour duquel s'invectivaient quelques Rosbifs rougeauds, courtauds, lourdauds et lardés de couenne, qui n'avaient jamais entendu parler de l'existence de l'eau minérale. Dans la troisième, il y avait Blake et son allumette, toujours plantée entre ses dents, ainsi que deux autres Brits, des majors du CID, des Écossais recrutés en personne par Matthews. Taillés dans le granit des îles Orkay, les deux mercenaires devaient aimer les grands espaces quand ils s'y promenaient le havane au bec, la chasse à la perdrix quand elle tombait toute cuite dans leurs assiettes et les paysages de tourbière quand la tourbe parfumait leurs whiskies. Ils étaient arrivés quelques mois plus tôt seulement, ce qui expliquait pourquoi nous ne nous étions encore jamais rencontrés. Il me sembla toutefois les avoir déjà vus, tout au moins aperçus, peut-être à l'un des nombreux cocktails qui rythmaient la vie des expatriés occidentaux. Ils étaient pourtant reconnaissables. Ils avaient l'un et l'autre des corps de lutteurs de foire, des têtes de bûcherons couronnées de cheveux roux, des nez si longs qu'ils pouvaient s'en servir pour trier des lentilles, une crête de poils qui rebiquaient pour le premier, une épaisse tignasse hirsute pour l'autre, et leurs vestes de tweed portées, qui sur un jean, qui sur un pantalon en velours, leur allaient aussi bien qu'un smoking sur le dos d'un bouc.

Les deux Écossais et Blake se turent comme un seul homme quand j'entrai dans leur intimité.

« Pas de panique, c'est moi qui paie la prochaine », fis-je en m'asseyant sur le dernier fauteuil libre.

Cela ne les fit pas rire. Moi non plus parce que ça ne m'amusait pas de leur offrir à boire. Blake fit un gros effort pour hâter les présentations.

« Morvan Caminos, flic déchu, devenu Laurent Grenadier pour se faire oublier, barbouze franchouillarde au service du prince héritier, résuma-t-il, en pointant sur moi un index gros comme un séquoia californien.

– Grrenaidier, Grrenaidier, ça dire que vous lancez grrenaides ? » ironisa l'un des majors dans un français un peu approximatif.

Pour stupide qu'elle soit, sa remarque me prit de court et me fit répliquer de façon tout aussi bête et, en plus, prétentieuse.

« Les grenades, je me contente de les cueillir quand elles sont mûres. »

Ce fut dit tout en dessinant de mes deux mains la forme sensuelle et charnue de ces fruits de la famille des lythracées.

Sauf que le hasard fit mal les choses. Pendant que mes mains grandes ouvertes montaient en esquissant le geste tournant de la cueillette de la capiteuse grenade, descendaient les seins en vol libre de la patronne en débardeur violet venue se pencher au-dessus de la table basse pour renouveler les consommations des trois Brits. Il s'ensuivit au pire une collision entre ma main droite et son sein gauche, au mieux une brève rencontre, source d'une bienheureuse tiédeur pour nos deux extrémités complémentaires.

« Oh ! fit-elle.

– *Fucking shiiiit !!!* » gueula le premier major qui venait de prendre sur son tweed les malts bien dosés que la patronne avait laissés échapper du plateau.

Personne ne crut à ma maladresse. Au contraire, les Brits y virent un geste furieusement déplacé. Et tout alla très vite.

Le poing en granit du major trempé de scotch, qui devait en pincer pour la rouquine, fut projeté sur mon menton. Je basculai du fauteuil et me retrouvai à quatre pattes. Je n'eus pas le loisir de me relever. La pointe de sa chaussure était déjà sur la piste de mon estomac. Le coup fut rude et fit monter des profondeurs de l'œsophage un assemblage de bile et de sucs qui me brûlèrent la gorge et le nez. Je m'effondrai sur le sol. Immédiatement, l'autre major me balança son quarante-quatre fillette dans les côtes, pas loin de l'endroit qu'avait déjà touché Sounaïma. Les deux brutes en restèrent là. J'entendis Blake leur ordonner de se calmer et ajouter deux ou trois mots que je ne compris pas. Ce fut lui qui m'aida à me relever et à m'allonger sur un canapé en vrai-faux cuir.

« *Bloody fucking Frenchie*, tu ressembles à une grenade écrasée », rigola-t-il.

Mais son rire sonnait faux.

Après, ce fut comme s'il ne s'était presque rien passé, comme si un passage à tabac n'était qu'une accolade un peu rude destinée à tout nouvel arrivant, une sorte de rite de passage ou un bizutage avant de partager quelques bons vieux whiskies. D'ailleurs, la blonde en apporta quatre, que Blake fit mettre sur son compte, ainsi qu'une serviette mouillée avec laquelle elle me tamponna le menton et les lèvres. Le major MacLeod avait l'air de regretter de m'avoir frappé à terre. Son pote, le major Greene, regardait son tweed qui dégouttait l'alcool avec un vague air dégoûté. Blake, lui, souriait dans le vide, voulant faire croire que tout allait bien. En fait, tous ces types étaient excessivement nerveux, voire à cran. Même si, à leurs yeux, j'étais un sale flic français venu bouffer la bonne brioche du Golfe sous leurs gros nez, je ne méritais pas un tel traitement. Ils avaient *overreacted* comme on dit en anglais et je me demandai bien pourquoi.

La chaleur du Talisker me fit du bien. L'alcool désinfecta ma gorge et nettoya mes neurones, qui se mirent à bosser aussitôt. Je me rappelai bien vite où et quand j'avais aperçu les deux cogneurs. C'était le jour où l'on avait retrouvé le corps de Yasmina. Ils arpentaient le rivage de la crique sous le pont du Roi-Fahd en quête d'improbables indices.

Je ne tenais pas à m'attarder en aussi bonne compagnie. Je bus mon verre et me levai.

« La suite des présentations, j'imagine que ce sera pour la prochaine fois. Salut les hommes ! »

Les deux majors me répondirent d'un signe de tête et Blake d'un hochement du menton. La patronne du 123, qui était retournée derrière son comptoir, tourna opportunément la tête vers ses bouteilles quand je traversai la pièce. Une fois dans le couloir, devant l'ascenseur, j'attendis que Blake sorte. Il ne tarda pas.

« Faut qu'on discute, Frenchie.

– Quand tu veux, où tu veux, Blake.

– Sur le pont, dans une heure.

– Ça fera tard. Ta femme va encore croire que t'as une *love affair*.

– Tu me cherches ?

– Pas encore mais ça viendra, tôt ou tard, co-lo-nel Blake. »

Après avoir retrouvé la Chevrolet, je tuai le temps en tournant dans la ville.

Il était déjà une heure du matin. Le vent s'était calmé. La plupart des artères étaient complètement vides, comme si le désert était revenu tout razzier. Il n'avait laissé tranquille que le peuple muet des réverbères dont les faisceaux rougissaient un ciel fermé aux étoiles. Trop de lumières dans les beaux quartiers, pas assez dans les autres, les plus pauvres, qui étaient emmurés dans les ténèbres.

Cela me fit penser à Jehan. Elle avait connu l'époque des sunlights et celle du long tunnel, du grand silence. Aujourd'hui, elle était entre deux lampadaires, entre deux projecteurs, cachée dans l'anonymat mais approchant les palaces où l'on pouvait la reconnaître, se dévoilant un jour, se rendant invisible l'autre, se découvrant pour mieux disparaître.

À l'heure dite, je gagnai le grand pont où il n'y avait plus la moindre circulation. Le coupé Aston

Martin m'y attendait. Je me garai à côté et descendis. Blake était accoudé à la balustrade, à une dizaine de mètres de l'endroit où je m'étais tenu quelques heures plus tôt.

« C'est pas exactement là qu'on l'a jetée du pont. C'est un peu plus loin, juste entre les deux réverbères.

– Qu'est-ce que t'en sais, salopard ?

– Je sais. »

Il ricana.

« Tu te crois le plus malin, Frenchie, mais t'as pas beaucoup progressé, n'est-ce pas ?

– Je suis venu ici pour ça, Blake. Pour que tu m'aides à avancer.

– Ouais.

– Ouais, quoi ?

– Tu te goures complètement quand tu persistes à croire qu'on l'a précipitée du haut du pont. C'est elle qui a plongé. C'est elle qui s'est foutue dans cette flotte dégueulasse, monsieur Morvan Caminos, alias Laurent Grenadier.

– Pourquoi devrais-je te croire, Blake ?

– Espèce de connard buté, tu sais bien que je veux te voir avancer dans ton enquête merdique.

– C'est bien ce qui m'inquiète. Ça veut dire que tu ne peux pas faire ton boulot librement.

– Pense ce que tu veux, Frenchie, je m'en fous et contrefous.

– Qu'est-ce que tu peux me révéler d'autre ?

– On a fait une analyse des fibres des vêtements et des sous-vêtements qu'elle portait.

– Ça donne quoi ?

– C'est bien des fringues d'hosto ou de clinique.

– Ça tu me l'avais déjà dit. De quelle clinique il s'agit, Blake ? »

Depuis que nous nous parlions, l'officier britannique n'avait pas tourné une seule fois la tête dans ma direction. Accoudé contre le parapet, il fixait simplement le vide de la nuit où les étoiles s'obstinaient toujours à rester cachées. Cette fois, avant de lâcher ce qu'il savait, il se redressa complètement et me jaugea du regard. La lumière d'un lampadaire fit danser des lueurs étranges dans ses yeux.

« Tu traînes dans le coin depuis combien de temps, Frenchie ?

– À peu près deux ans.

– Tu ne connais donc pas grand-chose à ce pays. Mais tu sais quand même qu'on trouve ici des polices qui n'existent pas, comme celle qui a enlevé ton jardinier ou celle que t'es chargé d'organiser. S'il y a des polices qui n'existent pas, il y a forcément des prisons qui n'existent pas non plus. Pareil pour des tas d'autres trucs : des banques, des palais, des casinos, des claques, des boîtes à travelos, des plages qui sont tous supposés ne pas exister. Il y a même des populations qui n'ont pas d'existence non plus, ça tu le sais déjà et t'as même un pote journaliste dans cette situation. Et pourquoi pas des cliniques qui n'existent pas ?

– Il y en a ?

– Il y en a au moins une. Cherche-la, Frenchie.

– Elle s'appelle ?

– Foutu crétin ! Si elle n'existe pas, elle ne s'appelle pas.

– Mais…

– Elle a quand même un nom. Pas officiel, bien sûr. Les rares personnes qui soupçonnent sa possible existence l'appellent le Paradis des perdantes.

– Hein ?

– Le Paradis des perdantes.

– On dirait un nom de bordel.

– Rien à voir…

– Et tu sais où…

– Je ne sais pas, Frenchie. Je ne sais pas.

– Jehan le sait peut-être ? »

Il accusa le coup. Les lumières qui tremblotaient dans ses yeux devinrent de véritables éclairs. Ses lèvres se retroussèrent sur un rictus et ses mâchoires se mirent à ressembler à des hachoirs. Il me cracha son allumette à la figure. « Ne te trompe pas d'enquête, Frenchie. Tu cherches uniquement à savoir pourquoi une jeune fille du nom de Yasmina s'est noyée. »

Je fis semblant de sourire :

« Conseil ou menace ?

– T'occupes une position bien fragile, tu sais ça au moins, Frenchie ? T'as un prince héritier comme seul atout, c'est peu. Dans la partie, il n'y a pas que les gens de l'émirat qui jouent… »

Je faillis lui demander si les joueurs majeurs étaient le prince Moktar et sa clique mais je réussis à m'abstenir. J'allais avoir besoin de toutes mes cartes et en dévoiler ne serait-ce qu'une seule aurait été une erreur.

Blake s'en alla le premier après avoir massacré une autre allumette. Il ne se donna pas la peine de me saluer.

Le ronflement de l'Aston Martin s'était éteint depuis une vingtaine de minutes. On entendait à peine les vaguelettes effleurer les piliers du pont. Il y eut un léger déplacement d'air et, presque en même temps, je perçus une odeur de savon mêlée de sel et de sueur qui m'indiqua qu'elle se tenait à nouveau près de moi, les yeux braqués sur les flots noirs de la nuit. Cette fois, elle ne dit rien mais ça ne me dérangeait pas. Je sentais encore ruisseler la peur sur sa peau, je la sentais incrustée jusqu'au fond de son corps, palpiter dans tous les recoins de son âme, je la sentais emplir ses yeux, gonfler sa voix encore prise dans la gangue de cristal de l'adolescence, et cela jusqu'au dernier instant quand les profondeurs glacées de la nuit l'avaient aspirée, étouffant son ultime cri de leurs larmes noires.

Je repris la route de la ville.

Il était trois heures du matin quand je frappai à la porte de l'appartement de Sounaïma. Elle devait dormir profondément car ses paupières étaient tombées jusqu'au bas de ses grands yeux et tout son corps, enveloppé dans un pyjama à rayures trop long, transpirait l'odeur fade du sommeil. « Pourquoi tu me renifles comme ça ? » demanda-t-elle en anglais.

Je bredouillai n'importe quoi pour éviter de lui répondre.

« Tu viens ici pour quoi ? Pour boire, pour baiser ou pour t'écraser au fond de mon lit sans même me toucher ?

– J'avais envie de te voir, Sounaïma.

– Et tu ne pouvais pas me prévenir de ta visite ? J'ai attendu toute la journée que tu m'appelles.

– Je te fais toutes mes excuses.

– Ça ne suffit pas. Pourquoi tu viens si tard ?

– À cause du boulot.

– Tu me prends pour qui ? Une bonne à tout faire, une pute qui fait des fleurs aux flics ou une brave fille facile que l'on peut se taper quand l'envie te monte à la gorge ?

– Tu es folle !

– Folle, oui, de gâcher ma vie avec toi, Morvan. Je ne te demande même pas de m'aimer mais d'avoir un peu de respect pour moi, c'est trop ?

– Écoute, Sounaïma…

– Je veux savoir de quel lit tu sors ?

– Quoi ?

– Tu pues la sueur d'une autre.

– T'es complètement folle.

– Tu l'as déjà dit. D'où est-ce que tu sors ?

– De nulle part.

– Ne te défile pas. Je veux savoir d'où tu viens !

– Du grand pont, celui qui relie l'île à l'Arabie Saoudite.

– Tu cherchais quoi là-bas ?

– Le Paradis des perdantes. »

Son visage se crispa. Un voile passa devant ses yeux encore un peu plissés de sommeil. Elle voulut me poser une autre question mais je la devançai.

« On dirait que ça te dit quelque chose ?

– Ne cherche pas cet endroit. Il n'existe pas. C'est une rumeur, une sorte de légende.

– Ah ! Elle dit quoi la légende ?

– Je n'en sais rien.

– Allons, Sounaïma ! Fais-moi gagner du temps. Tu sais bien que je finirai par découvrir ce que je cherche.

– Avant que tu puisses le découvrir, eux te trouveront.

– Eux, c'est qui ? »

Elle fit semblant de réfléchir pour ne pas avoir à répondre. Puis elle posa une autre question :

« C'est à cause de la fille que l'on a retrouvée noyée que tu cherches ce… ce lieu ?

– Exact.

– Tu fais fausse route. Il aurait fallu qu'elle soit étrangère, une fille comme moi, pour échouer là-bas. Elle était bien d'ici ?

– Oui.

– Eh bien ! crois-moi, elle n'a pas pu être enfermée dans cet endroit.

– Enfermée ? C'est quoi, une prison ?

– Pas vraiment. C'est compliqué à expliquer.

– Tu vas essayer quand même.

– Non, je ne veux pas. C'est trop dangereux, beaucoup trop dangereux.

– Tant pis ! Merci de ton aide, Sounaïma. À un de ces jours. »

Je lui tournai le dos, comptant qu'elle me rappelle ou me rejoigne dans l'escalier. Elle ne le fit pas. Une fois devant ma voiture, je n'eus plus d'autre choix que de m'en aller. Cinq minutes plus tard, alors que j'étais déjà sur l'autoroute qui me ramenait chez moi, mon portable sonna. La voix de Sounaïma était dure et tendue : « Reviens, nous allons aller voir quelqu'un qui connaît cet endroit. »

10

Assise à côté de moi dans la Chevrolet, Sounaïma fumait nerveusement. Elle avait passé un jean et un gros chandail gris qui cachait son cou. Ses cheveux étaient enveloppés d'un foulard sombre qu'elle avait tiré sur son front. Je sentais la peur monter en elle comme une sève maléfique.

Lorsque j'étais passé la prendre, elle avait brutalement jailli de l'immeuble et s'était jetée à l'intérieur de la voiture. « Est-ce que tu te rends compte que je fais ça par amour pour toi ? » me lança-t-elle peu après.

Je ne répliquai pas, attendant simplement que le feu tricolore devant lequel nous étions arrêtés passe au vert pour foncer dans la nuit.

« Tu ne veux pas me répondre ? insista-t-elle, cette fois en français.

– Je n'ai pas vraiment envie de parler, Sounaïma.

– Comme d'habitude quand ça te gêne ! Morvan, tu te sers de moi mais tu n'as aucun égard pour moi. Je te plais ou plutôt c'est mon corps qui te plaît mais tu ne m'aimes pas. Même pas un petit peu. Et quand tu partiras d'ici, tu ne me prendras pas avec toi et tu ne me donneras plus jamais signe de vie. Tu n'as même jamais songé à m'emmener avec toi en France quand tes affaires seront arrangées.

– T'en sais rien.

– Oh ! Si. Je le sais. Tu n'oseras jamais me présenter à ta fille. Et est-ce que tu voudras avoir un enfant avec moi ?

– Je suis trop vieux, Sounaïma.

– Trop vieux ? Alors tu es aussi trop vieux pour te lancer dans cette histoire. Et il est encore temps de faire demi-tour. »

Je n'avais toujours rien à dire. Heureusement, elle n'insista pas.

Nous roulions le long d'avenues désertes. Un peu plus tard, Sounaïma m'indiqua où m'arrêter. Elle sortit de la voiture sans un mot. Une lumière s'alluma peu après au deuxième étage d'un petit immeuble qui ressemblait à celui où elle habitait. J'attendis une interminable demi-heure en fumant cigarette sur cigarette. Elle finit par réapparaître.

« Je sais comment y aller. Ça n'a pas été facile de la convaincre, dit-elle, en remontant dans la Chevrolet, un papier quadrillé à la main.

– Ce n'est pas la peine que je te demande qui tu as vu ?

– À partir du moment où je t'ai conduit ici, tu as les moyens de savoir qui c'est. J'espère simplement que tu auras l'élégance de ne pas les utiliser. La fille a travaillé quelques mois là-bas et elle est terrorisée…

– C'est une fille de ton pays ?

– Oui. On est du même quartier et on est arrivées ici en même temps, via le même sponsor. Elle n'était pas assez belle pour bosser dans un bar. Elle a juste fait un intérim. Après, elle a travaillé à droite, à gauche, y compris un bon moment pour un prince d'ici. Comme il avait confiance en elle et qu'il n'en voulait plus dans son lit, il l'a fait embaucher à l'endroit que…

– Et…

– Et c'est tout, Morvan. Elle a accepté de m'indiquer le chemin parce que je l'ai tirée d'une sale affaire à une époque. Mais si tu essaies de la voir, tu la tues… »

Après Boudaya, nous quittâmes l'autoroute et ses lumières froides, ce qui permit à la nuit de nous absorber complètement. Nous avancions sur une route étroite et brumeuse où les phares débusquaient de temps à autre les fantômes familiers de l'imagination, une ombre qui courait, une bête qui fuyait, un palmier dressé comme un mirador et braquant le ciel noir. Nous avions bifurqué un peu avant la bretelle qui menait au grand pont dont on devinait les lumières qui filaient se perdre dans le royaume des grandes ténèbres.

Sounaïma, les yeux fixés sur son papier, ne levait plus la tête. Elle me fit tourner à droite dans un chemin plus serré et sinueux, puis une nouvelle fois à droite à un croisement. Un peu après, je dus faire demi-tour car elle pensait s'être trompée. Nous revînmes sur la petite route et pendant un quart d'heure, nous cherchâmes dans la nuit poudrée de sable et de quelques poussières d'étoiles la voie étroite qui conduisait au Paradis des perdantes.

Elle finit par la trouver. Nous nous engageâmes entre deux hauts remparts de bambous. Après environ deux kilomètres parcourus au ralenti, Sounaïma me demanda de m'arrêter. « Ce ne doit plus être très loin. Mieux vaut continuer à pied. »

La peur habitait sa voix et elle avait encore resserré son foulard sur son visage. Nous trouvâmes une sente entre deux taillis pour cacher la voiture. Nous sortîmes et le vent, qui passait en sifflant de façon lugubre sur la petite route, nous lança aussitôt des poignées de sable qui nous firent cligner les yeux. Nous marchâmes une dizaine de minutes dans la nuit lourde sans rien dire.

Nous finîmes par arriver à une nouvelle bifurcation. Un petit chemin, recouvert de graviers et escorté par des haies de flamboyants, filait sur la gauche.

« C'est au bout de cette allée, je crois, dit-elle d'une voix à peine audible. Mais mon amie m'a prévenue qu'on ne peut pas aller plus loin.

– Pourquoi ?

– On va tomber sur un portail. Et il y aura peut-être des gardes en faction.

– Des gardes ? Pourquoi des gardes ?

– Pour empêcher les filles de se sauver.

– C'est bien une prison. Pas une clinique…

– C'est les deux.

– Quoi ?

– Je ne peux pas t'expliquer. Viens, on retourne à la voiture.

– Pas question. Je veux savoir. Je suis flic et chargé de la sécurité du prince héritier. J'ai le droit de mettre mon nez où je veux…

– Tu ne crois même pas à ce que tu dis. On te paye pour t'occuper de la protection d'un homme, pas pour fouiller les égouts du pays. Et tu sais bien qu'il y a des zones qui te sont interdites, des lignes rouges que tu ne peux pas franchir. Si tu veux revenir ici, tant pis pour toi, je t'aurai prévenu. Mais tu ne le feras pas ce soir. Moi, je ne veux pas être vue à proximité de cet endroit. Je risque déjà les pires ennuis pour t'y avoir conduit. »

La peur l'avait complètement transie, ses dents s'entrechoquaient et elle tremblait de tous ses membres. Je n'insistai pas. Quelques minutes plus tard, nous avions regagné la Chevrolet.

« Tu vas me dire maintenant ce qui se passe dans cette clinique.

– Non, Morvan. Tu devras l'apprendre par toi-même. Ce que j'ai fait pour toi ce soir, c'est le maximum que je pouvais faire. À cause de toi, j'aurai peur chaque fois que je verrai un homme que je ne connais pas s'installer au bar du Sheraton.

– Tu exagères, non ? »

Elle ne répondit pas et poussa le chauffage de la voiture au maximum, ce qui ne l'empêcha pas de continuer de trembler pendant encore un long moment. En retrouvant la route de Boudaya, je fis mentalement le compte des kilomètres qui séparaient la clinique du grand pont. Peut-être quatre ou cinq. Il était donc possible que Yasmina ait fait ce chemin à pied la nuit où elle s'était noyée. Je commençais à croire à la possibilité de son suicide.

Nous finîmes la nuit chez moi. Sitôt couchée, Sounaïma s'endormit dans mes bras d'un sommeil nerveux et saccadé.

Le lendemain matin, en arrivant au bureau, Joseph m'apprit que Jehan m'attendait.

J'ouvris doucement la porte et je pus l'entrevoir une fraction de seconde dans l'attitude d'une petite fille que l'on aurait chassée du paradis de l'enfance. Elle était recroquevillée dans l'un des grands fauteuils, son visage posé sur les genoux qui remontaient sous son menton, dans une position quasiment fœtale. Elle paraissait minuscule et comme écrasée par le poids de la vie. Son regard était tourné vers la mer d'un gris sale qui reflétait le ciel. Sur la table, près du fauteuil, il y avait un thé que lui avait servi Joseph et qu'elle n'avait pas touché.

En m'entendant, elle se redressa, secoua la tête pour mettre un peu d'ordre dans sa chevelure et me tendit la main d'un geste sec et machinal. Elle était habillée d'un simple pantalon noir et d'une tunique pourpre, légèrement échancrée ainsi que d'une cape en velours jetée sur un autre fauteuil. Ses yeux étaient toujours aussi immenses mais le regard restait terne, comme la mer et le ciel depuis la baie vitrée du bureau, et leur couleur noire était celle de la nuit dernière, sans lune ni vraies étoiles.

« Vous avez appris quelque chose ? demanda-t-elle brusquement, comme pour m'empêcher de la fixer davantage, avec son anglais roucoulant.

– J'ai trouvé une piste. Je ne sais pas où elle me mènera.

– Qu'avez-vous découvert ?

– C'est une piste que je remonte à l'envers. Elle commence sur le grand pont, là où Yasmina s'est jetée à l'eau…

– Elle ne s'est pas suicidée. On l'a précipitée du haut du pont… »

Je me retins de lui rétorquer qu'un certain Blake, grand bouffeur d'allumettes devant l'Éternel, pensait exactement le contraire.

« Si vous voulez…
– Et vous savez pourquoi ?
– Pas encore mais je crois savoir où elle a passé les derniers jours de sa vie… »
Sachant qu'elle ne jouait pas franc-jeu, j'hésitai à avancer sur ce terrain, mais j'en avais déjà trop dit. Et je dus poursuivre.
« Probablement dans une clinique-prison pas très loin du pont.
– Une clinique-prison ? Mais pourquoi ? Qu'est-ce qu'elle y faisait ? Elle y était…
– … retenue ? Sans aucun doute.
– Et vous savez où se trouve cet endroit ?
– Je m'en suis approché cette nuit. Mais je n'y suis pas entré.
– Pourquoi ? Votre statut de policier… »
Je songeai à ce que Sounaïma m'avait dit lorsque je lui avais avancé le même argument.
« Allons ! Ce n'est pas à vous, une célébrité égyptienne que je vais apprendre que la marge de manœuvre d'un flic étranger est des plus limitées dès lors que les intérêts d'un prince ou de l'émirat, ce qui revient au même, sont en jeu.
– Vous voulez dire que la mort de Yasmina est en relation avec les intérêts de l'État ?
– C'est possible.
– Mais en quoi une gamine de seize ans comme Yasmina pouvait représenter une quelconque menace ? Elle ne s'intéressait même pas à la politique.
– C'est ce que j'essaie de découvrir. »
Jehan paraissait sincère lorsqu'elle posait ses questions. Et il y avait beaucoup d'émotion dans sa voix dès qu'elle prononçait le prénom de l'adolescente.

Mais c'était une actrice, une actrice travaillant dans le milieu du cinéma égyptien où l'on se devait de savoir mentir si l'on voulait survivre. Je l'invitai à déjeuner. Elle accepta mais cela n'avait pas l'air de l'enchanter.

Nous prîmes l'ascenseur sans nous dire un mot, chacun fixant ses pieds, jusqu'au garage. Une fois dans ma voiture, je contournai la Corniche, suivant un itinéraire compliqué pour qu'elle ne devine pas où je la conduisais. Lorsque le haut bâtiment de l'hôtel Ambassador se dressa subitement devant nous et que je m'apprêtai à quitter l'avenue pour entrer dans son parking, elle réagit de façon violente : « Pourquoi vous m'emmenez là ?

– À cause du restaurant panoramique au dernier étage. Et on n'y déjeune pas trop mal.

– Non, je ne veux pas y aller. Je ne veux pas, je vous dis que…

– Ne criez pas ! Calmez-vous. Nous allons déjeuner ailleurs…

– Pourquoi tu m'as conduite à cet hôtel ? »

Elle était devenue hystérique et des éclairs de folie traversaient ses yeux noirs. Je stoppai la voiture.

« Je croyais que ça vous ferait plaisir…

– Menteur ! Sale menteur ! »

Les insultes suivantes, elle les prononça en arabe et je ne les compris pas. L'instant d'après, elle avait quitté la Chevrolet sans même fermer la portière et courait en direction de la Corniche. Je faillis me lancer à sa poursuite mais, craignant qu'elle ne se mette à hurler, je renonçai.

Je garai la voiture et entrai dans l'hôtel. Ici aussi, les architectes avaient eu un sacré coup de chaleur. Dès le hall, on frôlait l'insolation, avec des lustres en cristal gros comme des soleils, des néons qui flambaient au plafond et des murs en marbre qui ruisselaient de lumières, de même que les piliers carrés et massifs qui portaient des chapiteaux doriques et dorés. Tout rutilait, tout scintillait, du comptoir de la réception à l'immense piano à queue, et même la chevelure de la blonde qui interprétait *Stary, Stary Night* en début d'après-midi. Je me fis conduire par un groom jusqu'au bureau du directeur.

C'était un bel Indien, du nom de Chandar Raï. Grand, mince, la quarantaine grisonnante, la peau claire, un nez fin et un menton avantageux, très élégant malgré ses boutons de manchettes plutôt voyants. Il se prenait pour un gentleman et y réussissait assez bien. Sa poignée de main était ferme et son regard franc. La partie n'allait pas être facile. Je m'abstins de préciser que je connaissais Babak.

Il regarda assez longuement ma carte de flic et me demanda :

« Est-ce que vous faites partie du CID ?

– Pas exactement. Je forme la police du prince héritier mais je travaille, bien sûr, en étroite collaboration avec le CID.

– Bien ! Je suis à votre disposition. »

Il nous commanda du café. Je pris le temps d'allumer une Chesterfield, de parler du taouz qui ensablait la ville avant de lui demander brusquement si une actrice égyptienne du nom de Jehan séjournait dans son hôtel. Il se troubla légèrement, hésita et finit par répondre.

« Je ne connais pas tous les clients de l'hôtel.

– Oui ou non ?

– Si vous me posez cette question, c'est que vous savez déjà ce qu'il en est. N'est-ce pas ?

– Monsieur Chandar Raï, je pose des questions et vous y répondez.

– Oui, je crois qu'elle avait réservé une chambre pour une dizaine de jours.

– Vous croyez ou vous en êtes sûr ?

– Disons que j'en suis sûr.

– Vous allez me montrer sa chambre.

– Mais je crois qu'elle en est partie hier ou même avant-hier.

– Donc, vous saviez sans l'ombre d'un doute qu'elle avait bien une chambre ici.

– Oui mais… vous me parlez d'elle comme si elle avait commis des choses répréhensibles. Lui est-il arrivé… ?

– Allons voir la chambre qu'elle occupait.

– C'était une suite. Une suite comme n'importe quelle suite. Elle a été nettoyée depuis. Vous ne trouverez rien qui…

– Peut-être mais allons-y quand même. Et c'est celle de Jehan que je veux voir. Pas une autre. »

Il téléphona à la réception pour se faire indiquer, comme s'il l'ignorait, le numéro de la suite de l'actrice. Nous prîmes ensuite l'ascenseur jusqu'à l'avant-dernier étage.

« Au-dessus, c'est le restaurant panoramique ?

– Oui.

– Seulement le restaurant panoramique ?

– Eh bien ! Oui. »

Il avait hésité une seconde de trop à répondre. Je repris :

« Uniquement le restaurant ?

– À vrai dire, il y a aussi les appartements du prince Moktar, le propriétaire de l'hôtel.

– Est-ce que le prince habite l'hôtel en ce moment ?

– Je ne sais pas. Il va, il vient. Vous savez qu'il a une lourde charge en Arabie Saoudite et c'est surtout le week-end qu'il est là. Mais je ne peux pas savoir exactement quand il arrive et quand il part. Il y a un ascenseur privé qui mène directement à ses appartements et qui est situé à l'autre bout du hall.

– Mais quand le prince est là, je suppose qu'il commande à boire et à manger, non ?

– Oui mais pour tout cela il s'adresse à un autre responsable. »

Nous étions arrivés devant la porte de la suite. Un employé nous y attendait avec la clé.

La pièce était vaste comme un champ de bataille. Le lit circulaire faisait six à sept mètres de diamètre. Il y avait trois salons, un bar américain, une pièce meublée de coussins, de tables basses marocaines et de narguilés, deux salles de bains avec un immense jacuzzi dans chacune. J'allais tirer les épais rideaux rouges de la large baie vitrée, découvrant la ville grise à mes pieds, la mer d'un vert très pâle, légèrement ébouriffée par le vent qui lui donnait des reflets couleur paille.

Le directeur mit fin à ma contemplation qui avait sans doute duré plusieurs minutes.

« Est-ce que nous pouvons redescendre maintenant ? J'ai beaucoup de travail et…

– Allez-y ! Je vais rester un moment ici. »

Il était planté au milieu de la chambre et regardait vaguement ses godasses trop bien cirées. Brusquement, il m'énerva, d'autant plus que je venais de découvrir derrière une lourde tenture en velours bordeaux un ascenseur privé avec un code d'accès. « Je suppose qu'il conduit directement chez le prince Moktar ? »

Le bel Indien ne répondit rien, faisant comme s'il n'avait rien entendu. La colère m'envahit. J'avais oublié depuis un moment que c'était un copain de Babak.

« Écoute ! Tu défends les intérêts du taulier, ton employeur, et c'est normal. Mais tu vois, au bout d'un moment, j'en peux plus de tes demi-vérités ou de tes demi-mensonges. Ou tu me réponds correctement ou tu as le courage de te taire.

– Je ne répondrai plus à vos questions.

– Très bien, je t'embarque pour dissimulation d'informations vitales pour la sécurité de l'État. Quand nous descendrons, tu auras deux minutes pour préparer tes affaires.

– Mais vous ne pouvez pas… Vous n'avez rien à me reprocher…

– Et ça pose un problème ? »

Une grimace traversa son visage qui s'était défait depuis un petit moment. Il sortit son portable et commença ostensiblement à composer un numéro. Je lui arrachai l'appareil des mains et l'envoyai se fracasser contre un mur. Je le giflai à la volée. « Fais-moi encore le coup du protecteur et je deviens méchant. »

Maintenant, il avait vraiment peur. Du sang coulait de la commissure de ses lèvres. Il rassembla un peu de courage pour oser une sorte de remarque ironique :

« Je croyais que les flics étrangers se comportaient de façon différente. Surtout ceux qui viennent du pays de la justice et des droits de l'homme.

– Te fatigue pas, on n'est pas à Paris.

– Je ne suis qu'un Indien, c'est ce que vous pensez, n'est-ce pas ? Que l'on peut frapper sous n'importe quel prétexte ? Alors, battez-moi puisque vous aimez ça !

– Je vais le faire mais j'ai tout mon temps. »

Je l'attrapai par le bras et le traînai devant l'ascenseur.

« Compose le code, on va monter dire bonjour au prince…

– Je ne le connais pas. Je vous jure que lui seul connaît le code.

– J'imagine que ce n'est pas la première fois que Jehan a réservé une chambre dans cet hôtel. Les autres fois, est-ce qu'elle logeait aussi dans cette chambre ?

– Oui.

– Combien de fois elle est venue dans l'archipel ?

– Trois, en tout.

– Tu vois, il y a quelques minutes, tu prétendais à peine la connaître. Maintenant dis-moi, Jehan et Moktar, ils couchent ensemble ?

– C'est une actrice égyptienne…

– Ça veut dire ?

– Vous m'avez parfaitement compris. »

Je faillis le gifler à nouveau mais je me retins. Je sentais le Diable qui revenait glisser des fourmis rouges dans mes poings.

« Parce que ça n'arrive pas, tu crois, avec les actrices indiennes ?

– Non, si, je… je ne sais pas.

– Donc, Jehan vient d'Égypte pour retrouver son amant, qui, lui, arrive d'Arabie. Seulement, cette fois, pour leur troisième rencontre, elle ne passe aucune de ses nuits dans ton palace. Explication ?

– Je ne sais pas… »

Ma baffe le fit trébucher. Je l'empoignai par son épaisse chevelure et lui tapai à trois reprises la tête contre la porte de l'ascenseur. Cela fit beaucoup de bruit sans pour autant lui faire mal.

« Allez, raconte…

– Non, je ne peux pas. Frappez-moi tant que vous voudrez mais je ne dirai plus rien.

– Comme tu voudras, Chandar Raï. Mais je reviendrai. Tous les jours s'il le faut, je reviendrai pour poursuivre cette petite conversation.

– Je ne vous dirai plus rien.

– Tu te répètes. Mais réfléchis : se faire vidanger la conscience, des fois, ça soulage. À bientôt, Chandar Raï.

– Vous ne m'emmenez pas ?

– Pas cette fois, j'ai pas encore déjeuné. Mais la prochaine fois on ira rigoler ensemble… »

Je le laissai planté au beau milieu de la suite et gagnai le couloir. Là, je repris l'ascenseur public et grimpai jusqu'au dernier étage. En poussant la porte, je tombai sur un large vestibule. À gauche, s'ouvraient les grandes portes vitrées du restaurant panoramique. À droite, derrière une pancarte plantée au milieu du passage qui annonçait « privé » en arabe et en anglais, commençait un long couloir. Tapissé d'une épaisse moquette rouge, il s'en allait, probablement, vers les appartements du prince Moktar. Il me conduisit jusqu'à une lourde porte à double battant avec des heurtoirs plaqués d'or. Au-dessus, l'œil d'une caméra me fixait. Je fis demi-tour et retournai à l'ascenseur.

Maintenant, je pressentais qu'il était arrivé quelque chose de terrible à l'Ambassador. J'avais encore en tête les cris de Jehan quand nous nous en étions approchés. Qu'avait-il pu s'y passer pour provoquer en elle tant de frayeur ? Et pourquoi louait-elle encore ces derniers jours dans le même hôtel une suite qu'elle n'habitait pas ? Quelle que soit la direction où je me tournais, j'étais dans une impasse. Il ne me restait plus qu'à retourner rôder autour de la mystérieuse clinique.

Je passai chez moi prendre un flingue. J'hésitai entre un Beretta 9 mm et un bon vieux 357 Magnum qui impressionnait davantage et faisait plus de dégâts. Mais le Beretta se cachait mieux sous la veste et, grâce au holster, je pouvais le sortir plus rapidement. Ensuite, je pris la route de Boudaya. En plein jour, l'itinéraire devenait beaucoup moins compliqué. Je retrouvai facilement le chemin que Sounaïma m'avait indiqué, la petite route qui se faufilait entre deux rangées de bambous et la sente où nous avions caché la voiture. Je poursuivis en roulant plus doucement jusqu'au croisement où commençait le petit chemin recouvert de graviers. À cause de la haie serrée de flamboyants, il n'était pas possible de stationner ici sans bloquer la route. Je stoppai pourtant la Chevrolet, ouvris le capot et fis ronfler le moteur comme avant un départ de rallye.

Ils ne tardèrent pas à apparaître dans le rétroviseur extérieur. Deux gaillards longs et maigres comme des tournevis avec des disdachas grises qui s'arrêtaient à mi-mollet, des keffiehs à carreaux rouges et blancs portés sans cordon qui descendaient sur le front et des barbes immenses, épaisses et noires qu'ils ne taillaient jamais. Ils paraissaient sans âge, mais sans doute avaient-ils moins de trente ans. Chacun tenait, posée négligemment sur l'épaule comme si elle était factice, une kalachnikov à crosse en bois alors que le port d'armes chez les civils était formellement interdit dans l'émirat. L'un et l'autre avaient le nez allongé des renards, des yeux enfoncés dans les orbites et des bouches tranchantes comme des rasoirs qui grimacèrent lorsqu'ils me virent assis derrière le volant. Ils murmurèrent quelques mots en arabe. Je descendis de la voiture et leur fis face en souriant. « *Salam 'alaikoum.* »

Ils firent ceux qui n'avaient pas entendu. Leurs yeux, durs et froids comme du silex, étaient braqués sur moi et leurs doigts s'étaient crispés sur le canon de leurs fusils. Le plus grand leva brusquement un bras pour me signifier de m'en aller au plus vite. Je me forçai à sourire de plus belle et leur montrai le capot ouvert.

« *Problem, problem.* »

Ils se consultèrent du regard, se demandant probablement qui j'étais et ce que je foutais là. Ils sentaient que je n'étais pas un simple expatrié bossant dans la banque ou le pétrole qui se serait paumé au cours d'une balade. Ils avaient reniflé mon odeur de flic. À leurs yeux je devais puer la débauche, la pourriture comme eux exhalaient une odeur mauvaise de pureté, cette terrifiante pureté au nom de laquelle tout est permis, la torture, le meurtre, l'extermination, l'anéantissement de tout ce qui n'était pas aussi pur qu'eux. Ils échangèrent quelques phrases dans une langue aux sonorités âpres. Je saisis simplement le mot *kafir*, qui voulait dire infidèle en arabe. Peu après, le plus grand se retira en faisant claquer ses savates sur l'asphalte et l'autre me fit signe de ne pas bouger. Deux minutes plus tard, le premier revint accompagné d'un petit barbu, tout rond, très gras, au nez de corbeau, vêtu lui aussi d'un keffieh et d'une disdacha, marron cette fois, qui découvrait deux mollets dodus, tordus et poilus. Celui-ci croassa quelques mots d'anglais en agitant un index boudiné et menaçant :

« *You, who you ?* »

Je déclinai ma qualité de policier mais mentis en prétendant que je travaillais pour le CID. J'exhibai ma carte sans lui permettre d'y poser ses doigts qui ressemblaient à des saucisses velues. Il essaya de la lire.

« *You, what do here ?* »

Avec des mots aussi simples que possible, je lui assurai que je m'étais perdu et que j'avais quelques soucis d'ordre mécanique avec ma voiture, ce que le ronronnement tranquille du moteur démentait. Le petit gros cherchait ses phrases pour une autre question. Il le fit en pointant sur moi son gros index comme s'il s'agissait d'un flingue. C'était moi le flic mais il s'en foutait complètement. Son attitude fit péter le couvercle que j'essayais de maintenir sur une colère qui bouillonnait déjà en moi depuis un petit moment. Le Diable allait sortir de sa marmite.

« À mon tour, maintenant ! D'abord, qui tu es toi, gros corbeau ? »

En même temps, j'avais crocheté son doigt adipeux et je me retenais de ne pas le lui casser d'un coup de poignet. Les deux autres s'approchèrent en levant leurs kalachnikovs, prêts à me frapper, voire à m'abattre. En quelques secondes, la haine était devenue notre langage commun. Elle avait jailli de nulle part. Chacun avait vu et senti en l'autre la couleur et l'odeur de l'ennemi.

En tordant méchamment le doigt du petit balourd, je le fis pivoter de manière à le transformer en bouclier entre moi et les deux grands barbus. Mon Beretta était apparu dans ma main droite et s'était placé naturellement sur sa tempe. Maintenant, je me sentais plus à l'aise pour discuter. Je hurlai :

« *Guns down.* »

Les deux « fous de Dieu » ne comprirent pas. Heureusement, les couinements du petit gros barbu furent plus efficaces. Une fois les kalachnikovs à terre, je décidai de profiter de la situation. Je poussai mon otage terrorisé dans la Chevrolet, toujours sous la menace du Beretta. Ce ne fut pas facile, d'autant que la disdacha lui bloquait les jambes. Le cul en l'air, il s'affala sur le siège du passager. Sous le regard meurtrier des deux sbires, le démarrage fut un peu maladroit. La boîte automatique facilita ma fuite. Une minute plus tard, je recommençai à respirer.

Je ne savais pas où la petite route conduisait. Au bout de quelques kilomètres, je tombai sur un carrefour. En m'orientant avec le soleil, dont les derniers rayons rouge sang venaient de percer les nuages de poussière en suspension, je pris à gauche et finis par arriver sur une voie plus large qui me ramena près de Boudaya. Après, je retournai à la petite crique. J'y arrivai au moment où le crépuscule tombait sur l'archipel avec la fulgurance d'une météorite.

J'arrêtai la Caprice sous le pont et fis sortir le gros corbeau de plus en plus effrayé. Je pris une lampe frontale, une corde et un couteau Bowie à longue lame dans le coffre. Je fis avancer mon otage sous l'ouvrage jusqu'au pilier le plus proche de la crique où Yasmina était tombée.

Je fis de mon mieux pour que les entraves lui cisaillent bien la peau. Au-dessus de nous, les poids lourds grondaient, faisant trembler la nuit qui commençait à s'installer. L'obscurité était maintenant totale et on ne risquait pas d'être dérangés. Je m'efforçai de lui parler le plus lentement possible dans un anglais simplifié à l'extrême :

« On va jouer. *Easy game !* Je pose des questions. Toi, tu réponds et c'est OK. Tu réponds pas et tu perds des points. Prêt ? Ton nom ?

– Salaheddine.

– Bien, Salah. Tu viens du royaume ? »

Il ne répondit pas mais acquiesça de la tête.

« Tu travailles dans l'émirat ?

– Non.

– Non ? Alors tu fais quoi ?

– Ici, amis. Avec amis.

– Mauvaise réponse, Salah. »

Je pris le Bowie et commençai à découper la disdacha de haut en bas en partant du col que sa longue barbe cachait.

« Non, non. Travailler pour le prince.

– Quel prince, Salah ? »

Le temps qu'il mentionne Moktar et j'avais déjà découpé un bon bout de tissu. À la lumière de la frontale, je voyais ses yeux rouler comme des billes folles au fond de leurs orbites. Il avait compris que j'étais prêt à le foutre à poil et à l'abandonner ainsi, ce qui équivalait pour lui à une entrée en enfer.

Je n'eus pas le temps de poser une autre question. Mon portable s'était mis à sonner. Le numéro qui s'affichait était celui de Blake. Je m'éloignai de quelques mètres pour prendre la communication. Jamais je ne l'aurais cru capable de hurler à ce point.

« Frenchie, sacré connard, t'es complètement dingue. Relâche-le immédiatement.

– Tout doux, Blake. Tout doux.

– Relâche-le immédiatement ou t'es foutu.

– Pas question. Je suis sur le point de savoir…

– Ce n'est qu'un idiot de foutu sous-fifre. C'est pas ce qu'il te dira qui te permettra de comprendre l'histoire.

– Ça veut dire, Blake, que tu la connais la sale histoire ?

– En partie, seulement. Relâche-le et je te dirai tout ce que je sais.

– Pas question s'il est en quoi que se soit impliqué dans la mort de Yasmina.

– J'en sais rien, Frenchie, s'il est impliqué ou pas. Mais on s'en fout de lui. C'est bien au-dessus de sa petite tête qu'il va falloir taper. Et tu t'es grillé en enlevant ce maudit bâtard.

– Grillé pour grillé, je continue, colonel Blake. Je ne crois pas que je puisse faire marche arrière.

– Matthews peut encore tout arranger, Frenchie.

– Pas envie de lui devoir quoi que ce soit. En plus, je n'ai pas confiance en lui.

– Connerie ! Tu ne comprends pas qu'on est tous embringués dans la même affaire et que c'est ensemble qu'on arrivera à dégommer tous ces salauds ?

– Je ne sais pas encore de quels salauds il s'agit, colonel Blake.

– Je vais te le dire, Frenchie. Je te le jure sur tous les saints de l'Écosse. Libère le barbu et je te retrouve tout de suite à ton bureau.

– OK, colonel Blake. J'y serai dans quarante minutes. D'ici là, n'essaie pas de me faire un coup pourri. »

Avant de partir, je pris le temps de questionner pendant une dizaine de minutes le gros corbeau barbu. Je dus couper encore un peu de tissu pour le rendre loquace. La peur de se retrouver à poil finit par lui délier complètement la langue mais son anglais ne s'améliora pas pour autant. Je compris quand même qu'une vingtaine de filles, toutes asiatiques, séjournaient dans la clinique. Elles n'avaient pas le droit de sortir. Une quinzaine de gardes, tous saoudiens, les surveillaient mais n'avaient pas l'autorisation de les approcher. Il y avait aussi deux docteurs et quatre infirmières, asiatiques également. Et lui, le vilain corbeau, faisait office d'intendant.

TROISIÈME PARTIE

11

Manama était une ville à flics.

À cause de sa situation géographique et politique, des enjeux régionaux et internationaux, du pétrole, des guerres passées, présentes et à venir, des terroristes de tout poil et de toute barbe, et à présent de la montée en puissance d'Al-Qaïda dans la région, la capitale de l'émirat était devenue un grand zoo où toutes les espèces de la canaille policière étaient représentées : les ordinaires en uniforme, les civils, les privés, les spéciaux, les grands pros payés à prix d'or, les demi-solde rémunérés trois fois rien, ceux déguisés en sapins de Noël, gradés, brodés, médaillés et chamarrés, que l'on voyait surtout dans les défilés, les mercenaires couleur muraille ou avec des costards confectionnés sur mesure à Saville Row (London), les Sud-Africains empâtés qui commençaient à tâter le marché, les anciens des forces spéciales américaines et polonaises embauchés par la firme Blackwater, qui prétendait être la meilleure dans la protection rapprochée, les invisibles, les espions et les contre-espions, les occasionnels, les petits indics qui faisaient leurs rapports une fois par semaine et les délateurs qui caftaient une fois par jour, les « vidangeurs » qui les aidaient à parler, les « coupeurs de couilles » qui opéraient dans les caves – les uns tabassaient sans trop de dégâts, les autres bossaient « à la marocaine » et racontaient ensuite que le suspect était mort accidentellement d'une rupture d'anévrisme..., comme d'habitude. Il y avait aussi ceux qui jouaient double ou triple jeu. Sans compter la tribu des analystes bigleux, avec toutes sortes de carreaux sur le nez, gros verres, montures cerclées d'écaille ou en titane, mais tous avec un point commun, celui d'être myope, presbyte ou hypermétrope dès qu'il s'agissait de prévoir la prochaine crise.

Un sacré zoo. Et toute cette faune, à l'exception des « moustaches » et des « chaussettes à clous », c'est-à-dire les barbouzes qui dépendaient des ambassades, ne reconnaissait qu'un seul dompteur. Mais qui, tout grand dompteur qu'il était, se faisait aussi petit que possible pour ne pas être vu quand il débarquait à mon bureau.

Il m'avait attendu dans une Range Rover blindée aux vitres fumées garée à côté de l'immeuble. Blake l'accompagnait. Tous les deux me rejoignirent au moment où je grimpais dans l'ascenseur. Était-ce à cause du mauvais éclairage mais Matthews avait une tronche des plus pâles avec des rides qui dessinaient des plis hercyniens sur son front et des joues fripées comme le cou d'un vieil éléphant. Blake frimait moins que d'habitude et s'accordait même une pause dans sa dégustation forcenée d'allumettes. Ils me saluèrent d'un petit signe de la tête.

Je les invitai à entrer dans mon bureau et sortis la bouteille de Glenlivet. Matthews esquissa une grimace qui voulait dire non et Blake, qui était sûrement capable de téter du raide même pendant son sommeil, se crut obligé de refuser. Tant mieux, ça m'aurait dégoûté qu'ils boivent mon bon scotch. Je pris soin de me verser lentement une solide rasade, d'allumer une Chesterfield et de lancer mes grandes pattes en travers du bureau pendant que le chef du Criminal Investigation Directorate et son adjoint inspectaient la pièce avec des mimiques de rats sournois. « Ça ne va pas, les gars ? Vous ne vous souvenez plus si vous avez mis des micros ? »

Ils ne répondirent pas. Ils avaient cet air inquiet qu'ont les séraphins qui se sont fait faucher leurs auréoles par Belzébuth et se demandent comment l'annoncer à l'archange Gabriel. Je les regardais en buvant, inquiet de mon côté des reflets meurtriers que j'apercevais dans les yeux de Blake chaque fois que, avec une ostentation étudiée, je trempais mes lèvres dans le liquide ambré. Il y avait dans son regard une telle envie de se taper mon verre qu'il en avait les pupilles mouillées. Brusquement, Matthews ouvrit le feu. C'était du gros calibre. Et son accent écossais tirait des balles aussi sifflantes que celles des westerns de Sam Peckinpah.

« Assez de vos sales manières, monsieur Caminos. Vous vous prenez pour qui ? Un gros cowboy français qui frappe les gens, les kidnappe, fait ce qu'il veut, comme il veut ? Vous n'êtes pas à Marseille. Vous ne jouez pas dans un western-bouillabaisse. Vous êtes allé trop loin. Vous n'êtes pas encore par terre, c'est vrai, mais vous êtes déjà ce qu'en Sicile on appelle un mort qui marche. »

Blake crut bon d'en rajouter une louche :

« Et tu n'es arrivé à rien. Tu as seulement affolé le camp adverse. Maintenant, ils sont sur leurs gardes. Et tu risques bientôt de prendre un avion pour rentrer chez toi. Le prince héritier ne pourra pas toujours garder un cinglé comme toi sous son aile. Il va vite en avoir marre...

– Mais pas toi, hein Blake ? J'ai eu comme l'impression que tu n'étais pas tout à fait mécontent de l'enquête que je menais. Sinon, pourquoi nos petits rendez-vous en amoureux sur le pont ? »

Matthews coupa son adjoint qui se préparait à répondre :

« On ne voit pas les choses comme vous. Vous vouliez savoir à tout prix ce qui est arrivé à cette jeune fille, cette... ?

– Yasmina.

– C'est ça, Yasmina. Et comme mes attributions ne me permettent pas de contrôler la police de votre patron, le prince Mahmoud, ce que je regrette comme j'ai dû vous le dire, je vous ai laissé faire. Je ne m'attendais pas à une attitude aussi brutale, aussi irresponsable, aussi...

– Matthews, ça suffit ! Vous m'avez laissé bosser parce que vous ne pouviez pas avancer à visage découvert. Votre grand pif d'Écossais, on le voit d'ici à La Mecque. Et vous vous êtes dit : voyons ce que ce trou du cul de Français va débusquer. C'est vrai, vous pouvez tout vous permettre ici sous prétexte d'assurer la sécurité de l'émir. Tout, sauf ce que l'émir lui-même est impuissant à vouloir. Et si l'émir, qui se fout pas mal de la mort d'une gamine, une gamine chiite qui plus est, ne souhaite pas que cette enquête aboutisse, elle n'aboutira pas. Mais vous, pour des raisons que je n'ai pas encore très bien comprises, vous vouliez un franc-tireur sur l'affaire. »

Matthews tourna son long cou d'autruche déplumée vers Blake qui avait recommencé à détruire frénétiquement une allumette. L'adjoint acquiesça de la tête, ce qui voulait dire que les deux Brits allaient bientôt abattre quelques cartes. En tout cas, il avait le feu vert de son chef pour m'en parler. Pas tout de suite puisque c'est Matthews qui reprit : « Poursuivez, je vous prie, votre pertinente analyse...

– La seule chose que l'émir et sa toute-puissante police ne peuvent pas se permettre, c'est aller à l'encontre des intérêts du grand voisin. Je vais le dire autrement : les Saoudiens peuvent faire ici tout ce qu'ils veulent. Même foutre la merde. Ils ont une impunité totale. Et vos flics, d'où qu'ils viennent, les étrangers comme les locaux, ferment les yeux. Ils iraient jusqu'à se les crever pour ne pas voir... »

Blake me coupa, en postillonnant de l'allumette.

« Non, foutu connard, si on se crevait les yeux, comme tu dis, on ne t'aurait pas laissé avancer dans ton enquête. Et on ne t'aurait certainement pas aidé. Mais, toi, tu t'es comporté comme un fou furieux. Ouais, c'est possible que les services de sécurité saoudiens soient impliqués dans la mort de la jeune fille. Et ce qu'on voulait, c'est que tu remontes la piste mais discrètement et en douceur. Sauf que tu t'es dépêché de faire voler la merde dans tous les coins. »

Si Blake s'échauffait, et il avait le rouge aux joues et au front, la tête de son chef, en revanche, était devenue carrément blafarde, comme si tout le sang s'en était retiré, tandis que son grand nez s'allongeait, gagnant une pointure ou deux. Il y avait de quoi : son adjoint venait de balancer que les Saoudiens avaient trempé dans la mort de Yasmina. Je répliquai :

« Les amis, je ne suis pas sûr de bien vous comprendre. Qu'est-ce que vous attendiez de moi au juste ? Que j'en réfère au prince héritier pour qu'il fasse pression sur l'émir et qu'il lui dise : "Votre Grandeur, est-ce qu'on ne peut pas leur limer un peu les crocs à vos lointains cousins, les Saoud, vu qu'ils ont dépassé les bornes. Ils sont derrière la mort de l'un de vos sujets, une jeune fille innocente et de bonne famille. Je vous conjure, Votre Grandeur, de faire quelque chose parce que votre bon peuple risque de mal le prendre" ? Et vous croyez que ce que soufflerait le prince dans l'oreille sourdingue du vieil émir suffirait à le faire réagir ? Que ce serait un coup de pompe capable de lui regonfler ses figues ratatinées ? »

Cette fois, ce fut Matthews qui me répondit :

« Monsieur Caminos, vous avez raison sur un point : c'est exact que les Saoudiens mènent le jeu ici. Cet émirat fut le premier pays du Golfe à avoir du brut et il est le premier à ne plus en avoir. Plus de pétrole, plus d'argent. Depuis une petite dizaine d'années, c'est Riyad qui finance, qui subventionne, qui comble les déficits budgétaires. Mon traitement, celui du colonel Blake proviennent certainement de l'argent saoudien. Et sans doute que votre prince héritier lui aussi n'a plus assez d'argent de poche pour s'offrir un policier français. Vous êtes donc dans la même situation que nous : c'est l'Arabie qui vous paie. Et qui vous paie pas trop mal, d'après ce que je sais… Mais, voyez-vous, monsieur Caminos, ce n'est pas pour autant que nous devons tolérer le crime sur l'archipel…

– Ce sont des mots tout ça, Matthews, puisque vous ne pouvez pas le punir non plus !

– Mais nous voulons le prévenir. Cette jeune fille… Yasmina… venait d'une famille… chiite. Vous savez que la communauté chiite est ici très majoritaire et toujours prête à se révolter au prétexte qu'elle s'estime opprimée par un émir qui n'a pas la même religion.

– Ensuite…

– Vous savez aussi que ces mêmes chiites sont radicalement hostiles aux Saoudiens ?

– Évidemment.

– Donc, si les agitateurs de la communauté chiite, disons les islamistes chiites et quelques communistes pour faire court, apprenaient ce qui est arrivé à cette jeune fille, que les Saoudiens sont derrière ce mauvais coup et que notre émir est contraint de laisser faire, vous imaginez que…

– … que votre tâche ne serait pas facile, qu'une nouvelle insurrection chiite pourrait couver, qu'il vous faudrait l'écraser dans l'œuf ou la mater plus tard dans la rue, ce qui implique pas mal de cadavres étalés au grand jour. Et que ça serait mauvais pour l'avenir touristique de l'archipel.

– Oui et c'est exactement ce que je veux éviter. C'est pour cela, monsieur le policier français, que je tiens à ce que les dirigeants de l'émirat prennent conscience de la gravité du problème pour qu'ils en parlent à leurs homologues saoudiens et que l'on évite ce genre… d'accident à l'avenir. Je vous conseille donc d'en avertir promptement le prince héritier quand il reviendra de son séjour de santé.

– Et la population, si je comprends bien, devra ignorer qui sont les fils de pute qui ont poussé Yasmina à se noyer dans le cloaque puant du Golfe ?

– On peut le dire de cette façon. Nous ne voulons pas que les troubles que nous avons eu tant de mal à maîtriser ces dernières années reprennent. Sinon vous savez ce qu'il arrivera. Beaucoup de sang. Et du sang d'innocents…

– Reçu cinq sur cinq, Matthews. Bien sûr, si c'était une domestique philippine, une dactylo indienne ou une cuisinière bangladaise qui avait sauté du pont, il n'y aurait même pas eu un semblant d'enquête, pas vrai ? »

Matthews s'était déjà levé, suivi comme son ombre par Blake et son allumette. J'allais répéter ma question quand il me répondit :

« Ne me demandez pas la lune, monsieur Caminos. Ici, au moins, nous cherchons à limiter les dégâts. Chaque année, en Arabie Saoudite, ce sont des dizaines, peut-être des centaines de jeunes servantes asiatiques qui disparaissent. Certaines sont tuées, torturées par pure barbarie et je ne parle pas des milliers d'autres, qui sont battues et violées. Qui est-ce qui s'en préoccupe ? Certainement pas leurs gouvernements, ni leurs ambassades qui n'ont pas le droit d'ouvrir la bouche sous peine de représailles économiques immédiates. Et je n'ai pas souvenir que votre propre gouvernement, celui pour qui vous avez travaillé avec tant de zèle, ait jamais émis la plus infime réserve sur la situation de ce que vous appelez sans doute, avec ces mots qui sont si parfaitement ridicules dans pareilles contrées, les droits de l'homme. Le premier pays que votre ancien patron, le défunt président

François Mitterrand, visita fut le royaume saoudien. Il s'y est rendu aussitôt après son élection, vous vous en souvenez peut-être ? Oui ? Alors, tout est dit. On se comprend, n'est-ce pas ?

– N'en soyez pas si sûr, monsieur Matthews.

– Écoutez-moi encore un peu, monsieur Caminos. Il y a des mots que vous pouvez utiliser en Europe mais qui sont sales ici, qui sentent mauvais. Vous pouvez employer le terme démocratie, cela ne veut rien dire : aujourd'hui, tout le monde se prétend démocrate. Ou le mot liberté, car c'est une notion floue, impalpable. Mais les droits de l'homme sont des mots qu'on ne peut pas prononcer. Ici, il y a Allah et son représentant sur cette terre qui est l'émir. Les fidèles de l'un sont les sujets de l'autre. Au regard de Dieu, vous n'avez pas de droits, seulement des devoirs. Il en est de même avec l'émir qui veille sur ses sujets avec l'inspiration qu'Allah lui donne. Revendiquer des droits, c'est aller contre la volonté de l'émir et donc contre celle du Tout-Puissant. C'est inconvenant, injurieux et sacrilège, cela apporte la malédiction, le malheur… et, plus encore, cela conduit au désordre, à la sédition, à la rébellion… La conséquence, c'est la répression pour laquelle je n'ai pas spécialement de goût…

– Je ne savais pas que le Tout-Puissant, comme vous dites, avait besoin de flics mécréants pour le seconder.

– Ironisez tant que vous voudrez, monsieur le policier français. Si je vivais en Europe, je ne saurais, bien sûr, adhérer à toutes ces balivernes. Mais nous sommes dans le Golfe. J'ai une mission et je m'honore de la confiance que l'émir a placée en ma personne pour la remplir. Comme lui-même représente le Créateur en ces lieux, mes hommes et moi incarnons sa police et nous lui permettons d'accomplir ses desseins pour le bien de son très cher peuple. Sans l'émir, tout ne serait ici que chaos et grande misère, vous le savez bien au fond de vous. Et les intérêts de nos chers vieux pays européens seraient aussi en grave danger. Alors…

– Alors quoi ?

– Alors les choses doivent se faire au rythme lent du Golfe. Il ne faut rien précipiter. Il y a de l'injustice, oui. Des souffrances, oui encore. Mais ceux qui veulent renverser l'émir sont capables de bien pire, vous le savez aussi bien que moi. Ils tueront, rempliront les prisons, imposeront le fanatisme absolu, puniront rudement les joueurs, les buveurs, les amoureux, tout ce que nous permettons ici. Nous ne pouvons que nous opposer à leurs terribles desseins. Tant pis pour les jeunes égarées que le destin a fait tomber en de mauvaises mains. C'est malheureux et je le regrette.

– Matthews, votre sermon devrait vous faire honte mais c'est un sentiment que vous ignorez. Je peux le résumer en une phrase : l'enquête sur la mort de Yasmina doit s'arrêter là. À propos, j'ai combien de temps pour préparer mes bagages ?

– Oh ! Je crois que si nous arrivons à nous entendre, je ferai en sorte d'apaiser les rancœurs que vous avez provoquées cet après-midi. Allez, monsieur Caminos, si vous en restez là, vous pourrez profiter encore un long moment de votre petite activité dorée. Dois-je dire votre retraite dorée ? Est-ce que ma proposition vous convient ?

– Je vais y réfléchir…

– Ne tardez pas, je vous prie. Ceux que vous avez rudoyés aujourd'hui réclament vengeance, vous vous en doutez, n'est-ce pas ? Ils veulent votre peau et ils ont le bras très long. Je ne pourrai pas les tenir à distance très longtemps et pas davantage votre protecteur, le prince héritier, qui n'est pas encore suffisamment puissant. À bientôt, monsieur le policier français. »

L'instant d'après, les deux Brits avaient disparu. J'avais noté que Blake n'avait pas levé les yeux depuis sa dernière intervention. Il avait fui mon regard, comme si quelque chose le tourmentait. C'était un policier malin et s'il avait mis en cause aussi directement les services de sécurité saoudiens, ce ne pouvait pas être par inadvertance.

Dehors, la nuit de sable étouffait la ville. Le taouz, qui s'était un moment assoupi, était revenu en force. Il filtrait les lumières, les étouffait ou les faisait trembloter comme des flammes de bougie pour obscurcir le peu de vérité qui arrivait à saillir de la boue que la tempête déposait sur l'enquête. J'avais envie de retourner sous le grand pont, de retrouver Yasmina, d'écouter son silence, de respirer son absence, de déchiffrer l'ultime empreinte de son passage. Mais je n'avais plus le courage de bouger, pas même celui de retrouver Sounaïma. La fumée des Chesterfield épaississait l'air confiné du bureau et j'essayais d'en lire les volutes qui dessinaient des silhouettes de fantômes, des corps disloqués et des archipels disparus. Comment Yasmina avait-elle abouti au Paradis des perdantes ? Qui l'avait conduite là-bas et à quoi était soumise la vingtaine de pensionnaires qui y séjournaient, probablement contre leur gré ? Avait-elle eu affaire au prince Moktar et quel rôle avait-il joué ?

Je pris une feuille de papier et j'y écrivis quelques noms. Yasmina était amie avec Jehan, laquelle avait eu une relation avec Moktar que l'on pouvait déduire par l'ascenseur qui menait de sa suite aux appartements du prince. Pour compliquer le tout, l'actrice égyptienne connaissait Blake qui lui avait prêté sa précieuse voiture mais ne semblait pas aimer du tout le Saoudien. Je mentionnai ensuite les trois lieux autour desquels s'était joué le drame : la clinique secrète, le grand pont et le British Council, dernier endroit où l'on avait vu Yasmina vivante. J'y ajoutai l'hôtel Ambassador où l'actrice avait séjourné. Jehan était bien au cœur du drame. Mais, curieusement, elle m'avait embauché pour faire la lumière sur la mort de Yasmina. C'était elle que je devais retrouver avant tout. Je passai un coup de téléphone à la police de l'aéroport et on me confirma qu'elle n'avait pas quitté l'émirat. Puis je repris ma feuille de papier. Si Jehan avait eu si peur d'aller déjeuner à l'Ambassador, c'est parce qu'un événement effroyable avait dû s'y dérouler. Était-ce un événement de la même nature qui avait poussé Yasmina à sauter du pont ?

Le téléphone me fit sursauter. C'était Bouquerot, le député gaulliste. Comme la fois précédente, sa voix était à peine audible. On aurait dit cette fois un petit gros en train de confesser qu'il a profité de la récré pour boulotter tous les quatre-heures de ses copains. Il m'informait que l'argent était prêt, qu'il serait livré demain en début d'après-midi, à la frontière et qu'il me contacterait dans la soirée. Il avait à peine raccroché qu'une nouvelle sonnerie se fit entendre. Cette fois, c'était Ysé.

« Salut, ma petite étoile.

– Est-ce que tu vas bien ?
– Très bien. Ça me fait plaisir que tu m'appelles.
– Je ne sais pas pourquoi mais j'étais inquiète pour toi. Je t'ai trouvé une drôle de voix, la dernière fois, quand tu m'as appelée. Dis, j'en ai marre que tu ne sois pas là. C'est quand que tu reviens, grande brute ?
– Dès que je peux mais tu sais, je risque d'avoir des petits soucis à mon retour…
– Toujours les mêmes histoires de téléphone ?
– Toujours.
– C'est donc si grave ce que t'as fait ? Moi, je trouve pas. Des fois quand tu me téléphones, maman essaie d'écouter ce que tu dis en décrochant le combiné du salon. C'est pas bien ce qu'elle fait mais je ne voudrais pas qu'elle aille en prison pour ça.
– On parle d'autre chose, petite étoile ?
– Ouais, gros dur. Pour les grandes vacances, tu voudrais pas m'emmener au Japon, il y a des hypergrands maîtres là-bas.
– Des hypergrands maîtres de quoi ?
– De karaté, bien sûr. Je te rappelle, car tu l'as évidemment oublié, que j'ai passé hier ma ceinture marron, que je l'ai eue et que tu dois me faire un beau cadeau.
– Mince ! J'avais oublié…
– Tu peux dire merde maintenant, j'ai l'âge. En plus, faut que tu reviennes pour qu'on se bagarre. Je suis sûre que, maintenant, je te fais ta fête.
– Dis, petite étoile, je te trouve bien sûre de toi. »
On continua la conversation pendant un bon moment. La dernière fois que je l'avais appelée, il fallait lui tirer les mots de la bouche. Aujourd'hui, c'est elle qui téléphonait et se montrait intarissable.

Les katas de karaté, les profs ringards du collège, les copains en pleine crise d'acné, les copines nunuches, les conneries épaisses de la télé, tout y passa. Quand elle raccrocha, j'étais requinqué. Quelques minutes plus tard, j'étais dans la Caprice Classic en direction de l'Ambassador.

Les avenues étaient déjà désertes. Sur la route de la Corniche, le vent était redevenu méchant. Avec le sable, il apportait aussi des particules d'eau, mêlait les deux et les transpirait en une sueur mauvaise faite de grosses gouttes de boue, criblant carrosseries et pare-brise des voitures et les *chalwar kamiz* clairs des immigrés, les seuls à braver la nuit sous la tourmente et qui, à présent, couraient sous les coups de fouet des rafales. Je roulais doucement sous les réverbères masqués, évitant les lourdes branches cassées des palmiers que les phares transformaient en chenilles géantes, toujours saisi de la même certitude, irrationnelle, illusoire, inébranlable, angoissante aussi de folie, qui me faisait croire que la tempête cachait la vérité et offrait son gîte aux hyènes de la nuit.

L'Ambassador se dressa brutalement, une sorte de continent noir, empli de ténèbres, avec des guirlandes d'ampoules qui couraient sur sa façade pour attirer dans ses bars la tribu errante des âmes perdues. Le temps de descendre de la voiture, de traverser le parking en courant et d'atteindre le grand hall, la boue qui semblait tomber des étoiles avait déjà transformé ma veste en une peau de léopard. J'allai d'abord frapper au bureau de Chandar Raï mais personne ne répondit et la porte était fermée à clé. C'est au bar du rez-de-chaussée que je le trouvai. Il était assis dans un recoin, là où le comptoir fait un coude, face au grand miroir et à un gin tonic. Je m'assis sur le tabouret le plus proche, saisis la carte qui n'offrait pas moins de quarante pur malt différents et demandai à la barmaid asiatique un Bladnoch 1975 aux arômes de citron vert. C'est en m'entendant passer ma commande que Chandar Raï se tourna vers moi et me reconnut. Il devint livide.

« Vous… vous… vous me persécutez.

– Pas du tout, Chandar. Je suis venu te payer un verre. »

Je lui commandai un autre gin tonic. Il n'osa pas refuser. N'ayant pas réussi avec les menaces, il me restait à essayer le bluff pour essayer de le faire parler.

« Tu le mérites bien, ce verre. Grâce à toi, j'ai beaucoup avancé dans mon enquête. Maintenant, je crois avoir découvert ce qui s'est passé dans ton hôtel.

– Moi, je ne sais rien.

– Pas possible ! Tu veux que je te raconte ?

– Non.

– Allons, si tu l'ignorais vraiment, tu te montrerais plus curieux. Après tout, t'es le directeur de l'Ambassador. Je ne vois pas comment cela aurait pu t'échapper, n'est-ce pas, Chandar ?

– L'hôtel et les appartements du prince, ce n'est pas du tout la même chose.

– Tu veux dire que cela s'est passé chez le prince ?

– Je croyais que vous étiez au courant.

– Je ne connais pas tous les détails, Chandar. Mais continue, j'aimerais bien connaître ta version. »

Il s'était mis à transpirer et ses yeux ne quittaient plus son verre.

« T'as peur du gros Moktar ? Tant pis pour toi. Car je vais revenir t'interroger tous les jours, m'arranger pour qu'il le sache et qu'il croie que t'es une belle balance. Après, qu'est-ce qu'il va faire de toi, te foutre à la rue, te renvoyer en Inde, te couper la langue… ?

– Vous êtes un véritable salaud.

– Je suis flic, Chandar. J'aime foutre mon nez dans les ordures. Et ton hôtel pue pire qu'une décharge.

– Ce n'est pas mon hôtel, je ne suis que le directeur.

– Arrête de crier, on te regarde. »

Sans s'en rendre compte, il avait haussé le ton, attirant l'attention des serveuses et de quelques hommes d'affaires occidentaux. Je commençai à sortir de mes poches des liasses de billets de cinquante dollars que je posai ostensiblement sur le bar et entrepris de les compter.

« Deux mille dollars pour commencer, ça te va ?

– Mais pourquoi ? Je ne vous ai rien…

– Chut ! Parle plus doucement. Alors, deux mille ? T'en veux plus ? Tu sais, c'est bien payé pour le peu que tu m'as dit…

– Non, je vous en supplie… Rangez ça tout de suite. Je vous dirai tout ce que je sais. Mais pas ici. »

Je fis mine d'avoir sorti l'argent pour payer ses gin tonics et mon whisky. Nous partîmes ensuite pour le parking sous la castagne du vent qui nous mitraillait de pluie et de boue. Il faisait froid et la chaleur de la voiture nous fit du bien. Dès que nous y fûmes installés, nous prîmes la voie express qui longeait la côte. Je n'eus pas à attendre longtemps avant qu'il se mette à parler. Il en avait besoin. Ne serait-ce que pour se justifier.

« Vous me jugez mal. Laissez-moi d'abord vous raconter ce qui m'est arrivé, il y a quelques jours.

– Je t'écoute.

– J'utilise ma voiture chaque jour pour venir travailler. La semaine dernière, elle était en panne et j'ai dû prendre un bus. Il n'y avait presque personne et je n'ai pas fait attention : je me suis assis à l'avant, sur une des banquettes réservées aux femmes. À un arrêt, une grosse dame, vêtue d'une abaya noire, est montée. Elle m'a vu et s'est mise à hurler. Elle m'a insulté, me traitant de sale Indien ; elle a utilisé des mots encore bien pires. Je comprends l'arabe et ce qu'elle disait était vraiment outrageant. Tout ça, parce que je m'étais installé à une mauvaise place. J'ai voulu lui expliquer que je ne l'avais pas fait exprès et que j'allais m'asseoir au fond du bus. Mais elle ne m'écoutait pas. J'avais un costume, une cravate, une chemise blanche mais ça ne comptait pas. Ce n'était qu'une pauvre femme des quartiers chiites, laide, obèse et inculte mais pour elle je n'étais qu'un chien puant d'Indien qui avait souillé la banquette. J'ai préféré descendre du bus pour ne plus l'entendre crier.

– Pourquoi tu me racontes ça ?

– Parce que vous ne connaissez pas bien ce pays. Ici, chacun doit rester à sa place : les hommes, les femmes, les étrangers, la famille royale, les courtisans, les sunnites, les chiites, les commerçants, les pauvres… ça ressemble aux castes de l'Inde. On donne à chacun une case qu'il ne doit jamais quitter. Ici, un Indien reste un Indien et qu'il soit éduqué ou riche ne change pas grand-chose. Je peux avoir tout l'argent du monde, je ne pourrai jamais acheter le moindre pouce de terrain, la moindre propriété, ne serait-ce qu'un garage. Et j'ai beau m'occuper d'un grand hôtel, on peut me jeter à tout moment dans le premier avion sous n'importe quel prétexte. Ce n'est pas un problème : il y a des milliers d'Indiens ou autres tout aussi qualifiés qui attendent pour prendre ma place. Alors, quand il se passe quelque chose à l'hôtel qui ne concerne pas le personnel expatrié, je ne vois rien et je n'entends rien. Tout ce qui concerne les gens d'ici ne me regarde pas… J'ai une femme et trois enfants dans mon pays. »

Je n'avais rien à redire à ça. La voiture filait sur les boulevards déserts. On entendait le vent haleter et il continuait de nous envoyer des paquets de boue que les essuie-glaces étalaient consciencieusement sur le pare-brise.

« Je suis désolé, Chandar. Je vais te ramener à l'hôtel.

– Non, c'est trop tard. Maintenant que l'on nous a vus ensemble à deux reprises, que je parle ou pas, ça ne fera aucune différence. De toute façon, ce que je vais vous dire ne vous permettra pas d'entreprendre quoi que ce soit contre le prince Moktar. Personne ne peut rien contre lui… »

L'histoire qu'il me raconta prenait sa source dans les feuilletons télévisés égyptiens dont la vedette était Jehan. Sa grâce, sa légèreté, cette façon unique de bouger, de danser, de maquiller d'innocence ses parades amoureuses avaient enflammé le Golfe. Tout cela, Imad me l'avait déjà dit. Ce que Chandar m'apprenait, c'est que le prince Moktar était tombé lui aussi sous le charme. Il l'avait fait contacter au Caire pour l'inviter ici. Elle n'avait rien voulu savoir. Du moins jusqu'à ce qu'il y mette le prix. Chandar croyait savoir qu'elle avait exigé un million de dollars pour passer une nuit, une seule nuit, avec lui. Il se souvenait de son arrivée à l'hôtel où Moktar lui avait fait réserver la suite royale que j'avais visitée. Ils avaient dîné en tête à tête dans les appartements du prince. L'Indien se rappelait aussi du millier de roses qu'il avait fait expédier d'Europe par avion spécial, des vases qui avaient été commandés de toute urgence à Prague et des mets exceptionnels qui avaient été préparés, mobilisant une bonne partie de la cuisine.

« Et puis, elle a dansé pour le prince. Mais, au milieu de la nuit, quand il a voulu la jeter dans son lit, elle l'a envoyé promener. On dit même qu'elle l'a fait crûment. Elle a pris l'ascenseur pour retourner dans sa suite. Là, elle a appelé la réception pour que l'on vienne chercher ses bagages. Elle est partie un peu après en taxi pour l'aéroport. »

Nous étions arrivés près de l'hôtel Sheraton, dont le grand S flamboyant parvenait à traverser le brouillard de poussière qui voilait les autres lumières, celle des étoiles et des milliers de réverbères qui avançaient à notre rencontre comme une armée aveugle. Une question me tracassait :

« Elle a gardé l'argent ?

– Sans aucun doute. Elle a dû toucher la somme sur un compte au Caire avant de venir ici.

– C'est sûr, elle ne l'a pas rendu ? »

Chandar se mit à rire. Un rire qui sonnait triste et faux. J'insistai :

« Elle ne l'a pas rendu. Et, pourtant, elle est revenue…

– Oui, c'est la seconde partie de l'histoire. La plus affreuse. »

Au fur à mesure qu'il racontait, la voix de l'Indien se fit de plus en plus rauque. Comme si un lointain chagrin remontait à la surface.

Après la fuite de Jehan, le prince ne s'était plus montré pendant plusieurs jours. Chandar l'avait seulement aperçu brièvement avant qu'il reparte pour Riyad. Il avait l'air hagard. Il se doutait que l'histoire s'était propagée dans l'hôtel et se sentait profondément humilié, surtout après la réception fastueuse qu'il avait organisée. Il est cependant revenu à Manama, six mois plus tard, avec une quinzaine de Bédouins du Nedjd de sa garde personnelle. Et quelques jours après, Jehan est réapparue à son tour, comme s'il ne s'était rien passé. Cette fois encore, un millier de roses avaient été commandées en Europe et tout l'hôtel mobilisé pour son arrivée, des grooms aux chambrières. L'explication de Chandar, c'était que Moktar l'avait à nouveau contactée, qu'il y avait eu une seconde transaction, d'un montant encore plus élevé. Et que, cette fois, l'actrice s'était peut-être laissé convaincre de finir dans le lit du prince.

« La pauvre, elle avait surestimé son pouvoir sur lui. Et, plus encore, elle avait sous-estimé l'humiliation qu'elle lui avait infligée la première fois.

– Qu'est-il arrivé ?

– Vers trois heures du matin, juste après qu'un serveur leur eut monté du café, du champagne et des alcools, il a appelé ses hommes qui traînaient un peu partout dans l'hôtel et avaient causé, depuis leur arrivée, pas mal de soucis aux femmes de chambre. Immédiatement après, son chauffeur est venu le prendre. On l'a à peine vu. Mais comme il n'était pas accompagné de Mlle Jehan, vous imaginez…

– Non, Chandar, je n'imagine pas. Que s'est-il passé ?

– Il leur a offert Mlle Jehan. Ils l'ont gardée jusque vers midi. Puis ils sont partis.

– Et Jehan ?

– Elle ne se montrait pas… j'ai fini par monter. Les appartements étaient complètement ravagés. Et il ne restait pas grand-chose non plus de Mlle Jehan. Elle agonisait à moitié inconsciente, complètement nue dans un coin de la chambre, au milieu des vases renversés et des bouteilles cassées. On aurait dit que ses beaux vêtements avaient été déchirés par des bêtes.

– Qu'est-ce que vous avez fait ?

– J'ai immédiatement appelé le médecin de l'hôtel. C'est un Anglais, un ancien médecin militaire, je crois. Il a aussitôt contacté un de ses amis, un officier qui travaille pour le CID. Il vient de temps à autre prendre un verre au bar.

– Un Britannique aussi ?

– Oui. Lui et le docteur se sont occupés de Mlle Jehan. Dès que cela a été possible, ils ont organisé son rapatriement. »

La suite, je la connaissais : la disparition de Jehan pendant au moins deux ans, le temps pour elle d'être soignée dans une clinique privée au Royaume-Uni. Maintenant, elle était de retour. Ce n'était pas trop difficile de deviner pour quelle raison.

« Et vous me confirmez qu'elle a réservé, il y a une quinzaine de jours, la même suite dans votre hôtel.

– Oui. Mais on ne l'a pas vue. Elle a simplement envoyé un fax avec le numéro de sa carte de crédit. Elle est bien venue dans l'émirat. Des employés m'ont raconté qu'elle tournait sans cesse dans une voiture rouge autour de l'hôtel. On l'a même aperçue à plusieurs reprises sur le parking.

– Seule ?

– En fait, pas toujours. Des gardiens m'ont signalé qu'à une occasion, elle était accompagnée d'une très jeune fille. Ensuite ils ont aperçu cette jeune fille à plusieurs reprises dans le lobby de l'hôtel.

– Sans Jehan ?

– Je vous ai dit qu'elle n'avait jamais remis les pieds à l'Ambassador.

– Et vous avez fait savoir au prince Moktar que Jehan avait réservé une chambre ?

– Est-ce que j'aurais pu faire autrement ?

– Et vous avez prévenu aussi l'un de vos amis, un journaliste qui s'appelle Babak. Pourquoi ? »

Il tressaillit en découvrant que je connaissais sa relation avec le jeune bidoun mais sa réponse me sembla sincère :

« J'avais très peur pour Mlle Jehan. Quand j'ai dit au prince Moktar qu'elle rôdait à nouveau autour de son hôtel, il n'a rien répondu. Il m'a simplement demandé de sortir. Et dès que j'ai fermé la porte, je l'ai entendu entrer dans une fureur extrême. J'avais peur cette fois qu'il la fasse tuer. C'est pour éviter ça que j'ai informé Babak. Je pensais que s'il écrivait un article qui mentionnait sa présence ici, elle se saurait découverte et repartirait. Seulement il n'a rien écrit…

– Et Moktar s'est interrogé sur les raisons du retour de Jehan dans l'île. Il a soupçonné qu'elle préparait quelque chose contre lui. »

À présent, il me restait à découvrir pourquoi Jehan était revenue. Et quel rôle elle avait fait jouer à Yasmina.

Je profitai d'un rond-point pour faire demi-tour. Peu après, sur le chemin de l'hôtel mais encore loin de celui-ci, Chandar Raï insista pour descendre et continuer à pied. Je finis par m'arrêter. Avant d'ouvrir la portière, il se tourna vers moi. Sa voix n'était plus qu'un murmure frotté de chagrin, de vrai chagrin :

« Vous avez prétendu que vous connaissiez déjà toute l'histoire. C'était faux, bien sûr.

– C'était faux mais je suspectais quelque chose dans le genre. Désolé si je vous ai malmené... »

Je n'ai pas eu le temps de finir ma phrase ni de lui serrer la main. Il avait déjà claqué la portière. Je le vis affronter la tempête, le vent, la boue qui maculait, le sable qui aveuglait, les branches qui volaient bas dans le ciel noir. On avait l'impression d'une ombre qui flottait, emportée par l'épais brouillard.

Je n'étais pas loin du Sheraton. J'attendis dans le parking que Sounaïma finisse son service.

J'avais peur pour elle. Si l'on voulait s'attaquer à moi, elle était la proie idéale. J'essayais de me convaincre qu'on n'oserait pas s'en prendre à elle tant que j'étais au service du prince héritier. En même temps, je me rappelais que l'on n'avait pas hésité à kidnapper mon jardinier. Je faillis appeler Blake pour lui demander deux ou trois flics du CID afin de lui assurer une protection discrète. Finalement, sur cette affaire, nous étions plus ou moins dans le même camp. Mais je ne voulais rien lui devoir. Je le voulais d'autant moins que quelque chose me disait que nous ne serions plus du même côté d'ici peu.

Sounaïma finit par sortir. Enveloppée dans un imperméable trop court et sans capuche pour protéger sa longue chevelure noire qui, tirée en arrière par la tourmente, lui dessinait une traîne, elle avançait le long du trottoir, la tête dans les épaules, silhouette têtue mais pas moins solitaire et fragile, menacée par ce vent de guerre qui apportait boue et haine partout où il soufflait.

Je la rejoignis avec la voiture et lui ouvris la portière. Elle esquissa un mouvement de recul avant de me reconnaître.

« Monte vite avant d'être complètement trempée.

– Je suis contente que tu sois venu me chercher.

– On va dîner au Weeping Tree.

– Qu'est-ce qui me vaut tant d'attention ? Tu n'as plus peur qu'on nous voie ensemble ? »

Je n'avais rien à répondre. Elle reprit : « Tu sais maintenant que tes jours sont comptés, hein ! Et malgré ça, tu ne veux pas renoncer à ton enquête.

– C'était une gamine, Sounaïma. Elle était à peine plus âgée que ma fille. Il faut que je sache…

– Morvan, quoi que tu fasses, qui que tu punisses, tu ne la feras pas revenir. Et tu n'arriveras jamais à remonter la piste jusqu'au bout.

– J'y suis presque. Il faut juste que je sache ce qui se trame au Paradis des perdantes : comment ça se passe avec les filles qui sont à l'intérieur ? Qui sont-elles ? Pourquoi ce sont des Saoudiens qui gardent la clinique ?

– Et tu comptes sur moi pour t'aider. C'est pour cette raison que tu m'invites à dîner ?

– Tu sais bien que je ne t'obligerai jamais à quoi que ce soit. »

Elle haussa les épaules pour me signifier que j'avais dit une absurdité.

« Je me doute bien que tu ne vas pas me menacer. Tu vas plutôt jouer sur un autre registre. Chercher à m'apitoyer en me répétant tout ce qu'ils ont fait subir à cette pauvre jeune fille, me redire qu'il ne faut plus que ça se reproduise, essayer de me culpabiliser... Écoute, si tu avais une chance sur dix de réussir, je t'aiderais – ce que j'ai déjà fait. Mais ce n'est pas le cas, Morvan. Ils te détruiront avant que tu n'arrives jusqu'à eux. Et même si je t'aime, je ne veux pas partager ton sort. Je ne veux pas être jetée dehors. Dans mon pays, j'ai une famille qui compte sur moi.

– On ne parle plus de ça, Sounaïma. On va dîner.

– Non ! Maintenant, c'est moi qui ne veux plus être vue avec toi. Raccompagne-moi chez moi s'il te plaît. »

Je devenais un paria. Je n'avais plus que trois ou quatre semaines de beaux jours devant moi, jusqu'à ce que le prince héritier revienne. Au moment où il serait informé de mes agissements, il est probable qu'il me demanderait de partir. D'ici là, je n'avais pas une minute à perdre.

Arrivé devant le petit immeuble de Sounaïma, je tentai une dernière fois de la convaincre : « Dis-moi au moins ce qui se passe dans la clinique ?

– Morvan, s'il te plaît !

– Sounaïma, tu dois me dire ce que tu sais. »

Elle lâcha un long soupir et me regarda intensément. Peut-être fut-elle touchée par ma sincérité. Elle en parut même surprise. Et quand elle finit par baisser les yeux, elle commença à parler.

« Si au lieu de fréquenter les palais, tu t'intéressais plus à la vie des gens, tu aurais appris combien cette société est disloquée. Le pétrole a jailli trop vite dans le Golfe. D'un seul coup, il y a eu trop d'argent. Trop d'argent, ça veut dire trop de bouleversements pour ces pays où le mode de vie avait peu évolué pendant des siècles. Toute l'Asie a commencé à débarquer ici pour essayer de profiter un peu de ce fric miracle. Par millions, des jeunes femmes sont venues, prêtes à n'importe quel emploi pour gagner quelques dollars, de quoi faire vivre leurs proches restés au pays. C'est mon cas et je n'avais pas d'alternative. Et, parce que nous venons seules, sans père, sans frères, sans mari, nous sommes regardées comme des filles faciles, pour ne pas dire des putes. Alors, pour celles qui travaillent dans les familles, cela se passe bien ou mal. Qu'importe si on les fait travailler jour et nuit, l'important pour elles c'est surtout de ne pas être battues.

– Je sais déjà tout ça, Sounaïma.

– Non, Morvan, tu ne sais rien. Tu ne sais rien de la solitude d'une jeune Asiatique qui n'a jamais connu autre chose que son village ou son quartier et qui se retrouve bonne à tout faire dans un pays dont elle ignore tout. Où elle n'a aucune amie, aucun parent, aucun repère. Où elle ne comprend ni la langue, ni les coutumes. Où on lui confisque son passeport le jour de son arrivée. Et où elle découvre que ce que l'agence de recrutement lui avait promis, c'était du vent, des mensonges. Elle se doutait sûrement qu'on la traiterait mal mais pas à ce point. Elle s'attendait sans doute à travailler dur mais pas à ce qu'on oublie pendant des années de la payer. À ton avis, comment fait-on pour ne pas payer une petite boniche déjà écrasée de boulot et complètement paumée ?

– J'imagine que…

– Toi, Morvan, tu imagines mais moi je sais... Je le sais parce que c'est arrivé à une fille de mon pays qui est venue ici en même temps que moi. Un jour, la maîtresse de maison a prétendu qu'elle ne retrouvait plus ses bijoux. Elle a aussitôt accusé la petite bonne de les lui avoir piqués. Elle l'a menacée de la police, de la prison, d'être battue, et j'en passe. Et quand la fille a été bien terrorisée, sa patronne lui a annoncé qu'elle devrait travailler quinze ans sans la moindre rémunération pour rembourser les bijoux disparus. Et la pauvre fille n'a eu aucun recours. Elle ne pouvait même pas se sauver puisqu'elle n'avait ni argent ni passeport. Si elle allait voir les flics, il y avait toutes les chances qu'ils ne la croient pas. Et il y a des cas bien pires. Des cas d'esclavage absolu. Pourquoi crois-tu qu'il y a chaque année dans le Golfe des centaines de domestiques qui tentent de se suicider ? C'est ça le vrai désespoir, l'esclavage moderne, et pourquoi personne n'ose le dénoncer ? Parce qu'il ne faut pas mécontenter les émirs du pétrole. Et cela se passe en plus dans un climat de pudibonderie extraordinaire alors que les cassettes pornos circulent partout. D'où une misère sexuelle lamentable. Aussi, quand on nous demande, je dis nous parce que j'ai fait partie du grand troupeau des bonnes à tout faire, de coucher avec le chef de famille ou ses fils, parce qu'il faut bien les dégourdir, comment pourrions-nous refuser, sans compter qu'on n'a pas toujours le choix. Si on arrive jusqu'au commissariat pour se plaindre, c'est tous les flics qui risquent de nous passer dessus. »

Elle s'interrompit et me regarda avec cette dureté qui, de temps à autre, transformait son visage et la rendait méconnaissable. Un rictus courait au bord de ses lèvres et un long pli traversait son front.

« Toi, tu joues les chevaliers blancs et tu m'en veux d'être passée par là. Ne dis pas non, je le sais. Et tu m'en veux aussi de m'être servie de ma beauté pour m'en sortir, c'est-à-dire finir serveuse dans un bar de luxe où l'on vient tout autant pour boire que regarder mon cul.

– Tout cela a un rapport avec le Paradis des perdantes ?

– Cela a un rapport, comme tu dis. De temps à autre, les filles qui couchent ou sont violées se retrouvent enceintes. Pas de chance encore pour elles, l'avortement est impossible. C'est le tabou absolu. Tu devines la raison d'être de cette clinique ?

– On y pratique des avortements clandestins ?

– Tu rêves ? Les filles, ici, ne peuvent pas avorter, sauf les friquées qui vont à Londres ou Amsterdam. En plus, le père de l'enfant, au cas très rare où il le voudrait, ne peut pas le reconnaître sous peine de tomber sous le coup de la loi qui punit les relations sexuelles illicites. Maintenant, écoute bien : la fille n'a pas non plus le droit de garder le bébé. Il ne lui appartient pas. Toutes les sociétés bédouines sont fondées sur le droit du sang. Et ce sang qui coule dans les veines du bébé, il est dit que c'est du sang arabe. Du sang arabe, pas de la saloperie de sang philippin, indien, sri-lankais, thaïlandais ou autre. Et ce sang, il est sacré si c'est celui d'un garçon. C'est ce qui fait que l'enfant sera volé à sa propre mère un peu après l'accouchement. Tu veux vraiment savoir comment ça se passe ?

– Oui.

– Lorsque la petite bonne ne peut plus cacher son gros ventre, elle est conduite à la clinique où je t'ai emmené. Là, quelques semaines de bonheur l'attendent. Je ne plaisante pas : elle va bénéficier de soins comme la pauvre n'en a jamais rêvé. Un vrai petit paradis, même si c'est aussi une prison puisqu'elle ne peut pas sortir. Après l'accouchement, on lui donne une somme d'argent en compensation et adieu ! On l'expulse. Le premier avion qui part vers son pays fait l'affaire.

– Et le bébé ?

– Je ne sais pas ce qu'ils en font. Peut-être qu'il est adopté.

– Non, l'adoption n'existe pas ici.

– Alors, je ne vois guère que l'orphelinat. Tu as d'autres questions à me poser ? »

J'en avais plusieurs. La première concernait les gardes saoudiens de la clinique : qu'est-ce qu'ils foutaient là ? La seconde était liée à Yasmina : pourquoi y avait-elle été enfermée avant sa noyade, elle qui n'était ni immigrée ni enceinte ? Sounaïma n'avait pas la réponse. Elle pensait que l'arrivée des Saoudiens était récente. Son amie, qui travaillait jusqu'à l'année dernière à la clinique comme sage-femme, n'avait jamais fait état de leur présence.

Après, Sounaïma m'invita à monter. Je refusai. Je fus surpris qu'elle n'insiste pas davantage. Elle eut même quelques mots qui me firent mal : « Tu sais, Morvan, peut-être qu'il nous reste très peu de moments à passer ensemble et lorsqu'ils t'expulseront ou, ce qui revient au même, te demanderont de partir, ne sois pas surpris si tu ne me vois pas à l'aéroport. »

De retour au compound, j'allai réveiller Marita qui dormait dans sa maisonnette attenante à la villa. Avant d'ouvrir la porte, elle me fit attendre quelques minutes, ce qui n'était pas dans ses habitudes. Je compris qu'elle n'était pas seule.

« *Sir needs me ?* demanda-t-elle en entrebâillant la porte.

– J'ai besoin de voir Tarek de toute urgence. Il est là ?

– Non, Sir. Tarek est dans la maison des jardiniers.

– Je ne crois pas, Marita.

– Sir, il n'est pas…

– Marita, je veux voir Tarek tout de suite. Je vous attends tous les deux dans le salon. »

Deux minutes plus tard, ils étaient l'un et l'autre devant moi. On aurait dit deux enfants de chœur surpris par le curé en train de se saouler au vin de messe. Si Marita était gênée, Tarek transpirait la honte. Sa peau brune avait encore foncé. L'un et l'autre fixaient leurs pieds. J'avais débusqué un couple malgré moi. J'aurais ri de bon cœur si je n'avais deviné qu'ils craignaient que je n'ébruite leur liaison : une Indienne hindouiste avec un Pakistanais chiite gagné aux idées islamistes, ce n'était pas si fréquent.

« Tarek, j'ai un service à te demander. Il faut que tu me fasses rencontrer les gens avec lesquels tu es en contact. »

Marita traduisit comme elle put. Le jardinier fit non de la tête, toujours sans lever les yeux.

« Tarek, c'est très important. Tu dois m'aider. Et tu dois le faire tout de suite. Je cherche des hommes très méchants qui prennent des filles, les gardent prisonnières et leur font du mal. Je suis sûr que tes amis voudront bien me donner des informations sur eux. Comme ça, je pourrai empêcher ces hommes de faire ces mauvaises choses. Tu sais, certaines de ces filles viennent du pays de Marita et du tien. »

Le jardinier ne bougeait toujours pas. Marita lui parla un long moment. Lui se contentait de hocher la tête et de répéter *atcha, atcha*. Mais il ne semblait toujours pas convaincu par mes arguments. J'insistai.

« Tarek, je suis venu à ton secours l'autre jour. Maintenant, c'est ton tour. Il ne faut pas que tu aies peur. Je ne ferai aucun mal à tes amis. »

Le jeune Pakistanais se mit à bredouiller quelques mots. Marita les traduisit :

« Ses amis n'aiment pas les Occidentaux. Et surtout pas ceux qui aident les polices de l'émir.

– Je sais, Tarek. Mais il arrive que des gens qui ne s'aiment pas, et même qui sont ennemis, s'entendent contre un ennemi encore bien plus terrible. »

Sans Marita, je ne serais sans doute pas parvenu à le convaincre. Il finit par relever la tête pour murmurer qu'il allait prévenir ceux que je voulais voir et qu'il reviendrait dans une heure ou deux. Je l'attendis en buvant le café que Marita m'avait préparé dans la pièce de la Maîtresse idéale. « Tu sais, je me sens au bout du rouleau. De toute façon, il va bien falloir que l'on s'en aille. »

Comme d'habitude, elle prit son temps pour répondre.

« *Eh bien on s'en ira. Est-ce que tu comptes emmener Sounaïma ?*

– Je ne sais pas.

– *Elle est belle, intelligente et… elle t'aime. Je suis sûre qu'elle plaira à ta fille.*

– Tu sais ce qui m'attend en France ? Pas mal d'emmerdes. Je ne vois pas comment Sounaïma se débrouillera si je plonge.

– *Elle parle très bien français. Elle y arrivera. En fait, tu te cherches des excuses pour ne pas partir avec elle.*

– Qu'est-ce qui t'arrive ? D'habitude, tu es jalouse des autres femmes. »

Nous continuâmes à nous chamailler jusqu'à ce que Marita frappe à la porte. Tarek était de retour. Nous partîmes un peu plus tard avec la Caprice Classic. Direction, le gros village chiite qui commençait non loin du compound.

Dès l'entrée du village, on changeait de monde. On devinait un fouillis de ruelles à l'entrée desquelles s'entassaient des détritus. Hormis l'artère principale, aucune voie n'était goudronnée. La Chevrolet se faufila avec peine dans une rue sinueuse. Les lumières étaient rares. Tarek me fit garer la voiture dans une cour, dont il referma les lourds vantaux en bois. Puis nous continuâmes à pied, foulant un sable humide et lourd qui collait aux chaussures. Bientôt, il n'y eut plus un seul lampadaire et, sous la lune voilée par la brume de poussière, nous dûmes avancer à tâtons. Brusquement, une présence se fit sentir dans mon dos. Malgré l'obscurité, il me sembla distinguer deux cagoules. Une voix dure lança dans un anglais rudimentaire : « *You put this.* »

Je distinguai une main qui me tendait un bandeau noir. Je le passai devant mes yeux sans chercher à discuter, puis me laissai guider par Tarek. Cela dura à peine une dizaine de minutes mais il me sembla avoir marché une heure. J'entendis une porte s'ouvrir et l'on me fit baisser la tête. Après, il y eut un escalier assez raide à gravir. Une autre porte racla le sol lorsqu'elle fut poussée et je dus à nouveau incliner la tête. Ensuite, on m'ôta le bandeau.

J'étais seul avec un homme assis en tailleur dans un coin qui portait lui aussi une cagoule. Comme il devait avoir un gros front d'hydrocéphale et un cou long et frêle, juché sur des épaules étroites, elle lui dessinait une tête de serpent à sonnette. Posée à côté de lui sur quelques livres, une lampe à pétrole éclairait la pièce au sol nu à l'exception de quelques tapis aux couleurs trop vives à la mode du temps. Sur les murs, des photos découpées dans des magazines représentaient les villes saintes chiites de Nadjaf et Kerbela dans l'actuel Irak. On distinguait aussi la tête coupée de Hussein, le troisième imam historique des chiites, leur préféré, tranchée par le sabre des Omeyyades, à Kerbela. Elle était représentée, avec ce goût très sûr de l'iconographie chiite, bien sanguinolente au bout d'un pic. À côté d'elle, commençait une galerie d'ayatollahs à la barbe de cendre ou neigeuse. On aurait dit une exposition de pères Noël tristes, comme s'ils s'étaient fait faucher leurs chariots et leurs hottes à jouets pendant qu'ils descendaient dans une cheminée. J'en reconnus quelques-uns. Khomeiny avait l'air à peine plus courroucé que d'habitude, avec ses épais sourcils qui dessinaient des éclairs gris et sa bouche aux lèvres pincées. Les autres religieux aussi semblaient être nés bien avant l'existence du sourire. La vision de cette compagnie de barbus était tellement réjouissante qu'elle donnait envie de se raser plusieurs fois par jour.

Accroché à un mur, un tapis représentait Ali, gendre et cousin de Mahomet, et premier des douze imams fondateurs du chiisme, avec un palmier en arrière-plan sur fond de ciel bleu et un gros lion débonnaire étendu à ses pieds pour symboliser son courage. Comme Hussein et les onze autres imams, à l'exception du dernier qui aurait, dit-on, mystérieusement disparu dans un souterrain, il avait lui aussi péri de mort violente, assassiné d'un coup d'épée empoisonnée. Son visage paisible était d'une beauté surprenante, d'une douceur presque féminine, avec de grands yeux charbonneux et maquillés, de longs cils recourbés, une chevelure épaisse et une barbe trop bouclée pour pouvoir le grimer d'un peu de virilité. Même le sabre à deux lames qu'il portait à la main ne faisait pas illusion. C'était le seul à me regarder avec une certaine bienveillance.

Tête de serpent avait également une barbe qui dépassait sous sa cagoule. Son ombre, que la lampe à pétrole projetait sur le mur, faisait penser à une créature chimérique dans une mythologie inconnue. L'homme s'exprimait dans un anglais rugueux, teinté d'un fort accent arabe, mais précis. La voix était jeune, sans agressivité particulière, un peu doctorale. Sans doute un laïc. Peut-être un étudiant ou un jeune professeur formé en Grande-Bretagne ou dans une quelconque université occidentale. Il m'avait invité d'emblée à m'asseoir en face de lui mais n'avait pas répondu à mon *Salam 'alaikoum.* Sa première question fut directe comme un penalty.

« Êtes-vous un des chefs des forces de répression ?

– Pas exactement. Je suis chargé de former la garde du prince héritier.

– Vous leur enseignez quoi ? À espionner, torturer, à faire avouer les innocents ?

– Non, j'ai bien peur qu'ils sachent le faire tout seuls.

– Vous leur apprenez à tuer ?

– Je ne connais pas beaucoup de polices où l'on ne s'entraîne pas à tuer.

– Et peut-être que l'homme qui me tuera un jour aura été formé par vous ?

– C'est peu probable. Il y a beaucoup de polices dans l'île. Celle dont je m'occupe a pour unique fonction la protection du prince…

– … qui deviendra un jour émir. À ce moment-là, vous dirigerez toutes les polices du pays.

– Non. Mes jours dans votre pays sont comptés. On va sans doute résilier mon contrat. Mais avant de partir, je veux mettre fin à un sale trafic. C'est pour ça que je suis venu jusqu'à vous. »

Les yeux derrière la cagoule me fixèrent avec une grande intensité. La voix prit une tonalité plus grave.

« Je ne suis pas sûr d'avoir bien entendu : vous, un chef de police, osez me demander de l'aide ?

– Oui. C'est la raison de ma visite…

– Vous savez qui nous sommes ?

– Je crois, oui : le Mouvement islamique de libération de l'émirat des Deux-Mers.

– Et un parti clandestin. Pourquoi ? Parce qu'on nous persécute, parce qu'on nous interdit de nous exprimer, parce qu'il n'y a pas d'élections libres où nous pourrions nous présenter et que nous remporterions avec une majorité écrasante. Et si ce pays n'est pas libre et islamique, comme sa population le veut, c'est à cause des policiers étrangers, des agents à la solde des puissances impérialistes, des mercenaires qui travaillent pour le compte des Américains, des Britanniques et des sionistes à défendre ce régime corrompu et impie. À cause de criminels comme vous.

– Je ne suis pas là pour discuter politique. Je sais simplement que nous avons des ennemis communs. C'est pourquoi nous devons travailler ensemble…

– Jamais. »

Je tendis la main pour désigner Khomeiny qui me montrait un œil de plus en plus furibard. Même sur son affiche, il n'en fallait pas beaucoup pour l'énerver. « Et lui, c'est bien votre héros, non ? Vous ne savez pas que, pour renverser le chah, il s'est allié avec les communistes, les socialistes, les groupes d'extrême gauche, les intellectuels laïcs et les libéraux mécréants qu'il méprisait ? C'est comme ça qu'il a pu vaincre son ennemie principale, la monarchie des Pahlavi et ses alliés américains, puis, un peu plus tard, instaurer une république islamique en Iran. »

Tête de serpent protesta pour la forme, insinuant que je proférais des insanités sacrilèges à l'encontre du défunt patron de la Révolution islamique d'Iran. Quelques instants plus tard, nous buvions un café à la cardamome, apporté par un autre sbire encagoulé que je n'avais pas entendu entrer. Je lui appris que j'enquêtais sur la mort d'une jeune chiite et que mes investigations m'avaient conduit jusqu'à un mystérieux établissement où des femmes étaient retenues captives. Mais je ne lui dévoilai pas tout ce que Sounaïma m'avait appris.

« Pouvez-vous me dire qui sont ces malheureuses ?

– Il n'y a que les policiers français pour être si mal renseignés. »

Il laissa passer quelques secondes, se racla la gorge, comme s'il cherchait à cacher une certaine gêne. Il toussota une dernière fois et reprit :

« Vous savez que l'émir a une garde particulière, très redoutable ?

– La Garde tribale.

– Sauf que ce n'est pas vraiment une garde tribale. Il ne peut pas en avoir. Lui et sa famille sont des Bédouins originaires du Nedjd, comme ses lointains cousins saoudiens. Il a usurpé le pouvoir et n'a donc aucune base tribale dans l'archipel. L'émir ne peut compter que sur les grandes familles marchandes sunnites et sur celles qui ont accompagné ses parents quand ils sont venus s'emparer de mon pays. C'est pour cette raison que sa garde a été recrutée parmi des orphelins qui ont appris très jeunes à le servir. Ils ont pour lui la plus grande fidélité. Une fidélité absolue, celle que l'on a pour un père ou celui qui en tient lieu. »

L'homme à la cagoule s'était encore interrompu. Il cherchait à me présenter l'histoire de manière qu'elle colle à sa vision des choses, qu'elle salisse autant que possible le régime en place qu'il haïssait et combattait.

« Vous savez ce qu'est la *zina* ?

– C'est le nom que l'islam donne aux relations sexuelles illicites.

– Avez-vous remarqué que certains des gardes de l'émir ont les yeux bridés ?

– Oui, bien sûr.

– Et vous ne comprenez toujours pas ?

– Vous voulez dire que ces orphelins sont des enfants illégitimes qui ont été abandonnés ?

– Si cette société était vraiment musulmane, il n'y aurait pas toute cette promiscuité sexuelle, ces filles sans morale, certaines venues de pays idolâtres, qui viennent apporter la perversion dans nos familles. Beaucoup s'exhibent sans voile, certaines ont les bras découverts et vont jambes nues. Elles ne cherchent pas à respecter nos traditions. Tout ce qu'elles veulent, c'est nous corrompre, nous éloigner des enseignements du Prophète. Si la loi islamique était appliquée, si le voile était la règle pour toutes les femmes, si… »

Il égrena une belle collection de « si » que je fis semblant d'écouter. Cela ne servait strictement à rien de le contredire et je le laissai finir sa diatribe. Quelque part, Matthews avait raison quand il disait que ceux qui attendaient dans l'ombre le bon moment de prendre le pouvoir ne valaient pas mieux que les roitelets qui l'avaient confisqué. Il en arriva peu à peu à ce que je voulais savoir : la prétendue Garde tribale enrôlait beaucoup parmi les gamins que l'on avait séparés de leurs mères dès leur naissance. Très tôt, ils intégraient un internat militaire dont ils ne sortaient que pour servir l'émir. Ils en devenaient les plus fidèles soldats. C'était en quelque sorte la version moderne du corps des janissaires dont le recrutement sous l'Empire ottoman se faisait en enlevant de très jeunes enfants dans les familles chrétiennes des Balkans et en les élevant ensuite dans les milieux turc et musulman les plus stricts d'Anatolie pour en faire des guerriers fanatiques. La Grèce avait pendant des siècles vécu dans cette terreur du kidnapping des garçonnets au point de les déguiser en filles dès leur naissance.

Après bien des détours, Tête de serpent finit par en revenir au Paradis des perdantes qu'il désignait par une expression bien plus vilaine : *Beit al-moumiss*. La Maison des putes.

« Pourquoi est-elle gardée par des Saoudiens ?

– Parce qu'ils nous ont envahis ! Parce qu'ils contrôlent le pays, avec l'aide des policiers britanniques et des soldats américains et la complicité de ce pouvoir corrompu, qui leur a tout bradé. »

Si les wahhabites saoudiens avaient de tout temps voué aux chiites, qu'ils considéraient comme des hérétiques, une haine viscérale, ces derniers avaient fini par le leur rendre. Mais l'explication que le chef clandestin me proposait n'était guère convaincante. Il devait y avoir autre chose.

« Vous ne voulez vraiment pas m'aider ?

– À faire quoi ?

– Délivrer ces filles. J'ai besoin de quelques hommes pour me donner un coup de main.

– Des centaines des nôtres sont dans vos geôles. Libérez-les d'abord.

– Vous savez bien que je n'ai pas ce pouvoir.

– Eh bien ! Je ne peux rien faire moi-même. Le mouvement islamique a besoin de toutes ses forces pour libérer notre pays de la tyrannie et de l'occupation étrangère. Il n'a rien à gagner à vous aider. Ces filles ne sont que des…

– Vous l'avez déjà dit. Tant pis ! J'ai été content de vous rencontrer. J'ai au moins appris que le régime dont vous rêvez ne vaut pas mieux que celui que vous voulez renverser. Il est même probable qu'il sera pire. Ramenez-moi à ma voiture. »

Je me levai brutalement, renversant la tasse de café que je n'avais pas terminée. Je ramassai mon bandeau et me dirigeai vers la porte.

« Attendez ! »

Je me retournai.

Tête de serpent regardait fixement le tapis représentant l'imam Ali, toujours beau et serein sur le mur lézardé, avec le gros lion à ses pieds.

« L'imam Ali a dit que tout homme a deux frères : l'un est son frère en religion, l'autre est son frère dans le monde. Tarek dit que vous êtes un homme bon, que vous l'avez sauvé et que vous êtes devenu son frère dans le monde. Il nous a demandé de vous venir en aide. Mais je vous l'ai dit, nous ne le pouvons pas. Nous sommes forts mais pas encore assez pour lutter contre tous ceux qui occupent notre pays.

– Merci de l'intention.

– Je vais quand même vous donner une information qui pourra vous être utile. Nous avons appris qu'un dhow viendra bientôt chercher ces femmes.

– Quoi ? On les expulse par bateau ? On m'a dit qu'on les rapatriait dans leurs pays par avion.

– C'était vrai avant l'arrivée des wahhabites. Ils contrôlent ce que vous appelez "la clinique", et ont remplacé les policiers de l'émir. Depuis, ils font partir les filles par la mer.

– Pour où ? Elles n'habitent pas toutes le même pays !

– Peut-être que les wahhabites ne les renvoient pas vraiment chez elles. Je n'en sais pas plus. Je vous l'ai dit : ce sont des étrangères qui viennent ici pour nous corrompre. Le Mouvement islamique n'a pas à s'occuper d'elles. Je peux vous dire seulement que le dhow qui viendra les prendre est déjà arrivé. Il est amarré au port. C'est un bateau pakistanais, le même que les fois précédentes. Il n'a pas de nom. Il attend pour repartir que la tempête se calme. La dernière fois, ils avaient embarqué les filles sur la côte ouest.

– Merci pour l'information.

– Il y a peut-être un homme qui pourra vous aider. C'est le frère de l'émir, le prince Muqtadir, celui qui a une barbe rouge…

– Je le connais.

– Lui aussi considère les Saoudiens comme des ennemis. Et sa milice est composée de guerriers sikhs redoutables. »

Je ne savais pas si je devais à présent saluer ou non l'homme à la tête de serpent. Même s'il m'avait donné quelques informations précieuses, je n'en avais pas envie. Je me contentai de remercier l'imam Ali, toujours bienveillant sur son mur, d'un signe de tête. Qu'aurait-il fait, lui, le saint guerrier, dont Zulficar, le nom de son épée à double lame, était aussi célèbre dans le monde chiite que Durandal, celle du preux Roland ? Je cessai de m'interroger car une autre question venait de me traverser l'esprit. Je la posai avant de me bander les yeux.

« Est-ce le prince Moktar qui contrôle ce trafic ?

– Qui d'autre ? Ici, c'est lui qui est derrière toutes les sales affaires des wahhabites. Il a même de bons contacts avec les pires ennemis des Occidentaux…

– Qu'est-ce que vous voulez dire ?

– Vous contrôlez toutes les polices, vous avez des agents partout, des espions dans toutes les couches de la société mais l'odeur du pétrole vous enivre. Elle vous fait ignorer vos vrais ennemis. Vous cherchez les gens d'Al-Qaïda dans les montagnes afghanes ou les zones frontalières du Pakistan ? Ils sont là-bas sans doute mais aussi à l'œuvre ici. Grâce à des hommes comme Moktar, qui s'entend avec eux, ils s'infiltrent partout. Ils sont dans les palais que vous protégez, ils sont dans l'armée, ils sont même dans les polices que vous essayez d'organiser.

– Vous imaginez que je vais vous croire ?

– Cela n'a aucune importance que vous me croyiez ou non. Nous appelons non sans raison les pays occidentaux "le monde de l'arrogance". Vos philosophes vous ont appris à douter de ce dont on ne peut pas douter : Dieu, les prophètes et le Livre. Ils ne vous ont pas appris à vous méfier de ceux dont nous, les Arabes d'Arabie et du Golfe, savons depuis l'aube des temps qu'ils peuvent être nos pires ennemis : nos amis. Car il n'y a pas d'amitié possible dans le désert. C'est un univers beaucoup trop dur, trop impitoyable. Il y a la famille, le clan et la tribu, c'est tout. Il n'y a pas de place pour l'amitié. Ou si elle existe entre deux familles, deux clans ou deux tribus, elle ne durera que jusqu'à ce que le puits d'eau commun vienne à tarir ou que leur pâturage commence à dessécher. Dès lors, il n'y aura d'autre issue que la guerre. Et on n'hésitera pas à s'allier avec les ennemis de nos amis.

– Je ne vois pas le rapport avec le prince Moktar.

– Parce que votre arrogance vous aveugle ! Pour défendre leurs trônes et leur pétrole, les émirs du Golfe ont passé des alliances avec leurs amis occidentaux. Mais si ceux-ci sont impuissants à les défendre sérieusement contre leurs ennemis, contre Al-Qaïda et Ben Laden, ils peuvent chercher à s'entendre avec les seconds. C'est la politique suivie par Moktar. »

Ce que Tête de serpent m'apprenait, c'est que les ponts n'avaient jamais été coupés entre certaines familles régnantes du golfe Persique et les groupes sunnites extrémistes. Bien sûr, ils se combattaient mutuellement mais ils s'arrangeaient aussi à l'occasion, s'accordaient pour ne pas se faire trop mal, en tout cas évitaient de s'en prendre à ce dont ils avaient l'un et l'autre le plus besoin : l'argent, qu'ils plaçaient souvent dans les mêmes banques. Et cela sur le dos des « amis » occidentaux et des chiites, leurs ennemis communs.

Tête de serpent tenait ses informations de Téhéran. Et selon lui, les réseaux d'Al-Qaïda, profitant de cette marge de manœuvre qu'on leur laissait, avaient pu infiltrer quasiment tous les services secrets des États du Golfe, dont ceux de l'émirat des Deux-Mers.

« Vous croyez que Matthews ne s'en serait pas aperçu ?

– Je ne sais pas. Mais si vous doutez de ce que je vous dis, demandez-vous qui sont ceux qui ont kidnappé notre frère Tarek. »

Je me souvins que le grand patron du CID m'avait indiqué que des extrémistes sunnites proches de la nébuleuse Al-Qaïda avaient réussi à infiltrer certaines polices de l'émirat.

« C'étaient bien des gens d'Al-Qaïda ?

– Disons de cette mouvance. C'était sûrement pour vous faire savoir qu'ils étaient là, prêts à vous frapper si vous les menaciez. Mais vous avez bien réagi. Vous avez été courageux et vous avez sauvé notre frère des griffes de ces bêtes. C'est uniquement pour cette raison que je vous donne toutes ces informations. Maintenant, vous devez partir. »

12

En rentrant au compound, je déposai d'abord Tarek à la maison des jardiniers. Arrivé devant chez moi, je découvris qu'il y avait de la lumière dans le salon. J'aperçus l'Aston Martin rouge, garée un peu plus loin, derrière une bougainvillée. Blake m'attendait allongé sur un canapé. Il n'avait pas pris la peine d'enlever ses chaussures. Cette preuve de mauvaise éducation se confirma quand je vis qu'il avait trouvé ma bouteille de Talisker et l'avait tétée sérieusement en mouillant le whisky avec de gros glaçons. Ce qui me confirma dans l'idée que la grande famille des flics était en pleine dégénérescence puisque même sa branche écossaise ne faisait plus guère de différence entre du bon raide et de l'alcool à brûler.

« T'as demandé à Matthews la permission de minuit, colonel Blake ?

– Il est deux heures du matin. Qu'est-ce qu'un petit connard de Frenchie peut bien foutre dehors à une heure pareille ?

– Le boulot que tu n'assures pas, Blake. Tu crois que la solution de l'énigme se trouve au fond de ma bouteille de scotch ?

– Pas d'énigme. Ou plutôt, il n'y en a plus.

– Pas possible !

– Me cherche pas. Je suis venu en ami. Et j'ai un coup à te proposer.

– Tu m'inquiètes.

– M'en fous, Frenchie. Je veux qu'on soit bons sur cette affaire, tu marches avec moi ?

– M'associer avec toi, Blake, c'est forcément pour un coup pourri. Dis toujours…

– Je sais, tu sais, il sait, nous savons… Ouais, nous savons tous qui fait pleuvoir toute cette merde sur l'émirat. Même un petit flic français pas très futé comme toi a découvert que c'est le prince Moktar. Mais ni toi, ni Matthews, ni moi n'avons assez de couilles pour aller lui faire bouffer les siennes. Ose me dire, Frenchie, que tu n'en rêves pas. Je sais que t'es remonté jusqu'à lui. Maintenant, t'attends quoi ?

– Minute, Blake.

– Colonel Blake, s'il te plaît.

– Ouais, colonel Blake. Je te trouve gonflé : il y a quelques heures, tu débarques dans mon bureau pour m'accuser d'avoir été trop loin. Et un peu plus tard, tu te radines chez moi et parce que t'as plongé au fond de mon whisky, tu me reproches de ne pas pousser l'affaire jusqu'au bout.

– Frenchie, je parle pas la même langue quand je suis avec Matthews. Ne me dis pas que tu ne l'as pas compris ? Et ce qu'on te reproche, c'est de t'être découvert. Fallait pas aller traîner là-bas. Fallait la jouer franco. Foncer direct sur Moktar, ç'a aurait fait mal sur le coup mais, bon, après c'était fini. Toi, t'as préféré louvoyer et c'est pas la bonne méthode avec une vraie salope comme lui. Maintenant, on ne finasse plus. On s'occupe sérieusement du bonhomme. On...

– T'as bien dit “on” ?

– J'ai dit “on”. Mais c'est toi seul qui vas te montrer puisque t'es déjà grillé. Moi, je t'aiderai autant que possible et je couvrirai ton cul. Mais pas question de me découvrir. J'ai Matthews sur le dos, j'ai ma famille qui vit ici, j'ai...

– ... ma maîtresse à baiser, ma bagnole à conduire, mes allumettes à bouffer... Compris, Bla..., colonel Blake. Et une fois que je serai arrivé jusqu'à Moktar et qu'il m'aura fait ses confidences, qu'est-ce que j'en fais ? Je t'appelle et tu me le coffres ? Direction la colline aux potences...

– Putain, Laurent, heu... Morvan, je sais même plus comment je dois t'appeler, on ne peut pas toucher à un prince, surtout pas saoudien. C'était comme ça dans votre putain de pays avant la révolution.

– Alors quoi ? Je lui colle deux baffes sur le museau pour qu'il ne recommence plus ?

– On va procéder autrement car il y a encore pas mal de trucs que tu ignores, Frenchie. Et tu tomberas sur le cul quand tu l'apprendras. Je préfère que tu découvres tout ça toi-même. Maintenant, on se tire.

– Pour faire quoi ?

– Chasser le Moktar. »

La minute d'après, on fonçait sur la route de Manama, chacun dans sa voiture. C'était au volant qu'on voyait que c'était encore un gosse. Il faisait bondir sa bagnole, prenait un demi-boulevard d'avance pour me montrer les capacités du moteur, puis ralentissait pour m'attendre.

On s'arrêta au Londoner. Il s'apprêtait à fermer mais quand le gardien indien, affalé sur une chaise à l'entrée, vit Blake, il se leva et se figea dans une sorte de garde-à-vous pour nous inviter à entrer. Au bar, sommeillait Greene, un des deux Écossais qui m'avaient si gentiment accueilli au 123. Manquait MacLeod, celui qui m'avait envoyé son poing dans la figure. On se salua d'un signe de tête, ce qui n'était déjà pas mal. Il y eut un rapide conciliabule auquel je ne fus pas invité. Puis Blake se colla une allumette entre les dents et se tourna vers moi.

« Notre fauve n'est pas loin d'ici. Quatre gardes du corps l'accompagnent. Pour le moment, ils l'attendent dans une grosse Mercedes. Le major MacLeod les piste depuis un moment. On y va.

– Vous êtes de la partie, finalement ?

– Non, tu la joues solo. Mais comme je t'ai dit, on est en appui.

– Désolé, Blake, mais j'aime pas l'improvisation sur un coup pareil. On risque de le foirer.

– Petit Frenchie, on ne fera pas d'impro. On a un plan. Et ça fait un moment qu'on le prépare. Tout est prêt. On n'attendait plus que toi.

– Non, Blake, réflexion faite, j'ai pas confiance.

– Allons, tu voudrais renoncer au meilleur moment ? Celui où tu vas pouvoir arracher les masques, piéger le fauve, savoir ce qu'il fait aux filles qui tombent entre ses pattes et, mieux encore, pourquoi la petite Yasmina a sauté du pont ?

– Et toi espèce de salopard de colonel pourri, tu sais déjà tout ça ?

– Pas tout, Frenchie, pas tout. J'ai juste un peu d'avance sur toi. On y va ?

– Et quel est le programme ?

– On te dépose sur les lieux. Toi, tu te jettes sur ce porc, tu le braques, tu le fais sortir et tu l'emmènes papoter dans un coin tranquille. Tu enregistres tout ce qu'il te dit. Après, il est foutu. On le tient à la gorge et tu peux le relâcher. La minute d'après, il aura quitté l'île et n'y reviendra jamais. Nous, on te suit à distance pour être sûr que tout tourne bien. T'es prêt ? »

Trois whiskies plus tard, j'étais au volant de la Caprice Classic et Blake me précédait. L'autre Brit nous suivait dans sa voiture. Nous nous enfonçâmes dans un quartier du vieux Manama que les autorités avaient abandonné à son sort. Il était surtout habité par des immigrés pakistanais et quelques familles chiites. Nous nous arrêtâmes à l'entrée d'une impasse mal éclairée. Blake descendit de son bolide pour me parler.

« Tu vois la vieille maison au fond de la ruelle ? Eh bien c'est là que notre ami se trouve. Ça fait une paire d'années qu'il a ses habitudes ici quand il vient à Manama. Pour entrer, tu dois seulement pousser la porte en bois. C'est l'entrée des artistes, si je puis dire. La porte principale est dans une autre rue.

– Qu'est-ce qu'il fout là ?

– Tu verras bien, c'est la surprise de la soirée.

– Et ses gardes ?

– Sont pas admis à s'amuser avec lui. Ils l'attendent de l'autre côté dans leur Mercedes. Possible qu'ils ne connaissent même pas ce passage. De toute façon, on les surveille. Quoi qu'il arrive, on s'arrangera pour qu'ils ne puissent pas intervenir. Quant à notre ami, en principe, il est au second étage. Et sans doute pas en état d'opposer une quelconque résistance. À toi de jouer, petit Frenchie. »

Greene me tendit un dictaphone. « Tu presses là et tu t'occupes de rien. Dès que quelqu'un parle, ça enregistre. Pas de souci, le prince parle bien anglais. »

La minute d'après, j'étais seul à avancer dans l'impasse qui puait les poubelles et la pisse de chat. Les voitures des Brits étaient garées un peu plus loin. Pour une fois, Blake s'était abstenu de faire ronfler le moteur de l'Aston Martin.

Devant la maison, suintait la rumeur d'une musique acidulée mais aucun rai de lumière ne perçait à travers les persiennes. J'entrai et trouvai un long corridor éclairé à chaque extrémité par une bougie, posée sur une soucoupe à même le sol. L'appel d'air fit vaciller les maigres flammes et mon ombre alla se cogner au plafond. La musique venait du fond du couloir. J'attendis quelques instants avant d'ouvrir la seconde porte. De l'autre côté, on retrouvait la même lumière parcimonieuse. Elle éclairait un théâtre d'ombres. Au centre de la pièce, dont le sol et les murs étaient recouverts de tapis marron, quelques silhouettes se trémoussaient mollement sur les dégoulinades de violons et une voix qui miaulait *habibi, habibi, habibi*. Autour, on distinguait un cercle d'alcôves séparées par de lourdes tentures rouges, chacune se composant d'une couchette et d'une table basse en cuivre. On devinait ici un couple enlacé, là, un fantôme solitaire assis, prolongé par le serpentin d'un narguilé, qui apportait un parfum de pomme sure à l'air déjà saturé par les effluves de marijuana, de café turc et de patchouli.

Une créature me frôla, puis se retourna pour me regarder fixement, passablement surprise. Le pesant maquillage, qui ourlait les sourcils d'une ombre noire, les alourdissait de khôl, glissait sous la paupière qu'il cernait de bistre et étirait de mascara les cils quatre fois trop longs, ainsi que l'épais fard rouge, proche de l'incandescence qui débordait maladroitement des lèvres, n'arrivait pas à la vieillir. Pas davantage la longue crinière noire, où le henné allumait quelques flammèches rousses, et qui, complètement dénouée, tombait sur un chemisier lamé. Elle avait treize ou quatorze ans, l'âge de ma fille. On avait voulu lui donner la grâce d'une gazelle et on lui avait appris à ondoyer comme une ballerine dans un tableau de Degas. On l'avait aussi inondée de parfum sucré et des bracelets dorés grimpaient le long de ses bras nus. En même temps, on avait veillé à respecter l'ambiguïté. Pas de poitrine, pas même un soupçon. Plus bas, le pantalon exagérément moulant, également en lamé, montrait que l'adolescente était un garçon.

Une porte s'ouvrit à l'extrémité de la pièce et un grand gaillard barbu, vêtu d'une disdacha beige qui boudinait son ventre considérable, se précipita dans ma direction. C'était sans doute le tenancier du bordel ou l'un de ses hommes de main. Il était plutôt aimable malgré un air renfrogné. *« Sorry, Sir, very sorry. Only for special people. »*

Il m'invita ensuite à sortir en multipliant des sourires qui se figeaient en grimaces. Je le suivis à travers un autre corridor, beaucoup plus long, éclairé également par des bougies. À mi-couloir, un rideau tombait bizarrement du plafond. Je tirai sur l'étoffe dévoilant un escalier qui s'élançait vers l'étage du dessus.

« C'est là que je vais.

– *No, Sir. Not possible. Only for special people.*

– Je fais partie des *special people*. Je dirige la police du prince héritier. Regarde ma carte : elle me donne le droit d'entrer partout.

– *Not here, Sir. Sorry. Very sorry.* »

Le barbu avait grimpé sur la seconde marche pour tenter de me barrer la route. Je n'eus qu'à lui cravater le cou et à me laisser brutalement tomber en utilisant tout mon poids pour lui faire perdre l'équilibre. Il passa par-dessus mon épaule. Je n'aurais pas voulu être à la place de ses vertèbres quand il s'affala lourdement sur le sol, son menton heurtant le mur du couloir. Je mis mon pied sur ses cervicales, là où il devait déjà avoir très mal. « Chacun son truc. Toi, c'est de t'occuper des mômes. Et moi, des gros pleins de soupe dans ton genre. Tu vois, je m'amuse bien. Et c'est pas fini. »

Je tirai le Beretta de ma veste et, après lui avoir tordu la tête sans beaucoup de douceur pour l'obliger à me regarder, je lui collai le canon juste sous l'oreille, là où cela faisait mal aussi. « Tu me dis où je peux trouver le prince Moktar ? »

Il bafouilla quelques mots que je dus lui faire répéter plusieurs fois avant de comprendre. Après, je sortis une paire de menottes pour l'attacher à la rampe de l'escalier en lui recommandant de crier bien fort s'il voulait attraper quelques balles dans le buffet. Je montai ensuite les marches en bois qui grinçaient horriblement. J'allai directement au second étage qui, en fait, ne se composait que d'un seul appartement. Le prince devait se sentir en sécurité, et même en confiance car la porte n'était même pas fermée à clé. J'entrai pour trouver un salon oriental avec un bar. La pièce adjacente était une chambre, éclairée par une demi-douzaine de candélabres. Personne sur le grand lit qui n'était pas encore défait. À quelques mètres, séparé par un paravent d'inspiration chinoise ou japonaise, s'étalait un vaste jacuzzi en porcelaine avec des formes rococo et des robinets plaqués or. C'est là que je trouvai le prince, à moitié immergé, une coupe de vin à la main. À côté de lui, une créature également vêtue de lamé et à peu près identique à celle que j'avais croisée au rez-de-chaussée, était occupée à le laver. Moktar était massif. Il avait une soixantaine d'années, peut-être un peu moins car son visage le vieillissait : un bouc taillé en pointe, des cheveux courts, très noirs, probablement teints, de lourdes bajoues, un nez puissant à la mesure d'un fort menton, et des paupières qui devaient peser chacune dix livres ; était-ce parce qu'il avait du mal à les soulever mais on voyait à peine ses gros yeux ronds. Il était également velu jusqu'aux épaules et me faisait penser à un animal antédiluvien qu'un scénario de science-fiction avait fait renaître dans une baignoire.

« Touchant spectacle. »

Je m'attendais à ce que le prince défaille de peur mais non. Il se contenta de hocher la tête de surprise et me regarda intensément. La lumière était trop incertaine pour que je puisse saisir les expressions de son visage mais il me sembla qu'il cherchait à mettre un nom sur l'intrus que j'étais. Il vit l'arme qui pendait à mon bras. Il posa la coupe sur le rebord de la vasque en tremblotant tout de même un peu. Le travesti était, lui, figé de terreur.

« Sors de là et habille-toi. »

Moktar n'obtempéra que lorsqu'il vit le Beretta se braquer sur lui. Il sortit avec peine son corps immense et ruisselant du jacuzzi. Le prince voulut passer derrière le paravent mais je l'en dissuadai. Avec le canon du Beretta, je lui montrai sa disdacha blanche posée sur un chevalet à côté de son keffieh.

« Dépêche-toi. »

Deux minutes plus tard, je le poussais dans l'escalier au pied duquel je retrouvai le gros barbu toujours attaché à la rampe et transi de peur. Je lui ôtai les menottes, lui ordonnai de rentrer chez lui en passant par la porte de derrière et le menaçai de quelques gros ennuis s'il avertissait les gardes du prince. Poussant ce dernier devant moi, je lui fis traverser rapidement la grande pièce où personne n'eut le temps de nous prêter attention. Dix secondes plus tard, nous étions dans l'impasse. Dans le coffre de ma voiture, je trouvai tout le nécessaire du parfait petit kidnappeur – cagoule, bâillon, cordes, menottes – déposé par le major Greene. Le prince Moktar se fit un peu prier pour y grimper, d'autant que je l'avais d'abord aveuglé et entravé, mais il n'y a rien que l'on ne puisse obtenir en appuyant fermement le canon d'un flingue sous une oreille.

À peine avais-je démarré que l'Aston Martin de Blake apparut dans mon rétroviseur. Il me suivait à bonne distance. Sous prétexte d'escorte, il me surveillait et n'avait pas tort. Nous traversâmes la ville morte à cette heure de la nuit à une vitesse record, bousculant les feux rouges. C'est une fois sur la voie express de Boudaya que je sus que je n'irais pas faire parler le prince sous le grand pont. Je fis cependant semblant de m'y rendre mais, au lieu de prendre la petite bifurcation qui conduisait sous l'ouvrage, j'accélérai et continuai sur la voie autoroutière qui conduisait en Arabie Saoudite. Peu après, mon portable sonnait. C'était Blake qui devait s'inquiéter de la direction que je prenais. Je m'abstins de lui répondre et poussai le moteur au maximum. Sans doute avait-il les moyens de me dépasser, puis de me couper la route mais, ne pouvant pas apparaître ouvertement dans cette histoire, il n'oserait pas. Le téléphone continua de sonner jusqu'au poste-frontière où j'arrivai dix minutes plus tard. Je n'eus pas à décliner mon identité. Les quelques flics, qui sommeillaient d'un côté comme de l'autre, me laissèrent passer sans même me regarder.

Il était un peu plus de cinq heures du matin quand je dépassai Dharan. Les torchères des champs pétroliers brûlaient ce qu'il restait de nuit, masquant les premières lueurs grises qui annonçaient l'aube. La route était déjà pleine de monstrueux semi-remorques et de camions-citernes géants qui roulaient comme des damnés, prêts à écrabouiller les rares voitures qui voudraient les dépasser. Même les 4 × 4 se faisaient tout petits. Le vent s'était calmé mais on voyait tout de même des tourbillons de poussière brunâtre se lever, traverser la chaussée, gifler un poids lourd sans parvenir à le faire ralentir, puis continuer leur chemin vers un horizon d'un vide affreux, sans un bouquet d'arbres, que le poing éclatant du soleil faisait vibrer de ses premiers rayons. La journée promettait d'être plus chaude que les précédentes. À moins que le taouz ne revienne.

Je pris la bifurcation qui menait aux tentes et j'appelai le député Bouquerot. Sa voix indiquait qu'il avait eu une nuit passablement agitée, passée sûrement à picoler. Il me confirma que l'argent était prêt et qu'une personne de confiance m'attendrait bientôt à la frontière.

Pour le moment, je ne voulais pas m'approcher du campement, craignant que le bruit du moteur ne réveille les palefreniers qui dormaient sur place. Je cherchai une mauvaise piste qui le contournait et que j'avais remarquée lors d'un précédent passage. Je finis par la trouver et, grâce au soleil qui s'arrondissait et faisait déjà saigner l'arène désespérément nue, je pus retrouver l'itinéraire que j'avais suivi avec Majd al-Chams, celui qui conduisait jusqu'à la palmeraie ensablée. Le désert avait été épargné par la pluie. Le sable était toujours dur mais je faisais toujours très attention à ne pas planter la voiture sur un banc plus mou, roulant ni trop vite ni trop lentement. Il me fallut une heure avant d'apercevoir les palmiers qui, à bonne distance, ressemblaient à des pinceaux hors d'usage. Mon portable s'était remis à sonner et j'avais fini par l'éteindre. Je songeai à la tête que devait faire Blake et me demandai s'il avait prévenu Matthews. Il avait monté l'opération dans son dos et allait se trouver dans une situation des plus embarrassantes, ce qui n'était pas pour me déplaire.

Une fois à la palmeraie, j'arrêtai la Chevrolet près de l'ancien puits. Je fis ensuite sortir Moktar sans lui débander les yeux. Avec le canon du Beretta, je le poussai jusqu'à un tronc filiforme où je l'attachai. Il se laissa faire, grognant tout de même un peu quand je serrai la corde autour de l'arbre. Il transpirait beaucoup malgré l'air encore vif mais je ne m'attendais pas à ce qu'il se montre aussi courageux.

Brutalement, j'eus honte de ce que je faisais et je me mis à suer également à grosses gouttes. Cette fois, j'étais vraiment passé de l'autre côté, dans la zone grise, là où le bien et le mal finissent par se rejoindre, où les frontières sont abolies parce que pour défendre l'un on se met à servir l'autre. Maintenant, je traquais le mal avec les armes du mal, le kidnapping, l'absence de règles, la violence sans retenue. Et ce n'était pas fini, le pire était encore à venir. C'était comme si la conscience n'arrivait plus à irriguer le cerveau, qui n'obéissait plus qu'à des impulsions et à quelques mécanismes. On dit, dans tout l'Orient, que les nuits sont enceintes des jours. Ce que j'avais vu et appris pendant cette dernière nuit m'avait poussé à revenir jusqu'ici, à cette extrémité du monde, à ce dernier port à moitié englouti sous les sables et au large duquel se risquaient les bandes les plus cruelles venues de l'autre monde. On ne les voyait pas, on n'entendait pas leurs rires diaboliques et le vent n'apportait pas jusqu'ici leurs remugles, cette odeur de charogne qui annonce leur venue, mais elles n'étaient sûrement pas très loin. Il suffirait que je pique le prisonnier avec le couteau Bowie pour qu'elles se mettent en chemin.

Le courage du prince Moktar tomba d'un seul coup quand je lui dis que nous n'étions pas vraiment seuls et que j'étais prêt à l'abandonner ici s'il ne parlait pas.

« Tu connais Azra'il, l'ange de la mort ? Tu sais qu'il règne sur les forces obscures du monde. Tu as été son serviteur. L'as-tu mécontenté en te montrant plus démoniaque que lui ? Qu'importe, puisqu'il a décidé que ton heure était venue. Il a décidé de t'envoyer les plus hideuses, les plus puantes, les plus terrifiantes de ses créatures. Elles seront bientôt là. Elles s'approcheront doucement. D'abord, elles tourneront autour de la palmeraie. Puis, elles feront des cercles de plus en plus étroits. Cela demandera du temps, une heure, deux heures, trois heures, mais tu sauras à quelle distance elles sont à l'intensité de leurs rires. Après, ce sera autour de cet arbre qu'elles tourneront en riant toujours plus fort. Elles viendront te flairer. Quand tu bougeras, elles se sauveront. Mais elles reviendront. Elles se sauveront encore. Elles le feront plusieurs fois car elles sont craintives. Peut-être qu'elles n'iront pas jusqu'à s'attaquer à toi, peut-être que si... Peut-être qu'on te retrouvera avant, peut-être jamais. »

Après, je n'eus plus qu'à approcher le dictaphone de sa bouche qui criait plus qu'elle ne parlait. Dix minutes plus tard, je savais à peu près tout sur la clinique et quel était le destin promis aux filles que l'on y enfermait. Je lui fis dire son nom au début et à la fin de l'enregistrement pour lui conférer le maximum d'authenticité.

L'histoire était encore plus abominable que tout ce que j'avais pu imaginer. Elle l'était tellement que j'avais hâte de monter dans ma voiture et de le laisser là, de l'abandonner aux hyènes et à leur jugement. Je lui posai une dernière question et, comme pour les précédentes, j'enregistrai sa réponse. J'appelai Blake sur le portable et fus surpris de trouver un réseau. Était-ce la magie du désert mais la communication se révéla parfaite. L'Écossais décrocha en hurlant dès la première sonnerie et m'agonit d'injures et de questions.

« Ça va, Blake, on doit t'entendre jusqu'à Glasgow. Maintenant, tu m'écoutes sans m'interrompre. Tout va bien, notre homme est vivant. Mais peut-être qu'il ne le sera bientôt plus. Je vais l'abandonner au beau milieu de nulle part en compagnie de ses amies les hyènes. Comme il m'a tout raconté, je lui laisse une chance. Je vais donc te dire où le trouver mais tu t'engages, et c'est ta parole d'officier que tu vas me donner, à faire tout ce que je te demande. On ne négocie pas, Blake. C'est oui ou non. Si tu veux sauver le bonhomme, tu fonces, tu n'as pas une seconde à perdre. Pas même le temps de réfléchir. Moi, ce que je veux en échange, c'est pouvoir repasser la frontière tranquille et n'avoir personne au cul pendant vingt-quatre heures.

– Trop tard, Frenchie. Je ne peux plus rien pour toi. Dis-moi où il est et tu pourras peut-être sauver ta misérable peau. Mais c'est pas sûr…

– Ça veut dire que c'est non ? T'as réfléchi aux emmerdes quand on découvrira le prince boulotté par une bande de fauves ? Sans compter que je vais tout balancer si on m'arrête, dire que c'est toi, Blake, qui as eu l'idée de l'enlèvement et qui m'as même conduit au bordel…

– Espèce de salopard, je me doutais qu'on ne pouvait pas te faire confiance. Je…

– Blake, le temps presse, c'est oui ou c'est merde ?

– OK, salopard. T'as ma parole. Où est Moktar ? »

La minute d'après, j'avais repris, en sens inverse, la vague piste qui m'avait conduit jusqu'à l'ancienne palmeraie. En passant au large du campement du prince, quelque chose se cassa dans ma poitrine à la pensée de ne plus jamais revoir Majd al-Chams, la Gloire du soleil. Je n'arrivais plus à respirer. Heureusement, la piste se fit difficile à cet endroit et je dus me concentrer pour éviter de planter la Chevrolet dans une fondrière.

Au poste-frontière, une Range Rover m'attendait sur le parking. Un Saoudien d'une quarantaine d'années, vêtu d'une disdacha noire et qui ne baragouinait pas trois mots d'anglais, déchargea cinq valises et les porta jusqu'au grand coffre de la Caprice Classic. Dix minutes plus tard, j'avais quitté le royaume et je fonçais en direction de Manama. Pendant le trajet, Blake m'appela à deux reprises pour se faire préciser la direction de la vieille palmeraie. Puis ce fut le député Bouquerot qui voulait s'assurer que le butin était bien entré en ma possession. Après avoir passé la frontière, je m'attendais quand même à être pris en filature mais je ne vis aucun véhicule suspect dans mon rétroviseur. Blake avait-il vraiment une parole ou pensait-il pouvoir toujours me retrouver dans le minuscule émirat ? Je me demandai quelle avait été la réaction de Matthews et ce qu'il manigançait depuis son bureau. Je décidai de l'appeler.

Comme d'habitude, il répondit dès la première sonnerie. Il était déjà au courant des derniers événements.

« Joli coup, me dit-il d'emblée. Il semble que je vous ai grandement sous-estimé. Peut-être est-ce le signe qu'il est temps pour moi de prendre ma retraite.

– Ce serait dommage !

– Pour une fois, épargnez-moi votre pénible ironie. Que voulez-vous ?

– J'ai avec moi un enregistrement passionnant. Vous souhaitez l'écouter ?

– Vous cherchez à en faire quoi ?

– J'ai quelques copains journalistes en France et ailleurs. Je suis certain que les paroles du prince Moktar les intéresseront…

– Je n'en doute pas. Mais si vous m'appelez avant eux, c'est parce que vous souhaitez d'abord négocier avec moi. Je vous écoute…

– Prêtez-moi Blake et son couple de majors écossais pendant quelques heures et l'enregistrement ne quittera pas l'île.

– Pour quoi faire… ?

– Vous êtes encore capable de deviner.

– Monsieur le policier français, vous n'êtes qu'un voyou. Vous avez osé kidnapper une personnalité saoudienne de premier plan, ce qui est un crime, surtout dans ce pays. Et comme vous l'avez abandonné au beau milieu du désert saoudien, vous ne coupez pas à une extradition et je vous souhaite un bon séjour dans les geôles de notre charmant voisin. Quant aux révélations qu'aurait pu vous faire votre otage, elles lui ont été extorquées sous la menace et n'ont aucune valeur juridique. Tant mieux si elles sont publiées dans votre pays, voire ailleurs, mais cela n'ira pas loin, je vous le garantis, puisqu'elles ne sont étayées par aucune preuve. Et s'il s'avère que des journalistes viennent les chercher ici, nous bloquerons leur entrée. Alors, croyez-vous encore que vous êtes en position de marchander quelque chose ? Foncez donc à l'aéroport et faites-le immédiatement, peut-être que votre nom n'est pas encore entré dans le fichier des personnes recherchées.

– Vous rigolez, Matthews. Qui ira porter plainte contre moi ? Moktar ? Le patron du bordel ? Peut-être que Blake ne vous a pas tout dit. Savez-vous que c'est lui qui a eu l'idée du kidnapping, qu'il l'a même organisé et que je n'ai fait que pousser un peu plus loin son idée ? Et vous ne souhaitez quand même pas que je raconte tout ça ! On pourrait en déduire que vous n'avez pas été très loyal avec vos amis de l'autre côté du pont.

– Peut-être, monsieur Caminos, que vous ne finirez pas en prison. On vient de m'apporter une note confidentielle où je lis que trois hommes venus, comme vous dites, de l'autre côté du pont, sont déjà à votre recherche. À la fin de la journée, ils seront dix, peut-être vingt. Partez, je ne peux rien pour vous.

– Merci, Matthews. C'est un plaisir de voir combien vous maîtrisez encore la situation dans le pays dont on vous a confié la garde. »

Un peu plus tard, j'appelai le seul homme qui pouvait me venir en aide. Il accepta de me répondre, puis de me recevoir mais posa ses conditions. Elles étaient humiliantes mais je n'avais d'autre choix que de les accepter.

Les embouteillages avaient commencé dans le centre de Manama et il me fallut un quart d'heure pour me garer dans une petite rue du souk, proche de mon bureau. Je n'avais pas voulu rejoindre mon garage dans le sous-sol de l'immeuble de crainte qu'il soit déjà surveillé. Même si dans les émirats du Golfe la délinquance était exceptionnelle, j'eus cependant quelques inquiétudes à laisser la Chevrolet bourrée jusqu'à la gueule de valises de dollars. Ce n'était pas mon fric, c'était même de l'argent pourri mais je risquais d'en avoir besoin. La boutique de tissus que je cherchais n'était pas très loin. J'y achetai un *kefen*, un linceul en lin d'un blanc immaculé dans lequel on enveloppe les morts, juste avant de les porter en terre. Je repris ensuite la voiture, coupant à travers les rues étroites du souk pour être sûr de ne pas être suivi.

Une fois sorti de la vieille ville, une large avenue me conduisit au port moderne. Après la cale sèche, une longue digue de béton menait à un petit embarcadère sur pilotis. Quelques bouts de planches disjointes, une mauvaise échelle qui piquait dans une eau sale, un banc à la peinture défraîchie depuis longtemps et trois palmiers maigrichons. Un bout du monde, à peu près abandonné, à côté d'un petit parking où j'arrêtai la voiture. Pas un chat mais quelques dhows que l'on apercevait au loin et qui profitaient de la journée, laquelle s'annonçait plus calme, plus chaude aussi.

Je m'enveloppai du linceul, ce qui ne fut pas du tout facile. Avec le Bowie, je fendis largement le tissu pour me permettre de passer les pieds et de pouvoir marcher. Ça faisait drôle d'être devenu un spectre sous un soleil qui montait et proclamait au monde qu'il était à nouveau victorieux et le serait toujours. Sans parler de l'impression bizarre de se sentir vivant dans la tenue d'un mort. Finalement, jouer au mort vivant illustrait assez bien ma situation, Matthews m'ayant clairement démontré que ma vie était désormais en sursis. Il me vint en mémoire les images de ces kamikazes palestiniens qui défilaient dans les rues de Gaza habillés de linceuls pour signifier leur adhésion définitive à la mort.

Je me tortillai de la voiture jusqu'au banc. L'île où je voulais me rendre était juste en face de moi, à plusieurs milles et l'on devait m'y observer avec des jumelles. Elle était minuscule et constituée d'un palais blanc et d'une petite mosquée, dont le minaret dépassait à peine les quelques palmiers qui entouraient l'ensemble. Je n'attendis pas plus d'une demi-heure avant qu'un hors-bord se dirige en bourdonnant dans ma direction et aborde à l'appontement. Trois immenses sikhs à barbe noire, âgés d'une trentaine d'années, en pantalon et chemise kaki à manches courtes, descendirent et se plantèrent en face de moi. Ils avaient de gros Smith et Wesson à la ceinture ainsi que des turbans rouge bordeaux magnifiques et on aurait dit qu'ils venaient de s'échapper d'un film sur l'armée des Indes. En face d'eux, je me sentais aussi ridicule qu'une momie oubliée par l'accessoiriste. Ils échangèrent trois mots dans une langue que je ne connaissais pas en dévisageant ma tenue. Elle dut leur plaire car ils m'invitèrent à monter sans délai dans l'embarcation, ce que je fis non sans mal à cause du tissu qui me serrait les jambes. Aucun d'eux ne proposa de m'aider.

Au fur et à mesure que nous approchions du palais blanc, celui-ci se révélait moins kitsch que ceux des princes qui vivaient sur l'île. Moins de chantilly dégoulinant des corniches, moins de meringue dans les clochetons et les tourelles, moins de dentelles dans les arcades du portique et, d'une façon générale, les tortillons étaient plutôt rares. Il s'imposait viril, copiant un peu le style forteresse avec quatre tours flanquant son large dôme qui devait surmonter la salle de réception.

Du débarcadère au bâtiment principal, il n'y avait qu'une vingtaine de mètres. Bien arrosées et tondues avec la précision d'un horloger suisse, les pelouses étaient somptueuses et brillaient d'un vert très vif avec des nuances azur dans l'ombre. Les jardiniers étaient aussi des sikhs et si impeccablement habillés de blanc qu'on aurait pu croire à un défilé de dentistes. Le majordome, en livrée blanc et or, m'accueillit sur l'auguste perron. Lui aussi faisait partie de la même communauté. Ce qu'il y avait d'épatant dans les pays du Golfe, c'est que l'on y traversait sans cesse des mondes parallèles comme dans la science-fiction.

Je patientai dans un salon lambrissé de marbre blanc. Un très vieux Bédouin, qui avait peut-être connu Abraham et avançait complètement cassé en deux, ses reins dessinant une équerre, m'apporta un café très amer, celui que l'on boit après les deuils. Puis, le majordome revint et m'accompagna jusqu'à une pièce à peine plus petite que l'aérogare de l'émirat, tout en marbre également, où le seul mobilier était constitué de divans et de tables basses dorées avec sur chacune l'inévitable boîte en or et argent de mouchoirs en papier. Le prince Muqtadir occupait un divan à passement de soie et d'or qui pouvait ressembler à du Louis XIV revu et corrigé à la mode de chez m'as-tu vu.

Muqtadir était toujours le même grand et gros gaillard. Affalé dans les coussins profonds du divan, sa longue barbe rousse lui tombait cette fois jusqu'au nombril. Il était habillé de la même disdacha grisâtre et du keffieh à damiers blanc et rouge. Il se leva péniblement et nous pûmes nous saluer du *salam 'alaikoum* rituel avec la paume sur le cœur mais sans nous serrer la main. Il ne prononça aucune remarque sur mon accoutrement, se comportant comme si j'étais habillé d'un complet-veston, et m'invita à m'asseoir en face de lui. Il agita une minuscule clochette dorée, qui paraissait ridicule dans sa lourde pogne, et un sikh, celui-ci petit et maigrelet, se précipita. C'était l'interprète. Il resta debout derrière lui et commença à traduire ce que le prince disait. Mais pas mes propos, ce qui confirmait qu'il entendait parfaitement l'anglais.

« Je sais ce que c'est que la solitude. Je l'ai vécue toute ma vie. On me l'a infligée parce que j'ai voulu faire de ce pays un État réellement indépendant et non pas cette sorte de supermarché gardé par des mercenaires de l'ancienne puissance coloniale avec ses piscines pour charmoutas et des bars où se précipitent les chameaux du désert d'à côté comme s'il s'agissait d'abreuvoirs. On m'a définitivement exclu de la politique, un grand mot ici pour des palabres de palais, mais c'était ma seule passion, quand j'ai tenté de m'opposer à la construction du grand pont. Je n'en voulais pas parce qu'il allait nous lier pour toujours à l'Arabie Saoudite. Et c'est ce qui est arrivé. Alors, mes chers frères m'ont condamné à la solitude en me chassant du pouvoir. Le silence des palais m'a été d'abord difficile à vivre mais je m'y suis habitué. Vous ne m'aimez pas, n'est-ce pas, mais vous êtes quand même venu me voir parce que vous êtes seul aussi.

– Peut-être, oui.

– Pourquoi peut-être ? Quelle autre raison ?

– Parce que vous m'intriguez aussi. On ne sait pas dans quel camp vous ranger.

– Et qu'est-ce que vous attendez de moi ?

– Ma mission de formation est terminée. Terminée mais pas achevée car je me suis fait trop d'ennemis pour pouvoir la mener à bien. Je vais devoir dégager d'ici très bientôt, le plus tôt possible. Mais avant j'ai un boulot à finir…

– Pour le compte de mon frère, le prince Mahmoud ?

– Pour le compte de personne. Cela concerne le désert d'à côté comme vous dites. Mais je ne suis pas sûr que ça vous intéresse.

– Tout ce qui a rapport avec nos cousins d'à côté m'intéresse. Expliquez-moi…

– C'est une longue histoire…

– Pour nous, les Arabes, plus les histoires sont longues plus nous les aimons. Ne me faites pas attendre… »

Je racontai mon enquête sur la disparition de Yasmina et où elle m'avait mené. Je lui dis à quoi servait la mystérieuse clinique. À la façon dont il me fixa, je compris qu'il en connaissait l'existence. Il ne pouvait pas en être autrement puisqu'il se tenait à l'affût de tout ce qui se tramait dans l'émirat sous la férule de son frère. Ce qu'il ignorait – et qui l'intéressa au plus haut point –, c'est qu'elle était contrôlée à présent par les hommes du prince Moktar. Il me demanda :

« À quoi lui servent les filles ?

– À votre avis ?

– C'est un rustre sans aucun scrupule qui n'obéit qu'à ses… »

L'interprète cherchait comment traduire le mot arabe en anglais. Muqtadir le fit pour lui : « *depravities* » (turpitudes). Il reprit en arabe.

« Ces pauvres filles, il n'en a pas besoin. Il a plus d'argent qu'il n'en faut pour s'acheter des princesses, des reines de beauté, tout ce qu'il y a de mieux. Peut-être qu'il veut en faire des esclaves et les donner à sa garde ?

– C’est presque cela sauf que c’est pire encore. Ces filles, un dhow va venir les chercher et les emmener sur la côte du Makram, au Pakistan. De là, elles seront conduites…

– … dans les bordels de Karachi ?

– Non, dans les maquis islamistes de la zone tribale pakistanaise, sûrement dans le Waziristan, et en Afghanistan, dans les zones contrôlées par les partisans de Oussama ben Laden. Ces braves guerriers ont beau ne penser qu’au jihad, ils n’en sont pas moins des hommes. Ils n’auront aucun scrupule à en faire leurs esclaves. Ces filles représentent tout ce qu’ils haïssent : elles ne sont pas musulmanes, certaines sont hindouistes ou bouddhistes, des religions assimilées à du polythéisme, ce qui est pour eux le comble de l’ignominie ; en plus, elles mènent une vie plus ou moins indépendante : elles ne sont pas voilées ; et elles ont eu des relations sexuelles illicites… »

Le prince rouge semblait abasourdi. Il me demanda, cette fois directement en anglais :

« Je ne comprends pas pourquoi il fait ça. Quel est son intérêt ? Al-Qaïda considère la monarchie qui gouverne le Grand Désert comme ayant rompu ses engagements vis-à-vis de l’islam et comme impie. Est-ce que Moktar a fait un marché avec les gens de Ben Laden ?

– C’est ce qu’il m’a dit quand je l’ai interrogé.

– Quel marché ?

– Comme vous l’avez dit, Al-Qaïda accuse le pouvoir royal d’avoir bradé la terre sainte de l’Arabie aux cowboys américains. Pourtant, l’organisation n’a jamais préparé le moindre attentat contre le roi ou un prince quelconque alors qu'ils sont plus de cinq mille et constituent des cibles plutôt faciles. D'autant qu'ils se déplacent beaucoup en Europe, en Amérique, en Égypte, au Maroc ou ailleurs. C'est ça le marché.

– Vous voulez dire que Moktar a troqué ces filles contre…

– La sécurité des princes.

– C'est ignoble.

– Le mot est encore faible.

– Et vous, vous prétendez vous opposer à ce marché. Vous vous prenez pour un croisé ?

– Je laisse cette ambition aux présidents américains. Mais peu importe ! Que diriez-vous de m'aider ? »

Le prince Muqtadir fit une grimace qui lui tordit une nouvelle fois la bouche. Il tapota le plateau de marbre de la table avec ses doigts aux longs ongles manucurés et reprit en arabe. Sa voix était rauque et on y percevait un peu d'agacement.

« Vous n'êtes qu'un petit policier et un orgueilleux comme tous les Français. Pour pouvoir m'approcher sans que je vous fasse tirer dessus, vous avez revêtu le kefen, le linceul. Vous avez ainsi usurpé l'une de nos plus anciennes traditions, celle qui rend possible le pardon. Et vous l'avez fait non pas parce que vous recherchez la réconciliation mais parce que vous avez besoin de moi pour votre vengeance.

– Je dois comprendre que vous ne m'aiderez pas ?

– Je vais vous aider. Un petit peu. Et pour une seule raison, qui va vous surprendre. Nous partageons une même passion, le saviez-vous ?

– Je ne crois pas.

– Vous cachez dans le Grand Désert un splendide étalon arabe. Vous voyez, je me suis renseigné sur vous après notre… première rencontre. Vous savez sans doute que je possède quelques-uns des plus beaux chevaux de l'émirat que, hélas ! je n'ai plus la force de monter. Oui, je vais vous aider. Parce qu'on m'a dit aussi que vous aimiez votre… il s'appelle “la Gloire du soleil”, n'est-ce pas ?

– Oui. J'ai résisté au désir de le voir une dernière fois avant de venir ici.

– Vous auriez dû. Maintenant, libérez ces jeunes filles si vous le pouvez et, si vous ne savez pas où les héberger, je peux m'en occuper. Et je ferai en sorte qu'elles puissent regagner librement leurs pays. Mais trouvez-vous quelqu'un d'autre pour vous aider à les sortir de leur prison. Vous savez, si j'ai une garde uniquement composée de sikhs, c'est que je ne peux avoir confiance en personne d'autre. Si j'avais des serviteurs arabes, je me méfierais d'eux, craignant que mon frère les ait subornés.

– Ce n'est pas possible avec les sikhs ?

– Ceux-là, non ! Ils viennent tous de la même ville du Pendjab. Ils se connaissent tous. Mais ici, ce sont des étrangers. C'est pourquoi ils ne peuvent vous prêter main-forte. On tolère qu'ils assurent ma sécurité, pas davantage. Croyez que je le regrette.

– Merci quand même.

– Que Dieu vous protège et vous permette de chevaucher à nouveau Majd al-Chams. »

Cette fois, il me serra la main. Puis le même canot à moteur me ramena jusqu'au débarcadère. Je ne fus pas tellement surpris de voir Blake qui m'attendait dans sa voiture garée sous un palmier, pas très loin de la mienne.

« Tu te prends pour un pèlerin en route pour La Mecque, Frenchie ? T'es ridicule !

– Merci, colonel Blake. Tu sais comme je suis sensible à tes compliments.

– Le vieux prince coco, il ne t'a pas collé une balle en diamant entre les deux yeux mais il ne va pas non plus lever son petit doigt en or massif pour toi. Il hait tout le monde, à commencer par lui-même parce qu'il n'a jamais eu le courage d'affronter vraiment son frère.

– Et toi, Blake, quand est-ce que tu trouveras le courage de t'émanciper un peu du grand chef Matthews ?

– Fous-moi la paix, Frenchie. De toute façon, tu ne comprends rien. Tiens, sais-tu qu'il est prêt à accepter de fermer les yeux sur le nettoyage que tu projettes sûrement si celui-ci se fait sans trop de casse ni trop de bruit. Et si, immédiatement après, tu disparais à tout jamais de ce petit coin de paradis ? »

Je laissai échapper un petit sifflement admiratif.

« Qu'est-ce qui lui prend ? Il a subitement découvert le sens du mot humanité ?

– Frenchie, on n'est pas tout seuls dans l'archipel. Commence par faire le compte…

– M'ouais. Il y a vous les Brits, hypocrites comme pas un, le petit émir qui a peur de l'ombre de son petit doigt, le prince héritier à la marge, les fanatiques chiites, les Saoudiens dépravés et à la solde d'Al-Qaïda… C'est tout, non ?

– Et ceux qui occupent tout le sud de l'île, ils comptent pour du beurre rance ?

– Les Ricains ? C'est vrai qu'ils manquaient dans l'histoire. Comment ça se fait qu'on ne les a pas encore entendus ?

– Faut pas croire pour autant que leurs grandes oreilles n'aient rien capté. Certes, ils font entièrement confiance à Matthews pour ce qui est de la sécurité dans l'archipel. Seulement, si l'affaire que t'as débusquée éclate au grand jour, ils risquent de lui demander des comptes. Pas sûr qu'ils apprécient beaucoup que soit organisé un trafic de femmes à destination des réseaux d'Al-Qaïda à quelques encablures de leur principale base aéronavale dans le Golfe. S'ils le découvrent, Matthews pourrait bien en faire les frais et commencer sa retraite plus tôt que prévu. C'est pour ça qu'il accepte de te laisser finir le boulot. Mais je le répète : il faut que ça se passe en douceur. C'est pour ça qu'il m'a permis de te donner un coup de main.

– Pour une surprise, c'en est une. Une bonne, en plus. On commence quand ?

– Cette nuit. D'ici là, tiens-toi tranquille. Fous plus les pieds à ton bureau et ne tourne plus autour de ta gonzesse. Touche plus non plus à ta voiture en chewing-gum qui a sûrement été repérée. Laisse-la ici, je t'emmène dans un coin sympa.

– Impossible, colonel Blake. J'ai toutes mes économies dans le coffre. Il m'a fallu cinq grosses valises et elles ne vont pas tenir dans ta poussette de sport. »

Quand il vit que je ne plaisantais pas, la stupeur creusa encore un peu plus les rides qui traversaient son visage, les transformant en tranchées de la guerre 1914-1918, pas loin du Chemin des Dames.

« Tu veux dire que tu vas garder tout ce fric pour toi ?

– Quel fric, colonel Blake ? Je parle de mes petites économies.

– Je crois plutôt qu'il s'agit de l'argent d'un parti politique français. Moi qui croyais que t'étais redevenu un honnête homme.

– T'ose me parler d'honnêteté alors que tu écoutes mes conversations téléphoniques ?

– Normal, non ? Tu l'as fait avant moi. C'est pas ce qui t'a valu un détour par ici ?

– C'était un chef d'État qui m'en donnait l'ordre, pas un merdaillon d'officier au rancart.

– Ça change quoi, Frenchie ? En plus, c'est peut-être pas légal ici mais c'est pas illégal non plus, comme pas mal d'autres choses.

– Où tu veux en venir, Blake ?

– Nulle part ! Simplement, je te croyais redevenu…

– Ouais, plus honnête, tu l'as déjà dit.

– Plus que ça : en pleine rédemption depuis la disparition de la gamine. Comme quoi, on se goure facilement.

– Et alors, Blake, ça change quoi ?

– Rien. Sauf que c'est pas pareil de faire équipe avec un flic qui n'est pas pur.

– Tu es là pour quoi, Blake ? Pour autre chose que le fric ?

– On en a déjà parlé, je crois. Mais t'es pas obligé de me croire. En tout cas, l'argent que je touche, je le mets à la banque ou je le dépense, mais je ne le planque pas dans le coffre de ma poussette de sport, comme tu dis. »

On en resta là. Je quittai le linceul pour retrouver mes fringues, grimpai dans ma voiture et promis de rejoindre l'Écossais au 123, le bar où j'avais pris une volée. J'avais insisté pour qu'on se retrouve chez lui mais il avait refusé. J'avais demandé si c'était à cause de Mme Blake. Il avait acquiescé mais après une seconde d'hésitation et s'être passé le pouce sur son nez, ce qui pour le regard exercé d'un flic signifiait qu'il avait probablement menti.

Avant de me rendre au 123, je fis un détour par mon bureau. Je garai la voiture dans une rue du souk et pris deux des valises avec moi. Joseph faisait le ménage quand j'entrai. Il eut l'air un peu embarrassé de me voir.

« Qu'est-ce qu'il y a, Joseph ?

– Je crois que vous allez bientôt partir, Sir.

– Qui te l'a dit ?

– Il y a de drôles de types qui sont passés et qui ont demandé aux gardiens de l'immeuble si vous aviez déjà quitté l'île. Ils ont posé d'autres questions. Les gardiens m'ont dit qu'ils avaient l'air méchant et qu'ils portaient des costumes qui ne leur allaient pas bien, peut-être pour cacher des pistolets. »

Son anglais était toujours aussi peu compréhensible et je dus lui faire répéter plusieurs fois avant de saisir tout ce qu'il disait.

« C'est vrai, Joseph, je vais devoir m'en aller. Tu veux toujours acheter une petite plantation d'hévéas au Kerala ?

– Oui, Sir. Mais si vous n'êtes plus là, je ne pourrai jamais réunir l'argent nécessaire pour…

– Prends une des deux valises, Joseph. Je crois qu'il y a largement assez. Après, tu fais comme si tu partais en vacances chez toi, en Inde, et tu ne remets plus les pieds ici. Ou alors, après quelques années. »

Il me fallut insister pour qu'il la prenne. Je lui demandai ensuite de me préparer un café. Il me l'apporta en même temps que la valise.

« C'est beaucoup trop d'argent pour moi, Sir. Je ne peux pas le prendre.

– C'est bon, Joseph. Tu vas te retrouver sans travail, devoir fermer le bureau, payer quelques factures…

– C'est quand même mille fois trop, Sir.

– Et puis, j'ai encore un service à te demander. »

Je lui montrai la seconde valise.

« Celle-ci, c'est pour Mlle Sounaïma. Tu iras la lui porter dès que tu peux chez elle, pas à l'hôtel Sheraton. Je vais te donner l'adresse. Tu insisteras pour qu'elle la prenne car elle va peut-être refuser. Tu lui diras aussi que je la contacterai dès que je pourrai.

– Ce serait mieux, Sir, si vous lui écriviez un petit mot. Sinon elle va sûrement me poser des questions et je ne saurai pas lui répondre.

– Bien sûr que ce serait mieux… Bonne chance, Joseph.

– Sir, laissez-moi au moins un numéro. Est-ce que je peux vous appeler sur votre portable ?

– Vaut mieux pas. J'essaierai de te joindre un peu plus tard. »

Je fis mine d'ignorer les deux larmes qui s'étaient glissées au coin de ses yeux et m'enfermai dans mon bureau. J'utilisai le broyeur pour me débarrasser de quelques papiers, glissai la cassette du dictaphone dans une poche de ma veste et la bouteille de whisky dans l'autre. Avant de sortir, je passai aussi un coup de téléphone au domicile de Blake. Ce fut la housemaid qui décrocha. Je demandai à parler à la femme du colonel mais elle me répondit que madame était partie depuis plusieurs mois à Londres. Je demandai s'il y avait quelqu'un d'autre à la maison. Pour toute réponse, je n'obtins qu'un long silence et je dus raccrocher.

Quelques minutes plus tard, j'étais dans la rue. J'avais préféré descendre par l'escalier jusqu'au sous-sol, traverser le garage et sortir par une porte de service. Dans les rues du souk, je changeai plusieurs fois de trottoir. Apparemment, je n'avais encore personne aux trousses. Je retrouvai la Chevrolet et pris la direction du 123 en longeant la Corniche.

Sous un ciel bas, soutenu par les tours des banques que le fric faisait grimper de plus en plus haut, le pouls du Golfe battait très faiblement. Il parvenait à peine à pousser des vaguelettes, craintives, à bout de forces, sur un rivage monotone de grosses pierres grises que l'on avait amassées pour dompter d'illusoires tempêtes. S'il arrivait que de vraies vagues roulent jusqu'à la côte, il fallait que souffle le bahri, un autre vent, celui-ci venu de la mer d'Oman et, au-delà, de l'océan Indien. Lui apporterait la cavalerie des averses, une pluie limpide et forte, qui tomberait drue et serrée, ferait se redresser les palmiers après les avoir couchés et douchés pour ôter leur boue et coifferait leurs chevelures hirsutes. Fini alors les longs jours de poussière. Le miracle de l'eau pure revenue laverait le ciel, le ferait remonter haut, très haut, bien plus haut que les tours, jusqu'à retrouver l'azur des premières caravanes du printemps. L'hiver du taouz serait terminé. Et les hyènes, repues de leurs rires diaboliques, repartiraient vers leur grand nulle part. Mais, en attendant, rien n'annonçait encore la brise nouvelle. À moins peut-être que le présage ne fût cette déchirure dans le ciel bouchonné qui venait d'apparaître tout au sud et faisait miroiter, loin des eaux huileuses du Golfe, d'aveuglantes lumières, dessinant par endroits un improbable damier. Peut-être même que la partie allait enfin commencer. Vent noir contre brise diaphane. Boue et sable lourd contre les lances claires et légères des pluies d'embuscades.

Est-ce que Blake serait un allié fidèle ? Tout en conduisant, je n'arrêtais pas de me poser cette question. Sans doute, oui. Même s'il cachait un aspect de cette vérité que je cherchais depuis que j'avais rencontré Eschrat, la sœur de Yasmina, sur cette langue de terre coincée entre la mer et la voie rapide et que je longeais à nouveau. De toute façon, je n'avais pas le choix. J'avais besoin de lui pour sabrer l'hydre aux têtes multiples qui se cachait dans la petite clinique sans autre nom que celui que lui donnaient les rares personnes qui en connaissaient l'existence : le Paradis des perdantes.

Au 123, la même hôtesse, toujours vêtue d'un débardeur cette fois rose bonbon, m'ouvrit la porte dès que j'eus frappé discrètement. Elle fit semblant de ne pas me reconnaître et moi de ne pas regarder plus bas que son menton carré. Dans le salon attenant au bar, celui où l'on m'avait cassé la gueule, mon nouveau pote Blake m'attendait en compagnie des deux majors écossais. Tous s'étaient déguisés avec les mêmes vestes de tweed portées sur des jeans. Ils s'en prenaient à la même bouteille de whisky et l'avaient déjà pas mal tapée.

« Aïe ! Je dois avoir déjà trop bu. Au lieu d'un Écossais, j'en vois trois. »

Évidemment, ma plaisanterie ne les fit pas rire.

« T'es en retard, Frenchie, dit simplement Blake.

– Excuses. Je voulais moi aussi faire couleur locale mais j'ai pas pu mettre la main sur ma cornemuse. »

Un grand coup de silence, à peine rompu par les cubes de glace qui tintaient dans les verres. Opportunément, le débardeur rose vint prendre ma commande.

« Un triple Macallan quinze ans d'âge. Mais sans glaçons, je ne voudrais surtout pas refroidir cette chaude atmosphère. Au fait, je vous remercie, les gars, de m'inviter à m'asseoir. »

La seconde d'après, je leur tendis mon paquet de Chesterfield. Blake hésita, puis finit par prendre une cigarette, aussitôt imité par ses deux acolytes. On put alors passer à des choses plus sérieuses. Un major sortit d'une serviette en cuir aux initiales d'un régiment écossais une carte très précise de l'île et son compère une feuille de papier sur laquelle il dessina un plan de bataille.

« Ils sont une douzaine à l'intérieur de la clinique et nous ne sommes que quatre, annonça MacLeod.

– Le risque, c'est aussi, si on foire le coup, qu'ils se servent des filles comme boucliers, ajouta Green.

– C'est pour cela que nous ne pouvons pas nous permettre une seule faute. Le timing sera déterminant. Le problème, c'est que le zèle de notre ami français les a mis en alerte. Ils doivent avoir renforcé la surveillance », poursuivit Blake.

Je n'avais rien à répondre. Les trois Écossais avaient déjà minutieusement préparé notre future attaque. Ils savaient tout du fonctionnement du Paradis des perdantes, notamment les allées et venues des gardes.

Sans doute avaient-ils un informateur parmi le petit personnel. Rien à dire, c'était vraiment des pros, formés à l'école des SAS, la meilleure unité d'élite du monde. On répéta vingt fois le scénario qu'ils avaient mis au point. Je chipotai un peu, histoire de leur rappeler que j'étais dans le coup. En réalité, ils avaient pris complètement en charge l'opération alors qu'ils devaient seulement m'épauler. Lorsque mon verre fut vide, Blake me passa la bouteille sans pour autant me servir. C'était peut-être la seule erreur qu'il commettait dans la préparation de notre mission : il ne s'attendait pas à ce que je me verse une pareille rasade et ses sourcils grimpèrent jusqu'à la racine de sa tignasse. Sa stupeur fut rompue par la sonnerie d'un portable. C'était le mien. À l'autre bout, le député Bouquerot. Cette fois, il ne chuchotait plus :

« Qu'est-ce que vous foutez ? Vous ne nous avez pas appelés comme vous l'aviez promis. Est-ce que l'argent est déjà dans une banque ?

– Du calme, on n'est sûrement pas seuls sur la ligne. Tout va bien. Passez après-demain, plutôt en début de soirée, à mon bureau. Et d'ici là, ne me rappelez plus. »

Blake, qui avait entendu, me regardait avec un œil féroce.

« Tu vas au-devant de graves emmerdes, Frenchie. Je te rappelle que demain ou après-demain tu seras dans un avion et que tu devras justifier à la douane tes valises de fric…

– Je n'ai pas encore été viré et je n'ai pas démissionné de mes fonctions. Alors, dis-moi, depuis quand dans le Golfe on fouille les affaires d'un flic étranger travaillant pour la famille régnante ? »

Il battit en retrait en bafouillant des « Bon, bon, on verra bien ». L'après-midi avança lentement, en tout cas moins vite que ne descendait le niveau de la bouteille, même si l'un ou l'autre des majors faisait très attention aux doses qu'il me versait. Un peu avant la tombée du soir, on prit le chemin de la clinique à bord de deux voitures, un minibus Mitsubishi et un 4 × 4 Cherokee, l'un et l'autre sans plaques d'immatriculation.

Respectant les procédures habituelles, nous fîmes un long détour avant d'arriver sur la petite route sinueuse qui conduisait au Paradis des perdantes. Les Brits avaient bien repéré les lieux : ils planquèrent le Mitsubishi derrière un large taillis de flamboyants et le Cherokee dans une trouée à travers un rideau de bambous qui conduisait vers un site archéologique fouillé très épisodiquement par une équipe danoise. Avant de marcher dans la nuit, on se changea : on quitta nos fringues européennes pour des chalwar kamiz et par-dessus on passa des gilets pare-balles. On enfila ensuite des cagoules. Les trois hommes du CID se munirent aussi de talkies-walkies, de torches et de lunettes à vision nocturne. Outre leurs armes personnelles, ils avaient un joli arsenal, permettant de se battre de près comme de loin. Comme s'ils continuaient à se méfier de moi, ils ne me proposèrent qu'un silencieux à fixer sur le Beretta. Après le sale tour que je leur avais joué en kidnappant Moktar sous les yeux de Blake je ne pouvais pas leur en vouloir.

Les deux majors prirent aussi un câble d'acier qu'ils portèrent sur quelques centaines de mètres avant de le tendre au milieu du chemin et d'enrouler chacune de ses extrémités à un couple d'eucalyptus qui se dressait de chaque côté. Après, ils touchèrent du bout de leurs doigts gantés l'épaule de Blake et sans un seul mot disparurent derrière les rideaux de bambous. L'officier ne se retourna même pas et continua d'avancer, un pistolet-mitrailleur Scorpion en bandoulière, avec en plus un gros Colt en travers de la poitrine et un long poignard à la ceinture. Le gilet pare-balles exagérait sa lourde carcasse, le faisant ressembler à une barrique de porto sur deux grandes pattes. Je le suivais à quelques mètres, sur l'autre côté du chemin. Le vent faisait frémir les ramures des palmiers devenus de grandes ombres mobiles dans la nuit épaisse.

Nous marchâmes quelques minutes avant de deviner l'entrée du bâtiment. Avec ses lunettes à infrarouge, Blake fouilla l'obscurité. Lorsque je m'approchai, il me toucha à son tour l'épaule, puis bondit jusqu'au mur qui entourait la propriété. Je le rejoignis quelques secondes plus tard. Nous rampâmes le long du mur jusqu'à la grille, ce que je fis péniblement, en pestant en silence parce que j'avais vieilli tandis que Blake, sans paraître gêné par son équipement, avançait, lui, à la vitesse d'une tortue à réaction. Nous nous couchâmes dans l'ombre.

L'attente dura plus d'une heure. À vingt heures précises, la grille s'ouvrit automatiquement avant de se refermer, le temps de laisser un Land Cruiser sortir de l'enceinte. Nous ne pouvions voir le conducteur mais Blake savait que c'était le salopard que je surnommais Gros Corbeau. Tous les soirs, à peu près à la même heure, il rentrait dormir de l'autre côté du pont.

Le 4 × 4 passa devant nous et ses phares traversèrent la nuit emmêlée d'îlots de palmiers, de bambous en file indienne, d'eucalyptus solitaires et d'épais buissons de tamaris. Deux minutes plus tard, alors que le silence rompu par le ronflement du moteur commençait à revenir, nous entendîmes une sorte de grincement que la végétation étouffa vite. Deux autres minutes s'écoulèrent et le Land Cruiser fut de retour devant la grille. Le klaxon blatéra longuement et un garde, un fusil automatique braqué devant lui, sortit. Il reconnut la voiture mais les phares dirigés sur lui l'empêchaient de voir le conducteur. Il s'approcha, sans doute pour demander pourquoi Gros Corbeau revenait. Il fit trois pas, pas un de plus. Déjà, Blake avait bondi, son poignard effilé de commando à la main. Les phares s'éteignirent deux secondes avant que l'officier ne se jette sur sa proie, qu'il perça d'un coup en dessous de l'omoplate, tout en la bâillonnant de l'autre main. Je fonçai à mon tour, cette fois en direction de la grille que le garde avait laissée entrouverte. Mes pieds, en foulant le gravier, me donnèrent l'impression de faire un singulier boucan mais le ronflement du Land Cruiser était largement suffisant pour le masquer.

J'atteignis la grille à l'instant où le deuxième garde, qui peut-être suspectait quelque chose d'anormal, passait sa tête dans l'ouverture. Nous nous découvrîmes au même moment. Mais le temps qu'il braque son arme automatique sur moi, j'avais déjà fait feu. La balle du Beretta lui emporta la tête, noyant de sang son keffieh blanc.

La minute d'après, nous étions dans la place. J'avais trouvé sur le cadavre du garde la commande électrique qui ouvrait la grille, permettant au Land Cruiser d'entrer. Elle pénétra tout doucement dans l'enceinte comme si elle s'attendait à sauter sur une mine. Greene, qui était au volant, coupa les phares et le moteur, puis disparut dans la nuit, suivi comme une ombre par MacLeod qui, lui, était entré avec le Mitsubishi. Dans le minibus, il y avait tout le matériel nécessaire pour prendre d'assaut le Pentagone.

Blake avait fini par me donner des lunettes à vision nocturne qui me permirent de distinguer les contours de la clinique. Elle était constituée d'un petit immeuble moderne à un étage, séparé par une pelouse ondoyante, et d'une maison coloniale blanche entourée d'arcades. Quelques fenêtres du bâtiment principal étaient éclairées, certaines avaient des barreaux, en particulier au premier étage. D'un solide coup de menton, Blake m'indiqua le pavillon isolé dont les volets étaient tirés. Nous y fonçâmes, lui courant comme un bouffeur d'allumettes dératé, moi comme un flicard retraité et égrotant, dévalisé de son dernier souffle par les wagons de cigarettes fumées ces dernières années. Nous poussâmes une porte, trouvâmes un couloir, une seconde porte, devant laquelle s'alignaient des paires de rangers. Nous les comptâmes avant de pénétrer doucement dans ce qui était une vaste pièce à peu près nue si l'on exceptait un grand samovar et quelques tables basses.

C'était la salle de repos des gardes et j'en comptai huit, tous vêtus de disdachas courtes et coiffés de keffiehs dont les pans leur tombaient sur les épaules, assis ou couchés sur des tapis aux couleurs gueulardes, certains somnolant, d'autres buvant du thé en se curant les ongles des pieds. Ils avaient des barbes noires et épaisses qui leur descendaient sur les genoux, le regard hébété de ceux qui boivent trop de bonnes paroles, le front un peu cabossé par la répétition des prières et des bouches vilaines à force de proférer des anathèmes. Bref, de ces tronches qu'on souhaiterait voir plus souvent rôder autour de chez nous à l'heure de l'apéro, histoire de nous apprendre à limiter les dégâts. Leurs armes, des fusils d'assaut américains M-16 et des AK-47, étaient rassemblées dans un coin de la pièce et, même si certains lancèrent des regards dans cette direction, pas un ne fit mine de s'y précipiter quand ils finirent par nous apercevoir. Les moins abêtis le furent davantage, ceux qui l'étaient totalement ouvrirent des bouches immenses de stupéfaction et sur leurs fronts des plis dessinèrent des escaliers.

Blake ne les laissa pas réagir. Il les apostropha rapidement en arabe tout en les braquant. Les mots fusèrent comme un staccato, durs à l'oreille comme s'il crachait de la pierre volcanique. Les uns et les autres se levèrent et s'alignèrent contre le mur en nous tournant le dos, les épaules voûtées par la honte de s'être laissé surprendre par deux mécréants. Nous prîmes leurs armes, dont nous enlevâmes les percuteurs, avant de casser à coups de crosse toutes les ampoules pour plonger la pièce dans l'obscurité complète. Une fois dehors, il ne fallut à Blake que quelques petites minutes pour accrocher aux deux portes des détonateurs reliés à des charges explosives. Il répéta la même opération avec les fenêtres. Il avait l'air de s'amuser comme un môme qui a retrouvé au grenier un coffre plein de pétards. « C'est la meilleure dissuasion. Je les ai prévenus que s'ils sortaient, ça ferait un boum-boum du sacré tonnerre de Dieu. » L'action, cela lui réussissait à Blake : depuis au moins cinq minutes il n'avait pas laminé une allumette.

Greene et MacLeod étaient entrés par l'aile droite du bâtiment principal à la recherche d'autres gardes. Nous les vîmes sortir avec trois hommes en disdacha. Ils les avaient bâillonnés et menottés en leur tordant bien les mains dans le dos pour leur apprendre à se gratter derrière les omoplates. Eux avaient exploré le rez-de-chaussée de l'immeuble, là où se trouvait la cuisine, quelques bureaux et le réfectoire du personnel. Aucun doute, les Brits bossaient vraiment bien. « Les filles sont là-haut, au premier étage. Elles y sont seules, sans doute que les gardes n'ont pas le droit d'y monter. On a déjà forcé les portes », murmura Greene.

Le major et son compère disparurent dans la nuit. Blake sortit un talkie-walkie. Un chuchotis d'à peine une syllabe. La minute d'après, une ambulance tous feux éteints entra dans l'enceinte. Un toubib, encore un immense escogriffe, le corps et le visage modelés dans le marbre, jaillit du véhicule. Il était vêtu d'une longue blouse blanche qui lui allait comme une minijupe à un zèbre. Il portait aussi un bonnet noir de commando qui descendait à ras des sourcils. Lorsqu'il le retira pour enfiler une cagoule, s'échappèrent deux oreilles grosses comme des champignons atomiques plantées au bas d'une stricte coupe en brosse.

Depuis le début de l'opération, nous avions échangé à peine trois phrases, comme si la mode était maintenant de se parler en se dévissant le cou, en agitant le menton, en relevant les sourcils d'un coup sec, ou, à l'extrême rigueur, en se touchant l'épaule avec la paume de la main.

Blake étira son cou de taureau pour faire signe au toubib de nous suivre et nous gravîmes quatre à quatre les marches de l'escalier moquetté qui conduisait au premier étage. À la lueur des torches, nous vîmes que les deux majors avaient encore une fois bien travaillé en cisaillant les deux cadenas qui bloquaient une lourde porte métallique. Blake entra le premier, suivi du médecin qui portait une élégante mallette en cuir entre ses grosses mains d'étrangleur du East End. Le couloir, lui aussi moquetté, desservait une enfilade de chambres, toutes avec des lucarnes grillagées découpées dans les portes. Dans la première chambre, éclairée par des veilleuses bleutées, on voyait quatre lits, dont un seul n'était pas occupé. Trois jeunes Asiatiques dormaient ou donnaient cette impression. Blake s'effaça devant le toubib qui entra aussi doucement que possible, en faisant des pointes sur le bout de ses rangers. Dès que la porte se fut refermée, Blake agita son menton pour me faire comprendre d'aller de l'avant.

Il devait y avoir une salle réservée aux infirmières et, sans doute, une permanence médicale. Après avoir dépassé quatre chambres, je tombai sur une porte à deux battants sous laquelle filtrait un rai de lumière. On entendait aussi une télévision bruyante qui diffusait un film en anglais. Je poussai la porte et entrai brusquement, faisant sursauter l'homme qui était assis devant le petit écran. Je lui braquai la torche dans les yeux qui, malgré l'agression lumineuse, restèrent un petit moment écarquillés de frayeur. Puis ses paupières se mirent à battre frénétiquement à la manière d'ailes de canard coincées dans la gueule d'un crocodile. Comme la télévision faisait du boucan, sans doute la vidéo d'un film américain avec des coups de pétard dans tous les coins, je dus lui hurler dans les oreilles : *« You speak English ? Who are you ? »*

Il lui fallut déglutir six fois avant qu'il puisse prononcer un seul mot : « *Doctôr.* » Effectivement, la pièce donnait l'impression d'être un dispensaire médical avec des étagères chargées de fioles, un petit lit et une balance. Il répéta trois fois le mot « doctôr », qui semblait être le seul mot qu'il connaisse. Il voulut le dire encore une fois mais je l'avais déjà crocheté par l'échancrure de sa chemise et projeté contre les étagères. Il s'écrasa contre les flacons qui se pulvérisèrent et transformèrent sa blouse en un test pour une nouvelle marque de lessive. Mes phalanges me picotaient, le Diable était donc revenu et je devais faire gaffe à ne pas le laisser m'entraîner trop loin. Je respirai trois fois par le ventre pour me calmer avant de traîner le pseudo-docteur par les pieds et de le jeter en travers du lit.

C'était un grand échalas d'une quarantaine d'années, avec une peau mate, des joues creuses, un front bombé, un nez en forme de trognon de pomme et une épaisse tignasse grisonnante à présent parsemée d'éclats de verre. À la différence des gardes, il ne portait pas l'ombre d'une barbe. Était-ce à cause de la peur qui se lisait dans ses yeux comme le W et le U sur le tableau d'un oculiste mais il ne paraissait pas bien méchant. « Si t'es vraiment un doctôr, dis-moi ce que tu fous dans un putain d'endroit comme celui-ci. »

Il n'arrivait toujours pas à parler et sa glotte proéminente faisait d'incessants allers et retours le long de son cou maigre à la vitesse d'un ascenseur. Les picotements revenaient dans mes doigts. Il dut lui aussi les sentir et craindre que je le balance à nouveau à travers la pièce car il m'inonda brusquement d'un flot de paroles.

« Moi, doctôr. Juste travailler ici. Pas faire du mal aux filles. Moi, seulement les aider pour les bébés. Moi, très gentil avec elles.

– OK, gentil doctôr, toi, venir d'où ?

– Moi, de Karachi. Moi, sans travail au Pakistan. Moi bon doctôr. Donc, venir ici.

– Bien sûr. Toi, innocent comme les bébés que tu aides à naître. Toi, jamais lu un bout de papier qui s'appelle le serment d'Hippocrate ? Il y est écrit qu'un médecin ne doit jamais faire des choses contraires à la dignité d'une personne privée de liberté, et pas davantage les cautionner par sa présence. Toi, en faisant ce que tu fais, tu lui craches à la gueule à Hippocrate. »

Il me regarda comme si je lui parlais de physique quantique en hébreu. Peut-être aussi que le vieil Hippocrate appartenait à une espèce disparue, une de celles qui professaient l'amour de l'humanité et n'entraient pas dans les catégories mentales des ciboulots fanatiquement détraqués des salafistes saoudiens et pas davantage dans ceux qui bossaient pour eux entre deux séries américaines. Mes poings me démangeaient mais je parvins à me détourner du doctôr pour m'emparer d'une chaise de bureau qui me servit à écraser le poste de télévision sur l'écran duquel flics et voyous continuaient de se perforer à grands coups de flingue.

Les écrans couleur n'y changeaient rien, la vie se montrait toujours en noir et blanc avec les salauds et les justes, les lâches et les braves, les hyènes et les brebis égarées, et puis, entre les deux, le troupeau gris de ceux qui ne voyaient jamais rien ou ne voulaient rien voir et de ceux qui disaient « Ah ! Mais on ne savait pas » tout en profitant de la situation. Le doctôr appartenait à cette dernière espèce ; en tout cas je l'avais catalogué ainsi sans lui laisser le temps de se défendre.

« Doctôr, tu te souviens de Yasmina ? »

Il me regarda fixement, cherchant à comprendre ce que je lui disais.

« Une fille qui était encore ici il y a quelques jours et qu'on a retrouvée noyée. »

Cette fois, le toubib acquiesça en hochant la tête avant de baisser les yeux.

Comme le temps manquait pour l'interroger davantage, je le fis se lever et le poussai dans le couloir où Blake et le colosse avaient commencé à regrouper les filles, au nombre d'une douzaine, qui se serraient les unes contre les autres comme des siamoises. Deux d'entre elles portaient des nourrissons. Aucune ne comprenait ce qui leur arrivait. Toutes étaient trop effrayées pour poser des questions ou crier, certaines semblant se cacher derrière leurs gros ventres. Elles portaient toutes la même tenue, une longue robe d'intérieur à rayures verticales rouges, jaunes et marron, celle qu'avait dû porter Yasmina lorsqu'elle s'était enfuie. Les unes portaient des baluchons colorés, les autres de ces mauvais sacs que l'on fabrique en Chine ou en Asie du Sud-Est. Très vite, elles devinèrent qu'on était venus les délivrer et les plus rapides se mirent à bousculer les plus lentes tandis que le grand escogriffe, qui les dépassait de plusieurs têtes, leur répétait en anglais de ne pas s'affoler. En descendant l'escalier, un bébé se mit à pleurer et ce fut comme si l'humanité ressuscitait, comme si les larmes du nouveau-né étaient un bouquet offert à la nuit pour lui demander sa protection, un chant pour dire que tout n'était pas foutu, que la rosée de la vie était toujours prête à renaître des forêts brûlées.

Ce fut Blake qui brisa le charme lorsque nous arrivâmes dans la cour. D'un coup de menton qui voulait dire « C'est qui ? », il me montra mon prisonnier. « C'est le médecin de nuit. Sans doute qu'il sait ce qui est arrivé à Yasmina. »

Blake rompit le silence qu'il s'imposait et, à travers sa cagoule, grinça d'une voix à peine perceptible :

« Frenchie, c'est pas le but de l'opération. C'est pas ce qu'il nous dira qui la fera revenir. Colle-lui deux coups de boule si tu penses qu'il s'est mal conduit et on décarre au plus vite.

– Faut qu'on sache, Blake ! Et puis, c'est à cause de douces ordures comme lui qu'une belle clinique comme celle-là peut fonctionner.

– On se tire vite fait, Frenchie, t'as pas compris ?

– D'accord mais on l'emmène.

– Pas question. On ne va pas s'embarrasser de lui.

– Mais il pourra nous dire… »

Je n'avais pas terminé ma phrase que la grosse pogne de Blake m'attrapait le bras droit, celui qui tenait le Beretta, avant de le ramener méchamment dans mon dos, le tirant vers l'omoplate, à la limite de la fracture. C'était comme si un éléphant d'Afrique s'était assis sur mon épaule et j'avais l'impression que mes muscles claquaient les uns après les autres. Sous la douleur, je laissai tomber l'arme. « Ça suffit, Frenchie. Tu m'as assez causé d'emmerdes. Ton toubib, il restera sagement ici. »

J'acquiesçai d'un signe de tête. Blake relâcha sa pression et me laissa ramasser le pistolet. Il ne me quittait pas des yeux une seconde comme si je faisais maintenant partie du camp ennemi. L'Écossais n'était pas seulement énervé, il était sous tension et du dix mille volts circulait sous sa peau, faisant palpiter frénétiquement un nerf au-dessous de sa paupière gauche. Si j'avais un tant soit peu résisté, il n'aurait pas hésité à me casser le bras. En tournant la tête, je vis qu'il sortait une corde de sa poche, tout en poussant le médecin pakistanais en direction du bâtiment.

Dans la cour, le médecin encagoulé dirigea les femmes vers le minibus, à l'exception de deux d'entre elles, dont la grossesse était très avancée, qu'il installa dans l'ambulance. Celle-ci partit la première, tous feux éteints, avec au volant un type qui cachait son visage. Le minibus, à bord duquel avait grimpé le médecin, démarra quelques secondes plus tard. Dans un premier temps, il conduirait les captives dans une clinique privée où le prince Muqtadir avait des intérêts et où des chambres leur avaient été réservées. Elles y resteraient le temps nécessaire avant de regagner leurs pays. Blake et ses copains passeraient plus tard les interroger au cas, bien improbable, où elles auraient des informations susceptibles de les intéresser.

Je me demandai où étaient passés les deux majors, sans doute exploraient-ils la clinique à la recherche de ses secrets. Ou alors se planquaient-ils dans le noir. Et Blake, qu'est-ce qu'il foutait ?

J'écoutai le bruit des moteurs s'échapper dans la nuit, se frotter au silence, le percer comme la pointe d'un couteau, s'y glisser, s'y dissoudre peu à peu jusqu'à devenir une mince rumeur qui demanda quelques longues minutes avant d'être complètement bue et remplacée bientôt par le bruit de mes godasses sur le gravier de l'allée. Une grande impression de solitude m'assaillit, pesa sur ma nuque et mes épaules comme un sac de ciment tombé du ciel et dont je ressentis le poids jusqu'au niveau des genoux. Une sorte de vieillesse surgie de nulle part. La mission s'était pourtant bien terminée : les filles étaient libres et Moktar avait été chassé de l'archipel. Pourtant, un sentiment de défaite me serrait le ventre. On avait gagné mais j'avais perdu. J'étais dans la cour de la clinique maudite et je n'étais nulle part. J'avais sauvé des filles mais j'avais échoué avec celle que l'on m'avait demandé de retrouver. Je me demandais comment Yasmina avait fait pour réussir à fuir le Paradis des perdantes et comment, une fois libre, mais de cette liberté illusoire qui se réduit aux quatre coins de la nuit, les quatre coins du grand ring de la nuit, elle avait été amenée à préférer le saut sans fin de l'autre côté des cordes. Le grand adieu.

Si Yasmina redoutait d'être rejetée par sa famille, si elle ne voulait pas réapparaître à ce point humiliée et meurtrie devant sa sœur, pourquoi n'avait-elle pas cherché à contacter Jehan, qui était son amie et qu'elle avait rencontrée peu avant sa disparition ? D'autant qu'elle aussi était passée par la même épreuve. J'aurais voulu demander au toubib pakistanais dans quel état la jeune fille était arrivée à la maternité et comment elle avait fait pour s'enfuir, si tant est qu'elle s'était enfuie, mais Blake n'avait pas voulu qu'on l'embarque.

« Tu rêves, Frenchie, c'est pas le moment, dit l'Écossais qui était apparu dans mon dos, flanqué des deux majors.

– Non, je me posais simplement la question de savoir pourquoi t'avais failli me casser le bras, il y a à peine dix minutes.

– T'exagère toujours. Sans compter qu'on a le droit d'être un peu énervé, non ? De toute façon, faut qu'on se tire.

– D'accord, on s'en va. Qu'est-ce qu'on fait des prisonniers ?

– On les laisse là où ils sont. On va simplement enlever les détonateurs des charges explosives mais sans leur dire. Comme ça, peut-être qu'ils croupiront vingt-quatre ou quarante-huit heures avant d'essayer de sortir. Objection ?

– Aucune, colonel Blake. On tombe sur une prison clandestine, sur un trafic de femmes, sur des kidnappings de nouveau-nés, sur une bande de gros salauds affiliée à Ben Laden et Al-Qaïda, et qu'est-ce qu'on fait : un peu de ménage et on se casse. Non, aucune objection.

– Petit Frenchie, déconne pas. Tu sais bien que si ça ne tenait qu'à moi, on serait venus avec des jerrycans d'essence pour foutre le feu à cette saloperie de clinique, y compris à la pièce où sont enfermés tous ces fumiers. Mais on n'est pas chez nous, tu piges ? On obéit aux ordres. Et les ordres de Matthews sont : fermez cette putain de taule, libérez les filles, sans bruit, sans foutre le bordel. Déjà qu'on en a flingué deux, ce qu'on nous avait demandé d'éviter à tout prix. Merde, c'est déjà bien ce qu'on a réussi à faire. Tu les connais, les petits émirs d'ici : ils avancent sur des œufs parce qu'ils ont peur de leurs ombres. Ils ont la trouille de tout le monde : Al-Qaïda, les Saoudiens, les chiites, les Iraniens, les Irakiens, les Américains. Et Matthews fait ce qu'il peut avec tout ça.

– Ouais, Blake. Arrête de dire des conneries, ça t'essouffle. Foutons le camp. »

La minute d'après, on était tous dans le Cherokee. Greene avait repris le volant, MacLeod me regardait en coin depuis la banquette avant comme si j'allais à tout instant sortir une fiasque de scotch et la boire en douce et ce vieux Blake fixait intensément l'écran noir de la nuit des fois qu'elle se mette à inventer le Technicolor. Ils avaient retiré leurs cagoules et, brusquement, je leur trouvai des têtes de brutes. Tous me cachaient un pan de l'histoire et comme ils savaient que je le savais, ça n'arrangeait pas la communication entre nous.

Une fois sur la route de Boudaya, Blake me fit savoir qu'on allait me déposer chez moi. J'aurais ensuite une journée pour préparer mes bagages et il reviendrait me prendre le lendemain pour m'emmener à l'aéroport. « Objection ? » demanda-t-il pour la seconde fois.

« Ouais, objection ! J'ai besoin de ma voiture pour aller demain à mon bureau, à la banque et faire quelques courses avant mon départ. Déposez-moi sur le parking où elle est garée.

– Fais gaffe. Les sbires de Moktar te cherchent. Tu veux que MacLeod t'accompagne ?

– Pas spécialement. »

Dans le coffre de la Caprice Classic, je pris deux des trois dernières valises de dollars et les portai jusqu'au Cherokee sous le regard ahuri de Blake et de ses deux potes. « C'est pour les filles. Vous les leur donnerez. Pas de souci, j'en ai encore assez pour moi. Ne les buvez pas en route. Salut. »

J'étais fatigué mais pas assez pour rentrer directement chez moi. S'il ne me restait qu'une journée à passer dans l'archipel, je me devais de retourner sur le grand pont.

13

Je m'arrêtai à l'endroit précis où elle avait sauté. J'éteignis le moteur et fumai une cigarette avant de sortir. Dehors, pas un bruit, à peine le chuchotis soyeux des vaguelettes qui se laissaient glisser en direction du rivage. Accoudé à la balustrade, j'attendis longtemps, sûrement plus d'une heure, peut-être deux, les yeux rivés aux lumières de la côte. Le taouz se reposait, reprenait des forces, raclait les ergs et le fond des wadis, reformait ses bataillons de sable lourd recrutés dans la part vide du monde, et bientôt ses premiers éclaireurs pousseraient jusqu'à l'archipel pour ce qui apparaissait désormais comme les tout derniers jours de l'offensive. La chaleur viendrait peu après. Elle alourdirait d'humidité le poids des jours durant le printemps, les écraserait dès l'orée de l'été, meurtrière des couleurs, des parfums, comme de la danse échevelée des palmeraies et de la gigue imprécise des boutres, toutes et tous figés en fantômes de plomb lorsque les yeux qui ploient sous l'averse de feu parviendraient à les saisir à travers les brumes grises d'un sommeil caniculaire. En attendant, la nuit se montrait douce. Elle transpirait une odeur de diesel et de fleurs écrasées qui se mêlait à la fraîcheur salée montée de la mer.

Je pressentais qu'il allait venir, tout doucement, s'abstenant de faire ronfler le moteur de l'Aston Martin. Nous avions encore des choses à nous dire. Moi, j'avais besoin d'une franche explication, pas mal de mes questions étant encore sans réponse.

Le cabriolet finit par arriver. Un ronronnement parfait, presque une musique qui répondait à la cadence délicate des vagues et donnait à croire que l'harmonie était revenue sur terre. Il se gara à côté de la Chevrolet. Une porte s'ouvrit et claqua très légèrement. Je l'entendis à peine marcher, un pas qui frôlait tout juste le bitume. Je n'avais pas besoin de tourner la tête pour savoir que je m'étais trompé. Quelques secondes plus tard, son parfum me le confirma.

« Il a consenti à vous la prêter ou vous lui avez piqué les clés ?

– Ce n'est pas la première fois que je la conduis. »

Elle avait répondu avec la même voix pure et enfantine que lorsqu'elle était venue me trouver à mon bureau. Cette fois, je n'étais plus troublé. Je me redressai et me retournai pour débusquer son regard mais l'obscurité était trop épaisse pour que je puisse distinguer autre chose qu'une silhouette frêle qui, dans l'encre de la nuit, paraissait intensément fragile.

« Je ne doute pas que vous sachiez la conduire. Vous l'aviez déjà empruntée quand vous êtes allée chercher Yasmina au British Council. »

Quelques secondes passèrent au rythme lent des vagues qui s'étiraient avant de mourir sur le rivage. La voix qui reprit n'était plus celle d'une sirène. Elle était à la fois rauque et sifflante.

« Salaud, vous connaissez toute l'histoire, hein ! Vous avez tout compris...

– Toute l'histoire ? Non, mais je crois que j'en ai deviné une bonne partie. C'est pour ça que vous m'aviez embauché, non ?

– Non, pas pour ça ! Seulement pour que vous débusquiez ceux qui avaient détruit Yasmina au point de la pousser à se tuer.

– Mensonges ! Tout ça, vous le saviez déjà, Jehan. Vous avez triché avec moi, ce qui n'a pas beaucoup d'importance. Mais vous l'avez fait pour de mauvaises raisons. Vous vouliez vous venger, c'est entendu. Mais comment avez-vous pu vous servir d'une gamine de seize ans qui vous admirait à la folie, qui sûrement vous aimait et la précipiter dans les pattes de Moktar ? Ouais, comment avez-vous pu... »

Elle m'interrompit. Sa voix avait encore changé. Elle était devenue glacée. Glacée de haine, de révolte et de ressentiment. Glacée de douleur aussi.

« Vous ne savez pas ce que lui et ses bêtes sauvages m'ont fait. Non, vous ne pouvez pas imaginer leur violence, leur perversité, leur haine des femmes lorsqu'ils en ont une entre leurs griffes. Avec leurs sexes de bêtes fauves, ils m'ont déchirée de partout. Et cela a duré toute une nuit. Aujourd'hui encore, c'est comme si leurs cris et leurs rires n'étaient jamais sortis de mes oreilles, leurs ongles sales et leurs dents pourries étaient toujours enfoncés dans ma peau... Non, vous ne pouvez pas comprendre.

– C'est vrai, je ne peux pas comprendre. Et encore moins comment, après tout ce qui s'était passé, vous avez osé vous servir d'une enfant comme appât. C'est à ça que Yasmina a servi, non ?

– C'est elle qui le voulait ! Elle était venue me voir dans cette clinique londonienne quand j'étais encore dans un sale état, où chaque nuit se résumait à une série de cauchemars, où je ne pouvais même pas supporter l'idée qu'un homme entre dans ma chambre. Yasmina voulait me venger. C'est ce qu'elle voulait plus que tout…

– Et non seulement vous ne l'avez pas dissuadée mais vous avez monté cette opération insensée avec Blake. Comment est-il entré dans l'histoire ?

– Lui aussi est venu me voir à Londres. C'est lui que le directeur de l'hôtel avait appelé quand il m'avait trouvée inanimée à l'Ambassador et il s'était occupé de me faire soigner dans son pays. Il est repassé à la clinique à chacun de ses passages en Angleterre.

– Mais qui a eu l'idée de tendre un piège à Moktar en utilisant Yasmina ? Blake ou vous ?

– Quelle importance ! Nous étions d'accord tous les trois. Blake voulait se débarrasser d'un monstre sans que son supérieur, un certain Matthews, le sache. Yasmina était heureuse de nous aider. Elle voyait ça un peu comme un premier rôle au cinéma. C'était comme si sa carrière d'actrice commençait. Elle voulait me montrer qu'elle savait jouer, qu'elle était capable d'être autre chose qu'une figurante…

– Mais comment ce foutu connard de Blake a pu ne pas se douter que ça pouvait mal tourner ?

– Parce que le plan était très bien préparé. Moktar devient fou dès qu'il flaire de la chair fraîche. Il ne pense à rien d'autre et ignore toutes les règles de sécurité. Yasmina ne devait courir aucun risque. Juste se promener dans les galeries de l'Ambassador, s'arranger pour croiser Moktar, lui lancer un regard ou deux pour qu'il s'approche et engage la conversation. Après, elle devait accepter un rendez-vous mais seulement si c'était elle qui décidait de l'endroit. Et là, Blake et ses hommes seraient intervenus pour le coincer. Mais ça ne s'est pas passé comme prévu. Je ne sais pas comment Moktar s'y est pris mais il a réussi à quitter l'hôtel en embarquant Yasmina et sans qu'on s'en aperçoive. Peut-être l'a-t-il fait monter de force dans la voiture d'un de ses hommes. Après, on ne l'a plus jamais revue vivante. Aujourd'hui encore, j'ignore comment il a pu découvrir ce que nous préparions contre lui. »

Sa voix n'était plus chargée de haine et de colère. Elle était redevenue celle d'une petite fille très malheureuse, à la limite du sanglot. Elle cherchait la pitié, ma pitié, ce que je n'étais nullement disposé à lui donner. Préparant le matin, la nuit se mit subitement à fraîchir. Il me sembla que le vent revenait.

« Jehan, tout est de votre faute. Je dis bien : tout. Blake ne connaissait pas Yasmina et ils ne se seraient pas rencontrés sans vous. L'un et l'autre étaient sous l'emprise de votre charme, ce qui était commode pour les manipuler. Malheureusement, vous n'avez pas pu vous empêcher de tourner autour de l'Ambassador. Des employés vous ont aperçue et le directeur a dû signaler votre présence à Moktar. À partir de ce moment, votre plan était foutu. La hyène se savait chassée mais chassée par des amateurs. Elle allait donc en profiter, d'autant que Yasmina n'était qu'une gamine sans expérience, une proie qu'elle n'allait certainement pas laisser s'enfuir. J'imagine qu'il a compris ce que vous prépariez contre lui et qu'il y a vu l'occasion de se venger une seconde fois, de façon encore plus cruelle. Après, comme lui et ses hommes ne savaient plus quoi faire de ce qu'il restait de la jeune fille, ils ont eu l'idée de l'enfermer au Paradis des perdantes. Un peu plus tard, peut-être qu'ils l'ont poussée à s'enfuir et qu'ils lui ont préparé le chemin pour qu'elle finisse là où on a trouvé son corps. Peut-être l'ont-ils même aidée à sauter ou l'ont-ils jetée du haut du pont. On ne le saura jamais… »

Jehan essaya de me répondre mais sa voix perçait à peine le rideau des larmes. Les quelques mots qu'elle parvint à prononcer furent dispersés par une rafale de vent sans que je parvienne à saisir ce qu'elle voulait dire. Son chagrin pour Yasmina était-il sincère ? J'en doutais beaucoup. Il me sembla qu'elle pleurait surtout sur elle-même, que sa douleur était alors vraie, dense, poignante et n'importe qui lui aurait offert son épaule pour qu'elle puisse s'y blottir et pleurer tout son soûl. J'aurais pu le faire…

Après tout, elle n'était qu'une femme égarée dans une tragédie dont elle n'avait pas compris les enjeux, une reine solitaire qui avait voulu s'élever au-dessus d'un destin hostile et tranchant sans savoir que les dieux frappent les présomptueuses et Blake, qu'elle avait manipulé à sa guise pour la venger, avait été un piètre connétable. Elle avait voulu se mesurer aux hyènes du désert, les dompter avec ses propres armes, sa beauté et son charme alliés à la ruse, au cynisme et même à la cruauté pour échapper à sa condition incertaine d'actrice. Elle avait échoué et il ne faisait pas bon tomber du ciel étoilé d'Orient lorsqu'on n'était qu'une jeune star égyptienne.

S'il restait un endroit où la tragédie se jouait toujours, c'était précisément dans cet Orient où les dieux régnaient encore, implacables, sans merci, brutaux, précipitant dans les gouffres les rares héros qui leur faisaient l'affront de vouloir dompter les puissances des ténèbres en oubliant que celles-ci piégeaient les orgueilleux et les faisaient retomber dans la poussière. Elle avait voulu approcher de trop près les hyènes mais celles-ci avaient fini par la broyer. Sa vengeance, elle s'y accrochait, elle la voulait, quitte à faire partie elle-même de la meute, quitte à faire dévorer les proies qu'elle avait capturées dans ses filets.

Elle s'était approchée de moi et son cri de haine me fit sursauter : « Tu l'avais à ta merci et tu ne l'as pas tué. »

La seconde d'après, elle essayait de lancer une jambe par-dessus le parapet. Elle dut s'y reprendre quatre fois pour réussir à poser un pied sur la rambarde, qui était trop haute pour elle, et quand elle y parvint une partie de son corps refusait toujours de suivre. Il fallait davantage de force pour arriver à se hisser, que le désespoir absolu s'en mêle et, à la différence de Yasmina, Jehan voulait toujours vivre. Peut-être que c'était une nouvelle comédie qu'elle me jouait. Elle renonça vite et s'écroula sur le sol, les jambes repliées sous elle, cachant sa tête dans ses bras. Puis elle me demanda, toujours de la même voix de petite fille qui sonnait toujours aussi faux, si je l'aurais empêchée de sauter. Je faillis répondre « non » mais je me contentai de tourner la tête et de m'éloigner en marchant le long de la rambarde. Quelques minutes plus tard, le moteur de l'Aston Martin se délayait dans la nuit.

Je suivis la lumière de ses phares, elle quitta le pont, tourna à droite, c'est-à-dire dans la direction de la villa de Blake.

Je fumai une cigarette au goût amer accoudé au garde-fou. Le vent revenait mais c'était le bahri, lourd d'humidité et de sel mais sans particules de sable. Il promettait un matin à peu près clair et un ciel plutôt bleu. Je dis adieu à Yasmina et lui promis de revenir une dernière fois avant d'aller à l'aéroport.

Je repris la Caprice Classic et regagnai mon compound. La route était complètement déserte. À Boudaya, la lumière des réverbères alignés en rangs serrés le long des murs et des façades était si violente qu'on aurait dit de l'or extrait de la nuit noire.

Je quittai ensuite la voie express pour la petite route sombre qui menait jusque chez moi. C'est là qu'ils m'attendaient. Jaillissant de l'ombre, un 4 × 4 Nissan Patrol bloqua la chaussée étroite une dizaine de mètres devant moi. Je donnai un coup de volant désespéré et partis en dérapage dans un immense terrain vague. Une première rafale crépita sur la carrosserie et le pare-brise vola en éclats. Je réussis à redresser la Chevrolet et à la lancer droit devant moi à travers la lande. Mais, trop lourde pour venir à bout des sillons sablonneux, elle commença peu à peu à perdre de la vitesse, donnant l'impression de labourer le sol.

Derrière moi, le 4 × 4 s'était lancé à ma poursuite et le tireur, gêné par les cahots, continuait son mitraillage approximatif. Je pus rouler encore quelque deux cents mètres, puis la voiture s'immobilisa, enlisée jusqu'aux essieux. Je coupai les phares, ouvris la portière et me laissai glisser sur le sol. Avec le Beretta, je n'avais aucune chance contre des fusils automatiques. J'avais le choix entre fuir dans la nuit ou me battre sur place, ce qui me laissait une espérance de vie inférieure à deux minutes dans le premier cas et à trois dans le second. J'optai pour la minute supplémentaire. Accoudé sur le capot, le front ruisselant de cette sueur mauvaise que fait couler la peur, je tirai deux premiers coups de feu sur le gros 4 × 4 qui cahotait dans ma direction, ce qui revenait à peu près à mitrailler les étoiles. Le véhicule s'immobilisa et éteignit ses phares. J'entendis claquer trois portières, ce qui voulait dire qu'ils étaient au moins quatre avec le chauffeur.

Une première minute passa. Un tambour s'était mis à battre dans la nuit. Ses pulsations folles montaient de ma poitrine et martelaient mes tempes sans que je puisse les contrôler. J'essayai de maîtriser ma respiration mais c'était peine perdue. Il me sembla entendre du bruit sur ma droite et je fis feu instinctivement, ce qui m'attira en retour plusieurs rafales tirées de deux points différents. Je roulai sur moi-même, sans pour autant m'éloigner de la Chevrolet, dont la carrosserie m'offrait une certaine protection, même contre des projectiles à tête creuse. Mais il fallait que je bouge, que je les trompe car ils devaient s'attendre à ce que je reste collé à ma voiture. Je décidai de ramper en direction du 4 × 4 qui ressemblait à un gros rocher sous la lune encore captive des nuages noirs que le vent commençait à chasser. D'ici peu, la nuit allait s'éclaircir, ce qui réduirait de quelques précieuses secondes mon espérance de vie.

J'avais progressé d'une quinzaine de mètres quand le Nissan Patrol ralluma ses phares, me capturant dans ses faisceaux. Fini. J'étais foutu. Je n'avais même pas tenu trois minutes. Du puits sans fond de ma mémoire remontèrent quelques images de bonheur auxquelles je m'accrochai dans l'attente des prochains tirs. J'espérais simplement que je n'aurais pas à souffrir.

La première rafale s'éparpilla à quelques mètres de moi. Je n'avais plus le courage de riposter. Elle ne fut pas suivie d'une seconde, du moins pas tout de suite car un ronflement violent racla le silence qui s'était à peine retendu. Au loin, deux autres phares parcouraient la nuit, s'approchant à vive allure du Nissan. Je bondis et, aiguillonné par ces forces inconnues qui vous attachent coûte que coûte à la vie, je me mis à courir. Je devais m'éloigner du périmètre fouillé par les lumières ennemies, foncer vers le plus fort de la nuit. Quelques balles sifflèrent autour de moi, puis les tirs s'arrêtèrent, sans doute parce que les armes se tournaient vers le nouvel arrivant.

L'instant d'après, ils reprenaient de plus belle. L'un des phares du véhicule éclata au moment même où la lune, cessant d'être tamisée par la traîne des nuages, éclaira la scène. Je reconnus l'Aston Martin de Blake.

Le Brit était décidément un bon : il fonça sur l'un des tireurs qui fut projeté à quinze mètres de là. Une autre rafale perfora la carrosserie du coupé, faisant fuser des gerbes d'étincelles. Blake dérapa sur le sable de manière à faire pivoter sa voiture avec un angle de quatre-vingt-dix degrés. Il la rattrapa et la lança, en faisant hurler le moteur, sur le second tireur qui commit l'erreur de vouloir fuir. Le bolide borgne le percuta dans le dos. Mais le troisième tueur, un type avec un keffieh rouge et une disdacha marron, se trouvait sur le côté, à quelques mètres de là. Je vis le départ de feu. Le coupé sembla pris de hoquets et s'étouffa une vingtaine de mètres plus loin. Le courage m'avait repris et je courus en direction du salopard. Celui-ci m'avait oublié et il continuait à tirer. Quand il se retourna, c'était trop tard : j'étais à quelques mètres de lui. Je vidai mon chargeur en hurlant et l'un des projectiles lui traversa la tête. Il y eut un nouveau bruit de moteur, celui du Patrol qui démarrait. Il me restait deux balles que je tirai nerveusement et qui ratèrent leur cible de beaucoup. Après, je courus jusqu'à l'Aston Martin. Avant même de l'atteindre, je savais que c'était trop tard. J'ouvris la portière pour découvrir Blake couché sur le volant, son épaisse tignasse rouquine constellée d'éclats de verre.

L'odeur de l'essence m'assaillit et, dans la panique, oubliant tout ce que j'avais appris dans les stages commandos, je le tirai maladroitement à moi. Il était trop lourd, j'étais trop pressé de le sortir, et nous nous étalâmes sur le sol. Le sang se mit à jaillir en bouillonnant. Une balle l'avait perforé de part en part juste sous le sternum. C'était pas beau à voir. La balle avait dû tournoyer comme une toupie, déchirant tout ce qu'elle avait trouvé sur son chemin. Blake était une vraie baraque, ce qui l'avait empêché d'être tué par l'impact. Mais à voir le sang pulser de partout et remonter jusqu'à sa bouche, il n'avait guère de chances de s'en tirer. Déjà, sa voix devenait haletante.

« Fallait pas me sortir comme ça, Frenchie. T'es pas doué, avec les vivants… comme avec les morts.

– Ferme-la, Blake. Où est ton portable ? Je sais plus où est le mien…

– Te fatigue pas. Greene et les autres… vont arriver. Quand j'ai appris que des types se planquaient sur la route qui mène chez toi, je les ai prévenus… avant de rappliquer. Je leur ai dit de venir… avec le toubib en pensant que… Mais toi, tu t'en sors et c'est foutu pour moi. En attendant, ne me laisse pas seul. Putain, j'ai… mal. Pourquoi t'as pas de morphine, connard…

– Blake, continue de parler. Plus doucement. Tout doucement…

– Y a rien à dire. C'est normal, je paye. J'ai foiré le coup. À cause de moi, la gamine… a plongé. Normal que je… m'en sois pris une bonne.

– Tu déconnes, Blake. Yasmina voulait à tout prix participer à ce coup…

– Me cherche pas d'excuses, Frenchie. C'est arrivé… parce que j'étais raide dingue de Jehan. Et ça… depuis le jour où je l'ai trouvée à poil et salement… amochée à l'Ambassador. Ça m'a brûlé les neurones. J'étais plus… moi-même. Plus j'allais la voir à la clinique et plus elle me cramait… la tête. Prêt à n'importe quelle connerie ! Comme de larguer… ma femme. J'avais la haine contre Moktar et elle… a en profité pour… C'est comme ça que je suis entré… putain ! j'ai salement mal… dans sa vengeance. Désolé pour Yasmina… toute la merde que j'ai foutue… pour…

– Blake…

– Écoute-moi… Si tu pars avec Jehan… c'est avec… une dingue… que tu t'embarques…

– Tu dis quoi, Blake ? T'es pas givré de penser que…

– Pourquoi elle est venue… te voir… sur le pont ?

– Pour des conneries. Savoir pourquoi je n'ai pas tué Moktar quand je le pouvais.

– Je te crois. Bon Dieu… pourquoi j'ai… si mal… »

Sur la petite route, d'autres phares étaient apparus. J'arrachai ma chemise et la roulai en boule pour la placer sous la tête de Blake afin de l'aider à respirer. Je courus ensuite jusqu'à la Chevrolet pour mettre en marche les feux de détresse qui les guideraient jusqu'à nous. Au loin, une sirène d'ambulance cassa la porcelaine du silence. Mais tout était déjà joué. Je retournai m'agenouiller près de lui. Il s'était mis à grelotter et je n'avais rien pour le couvrir. Sa voix était devenue encore plus haletante, presque inaudible et à ce point désincarnée qu'on aurait dit qu'il parlait avec ses os.

« Parle-moi, Blake. Faut que tu parles. Dis-moi n'importe quoi…

– Je n'ai plus… mal mais j'ai… froid. Frenchie, j'ai très… froid. Ça veut dire que… que… que je m'en… vais. Un truc encore : je t'ai sauvé… la vie, j'ai cassé… ma voiture pour toi… et tu ne m'as pas dit… une seule fois… merci.

– Merci, Blake.

– Co-lo-nel Bla…

Épilogue

J'aurais voulu aller à l'enterrement de Blake dans son village natal près d'Inverness mais Matthews a refusé que je quitte l'archipel. Il m'a gardé sous la main pendant une petite semaine. Interdiction de sortir du compound pour de prétendues raisons de sécurité. En fait, il fallait laisser le calme revenir, d'autant que la fusillade et l'attaque de la clinique avaient inquiété les autorités locales qui commençaient à demander des comptes à leurs mercenaires britanniques. Cela m'a laissé pas mal de temps pour préparer mes bagages et faire mes adieux par téléphone. Eschrat est venue passer un long moment avec moi, de même que Babak qui m'a rendu visite à trois reprises. Imad s'est contenté d'un coup de téléphone. Le député Bouquerot et le sénateur Desmaret ont essayé de me joindre une bonne centaine de fois avant de devoir quitter l'émirat. J'ai pu obtenir de Matthews d'aller changer les dollars qui me restaient afin de faire un virement à la famille de Blake.

J'avais aussi reçu quelques lignes du prince Muqtadir qui m'informait que les filles allaient bien et que deux autres bébés étaient nés. Il avait aussi récupéré mon cheval et m'annonçait qu'il me ferait livrer Majd al-Chams dès que j'aurais un point de chute. Je ferai en sorte que ma fille le reçoive en cadeau pour son prochain anniversaire.

Chaque après-midi, le chef du CID est passé m'interroger. Matthews ne s'était pas vraiment trompé lorsqu'il pensait que Yasmina avait disparu dans un palais puisque c'était bel et bien un prince qui l'avait enlevée. Blake lui avait caché une grande partie de l'histoire, celle où il n'avait pas le beau rôle. Il savait que son subordonné fréquentait Jehan mais ignorait que le couple avait préparé une machination pour kidnapper Moktar en utilisant Yasmina comme appât.

La veille de mon départ, il est revenu pour la dernière fois. Toujours sec comme un vieil os dans un costume en toile impeccablement repassé, l'œil aux aguets, la lippe légèrement méprisante, il me fit une fois de plus penser à une autruche déplumée. Je n'avais pas plus envie de le voir que les autres jours mais je parvins à rester poli. Je l'invitai à s'asseoir dans un fauteuil et demandai à Marita de nous préparer du thé.

« Monsieur Caminos, c'est l'heure des adieux. Ils sont bien tristes, hélas ! Maigre consolation mais le prince Moktar a quand même perdu ses fonctions. Vous le croiserez peut-être un jour ou l'autre sur les Champs-Élysées. Nous avons aussi arrêté l'équipage du dhow qui se préparait à emmener les filles au Pakistan. Et nous avons pu ainsi remonter la filière qui partait de cet endroit… que l'on appelle, je crois, le Paradis des perdantes jusqu'aux zones frontalières de l'Afghanistan où la police pakistanaise dit avoir déjà procédé à des dizaines d'arrestations. Nous attendons d'être informés sur la nature du gibier qu'elle a ramené dans ses filets, peut-être y aura-t-il de grosses prises mais j'en doute. Une quarantaine de captives ont aussi été trouvées dans les camps terroristes. Elles ne sont pas en bon état mais au moins elles sont libres.

– Et quoi d'autre ?

– Vous serez peut-être surpris de savoir que l'émir n'a pas renouvelé mon contrat et que je vis mes derniers mois à ce poste. Finalement, vous n'êtes pas le seul à vous faire virer. Mon remplaçant sera un prince d'ici mais avec quelques conseillers de la CIA dans la coulisse, à qui je dois sans doute ma mise à l'écart. C'est fini pour nous, le golfe Persique sera américain après des siècles de présence britannique et nous n'aurons plus qu'un simple rôle d'auxiliaires. À moins qu'il ne tombe peu à peu entre les mains des islamistes. En tout cas, je leur souhaite bien du plaisir à nos amis du Far West…

– Venez-en au fait, Matthews, vous n'êtes pas venu me faire un cours de géopolitique.

– Toujours aimable, hein ! monsieur Caminos. Je voulais savoir quels étaient vos projets ?

– Mes projets ?

– Ma question vous surprend ?

– Pas mal, oui. Vous n'avez quand même pas des propositions à me faire ?

– Tout juste. Dès que mon contrat sera terminé, j'envisage de créer une société de sécurité privée et j'aurai besoin de bons professionnels.

– Vous n'allez pas me dire que vous pensez m'embaucher ?

– Pourquoi pas ? Même si je n'ai pas aimé la manière dont vous vous êtes engagé personnellement dans cette enquête, vous avez montré un réel savoir-faire. En plus, vous êtes tenace, courageux et vous avez des états de service plutôt brillants. Bien contrôlé, vous pouvez devenir un bon élément. Je vous propose…

– Allez vous faire foutre, Matthews, je ne suis pas tombé aussi bas. Pas au point de bosser pour un criminel de guerre.

– Tout de suite, les grands mots, monsieur Caminos. Mais réfléchissez tout de même, réfléchissez bien. Vous êtes grillé dans le Golfe et des ennuis vous attendent dans votre pays et, par conséquent, dans toute l'Europe. Que vous reste-t-il ? Vous n'allez quand même pas jouer au mercenaire en Afrique…

– OK, Matthews. Je vais réfléchir à votre proposition… À une condition : vous me laissez libre de passer ma dernière soirée où et avec qui je veux.

– Ah ! Je vois. C'est votre belle amie que vous comptez retrouver…

– Vos flics vous le diront. C'est d'accord ?

– Et vous me donnerez sans faute votre réponse demain avant de prendre l'avion.

– Sans faute. Mais ne comptez pas trop qu'elle soit positive. »

La Caprice Classic avait été abandonnée à un garagiste et je dus faire venir une voiture de location. Je fis un rapide tour de l'île, m'attardant un long moment sur la Corniche, le moteur coupé, au moment où le soleil, qui était redevenu depuis quelques jours un flamboiement à peine supportable, plongeait dans la mer. Forgées par le bahri, qui avait définitivement triomphé du taouz, les vagues rondes étincelaient de lumière en martelant l'enclume rougeoyante du rivage.

C'était l'heure de Rimbaud, l'heure où il avait raison :

Elle est retrouvée.
Quoi ? – L'Éternité.
C'est la mer allée
Avec le soleil.

Mais c'était l'heure aussi où les hyènes et les chacals sortaient pour chasser comme les remords chassaient eux-mêmes sur le territoire de la mémoire. J'allumai une cigarette, une deuxième, une troisième, impuissant à repousser les mauvais souvenirs, qui cavalaient dans ma tête, cherchant à mordre la chair de la conscience. Lorsque l'astre rouge s'immergea, je parvins à redémarrer et gagnai le Sheraton dont le grand S captait encore quelques éclats dorés. Je garai la voiture au parking et pris l'ascenseur qui montait jusqu'au bar.

Par la porte vitrée, la robe rouge et noir de Sounaïma m'apparut encore plus fendue que d'habitude. Accoudée derrière le comptoir, elle écoutait un jeune officier de marine américain, un blondinet, à la beauté fabriquée sur mesure par les corn-flakes et le beurre de cacahuète, qu'il me semblait avoir déjà aperçu. Sans doute lui faisait-il du gringue et cela ne semblait pas lui déplaire. La jalousie fut comme la pointe d'un gros tournevis qui s'enfonça dans un coin de mon ventre. La seconde d'après, j'avais repris l'ascenseur pour la galerie marchande où un fleuriste était encore ouvert. Il avait un beau choix de fleurs toutes fraîches qui venaient d'arriver de Hollande. Je pris des tulipes qui, dans la poésie persane, symbolisent la beauté et la jeunesse. Ensuite, je roulai pied au plancher en direction du grand pont.

La nuit n'était pas complètement installée quand j'y parvins. Je m'accoudai pour la dernière fois à la rambarde, le bouquet de tulipes entre les mains. Je n'avais plus qu'à l'attendre.

Le soleil avait achevé son tragique plongeon mais les vagues mousseuses, qui partaient, douces et diaprées, à la rencontre du rivage déjà noir, avaient gardé dans leurs crinières d'argent l'écho lumineux de sa chute.

pca
cmb
édition pré-presse
livres numériques

44400 Rezé

Le *Couperet* est tombé : la *Panique générale* actuelle dans l'industrie papetière nous oblige à faire un *Détour* en changeant le papier habituel, si *Swag*, de nos couvertures Rivages/noir.

En *Témoins involontaires*, nous nous excusons de ces *Mauvaises nouvelles* et tâcherons de *Traverser la nuit* en attendant des jours plus *Swing*.

Achevé d'imprimer en mars 2023
sur les presses de Normandie Roto Impression s.a.s.
à Lonrai (Orne)
pour le compte des Éditions Payot & Rivages
60/62, avenue de Saxe -75015 Paris
N° d'impression : 2300764
Dépôt légal : avril 2023

Imprimé en France